凡人修仙传

精修典藏版

① 忘语 著

浙江文艺出版社
Zhejiang Literature & Art Publishing House

图书在版编目（CIP）数据

凡人修仙传. 1 / 忘语著. -- 杭州：浙江文艺出版社，2025.5（2025.8重印）. -- ISBN 978-7-5339-7917-1

Ⅰ. I247.5

中国国家版本馆CIP数据核字第2025UL7259号

策　　划	许龙桃　王晶琳　周海鸣	封面设计　仙境 WONDERLAND Book design
统　　筹	周海鸣　何晓博	版式设计　吕翡翠
责任编辑	周海鸣	责任校对　牟杨茜
营销编辑	宋佳音	责任印制　吴春娟

凡人修仙传1

忘语　著

出版发行	浙江文艺出版社
地　　址	杭州市环城北路177号
邮　　编	310003
电　　话	0571-85176953（总编办） 0571-85152727（市场部）
制　　版	浙江新华图文制作有限公司
印　　刷	浙江新华数码印务有限公司
开　　本	710毫米×1000毫米　1/16
字　　数	211千字
印　　张	14.5
插　　页	2
版　　次	2025年5月第1版
印　　次	2025年8月第4次印刷
书　　号	ISBN 978-7-5339-7917-1
定　　价	49.00元

版权所有　侵权必究

序　　言

各位读者朋友：

　　大家好！我是《凡人修仙传》的作者忘语。

　　写这本书，其实源于自己对仙侠故事的喜爱。我从小就对仙侠小说着迷，幻想自己能进入那个充满了神秘、奇幻、各种奇遇的仙侠世界。

　　慢慢地，已有的小说不能满足我了。于是，我决定自己动手写一个修仙故事。

　　主角韩立，就像你我一样，没有显赫的家世，也不是天才，一个凡人。在修仙的世界里，韩立凭借自身的努力，一步步前进，克服重重困难，最终一个凡人成就长生。

　　你我皆凡人！

　　谢谢大家的支持！

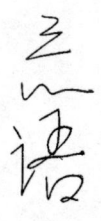

目录

第一章—001
山边小村

第二章—025
神秘瓶子

第三章—048
抽髓丸

第四章—070
冲突起

第五章—092
夜遇奸细

第六章—114
套中套

第七章—135
修仙者

第八章—155
韩神医

第九章—181
林中杀戮

第十章—203
死契血斗

第一章
山边小村

二愣子睁大着双眼，直直望着茅草和烂泥糊成的黑屋顶，身上盖着的旧棉被已呈暗黄色，看不出本来面目，还若有若无地散发着淡淡的霉味。

在他身边紧挨着的另一人，是二哥韩铸，酣睡得十分香甜，不时传出轻重不一的呼噜声。

离床大约半丈远的地方，是一堵黄泥糊成的土墙，因为时间过久，墙壁上裂开了几道不起眼的细长口子，从这些裂缝中，隐隐约约地传来韩母唠唠叨叨的埋怨声，偶尔还掺杂着韩父抽旱烟杆的啪嗒啪嗒声。

二愣子缓缓闭上已有些发涩的双目，迫使自己赶快进入深深的睡梦中。他心里非常清楚，再不老实入睡的话，明天就无法早起些了，也就无法和约好的同伴一起进山捡干柴。

二愣子姓韩名立，这么像模像样的名字，他父母可起不出来，这是他父亲用两个粗粮制成的窝头，求村里老张叔给起的。

老张叔年轻时，曾经给城里的有钱人当过几年的伴读书童，是村里唯一认识几个字的读书人，村里小孩子的名字，有一大半是他给起的。

韩立被村里人叫作"二愣子",可人并不是真愣真傻,反而是村里首屈一指的聪明孩子。之所以被人起了个"二愣子"的绰号,只不过是因为村里已有一个叫"愣子"的孩子了。

这也没啥,村里的其他孩子也是"狗娃""二蛋"之类的诨名,这些名字也不见得比"二愣子"好听。

因此,韩立虽然不喜欢这个称呼,但也只能一直这样自我安慰。

韩立长得很不起眼,皮肤黑黑的,就是一个普通的农家小孩模样。但他的内心深处,却比同龄人早熟了许多。他从小就向往外面富饶繁华的世界,梦想有一天,他能走出这个巴掌大的村子,去看看老张叔说的"外面的世界"。

当然,韩立的这个想法,一直没敢和其他人说起过。否则,一定会使村里人感到愕然,一个乳臭未干的小屁孩,竟然会有这么一个大人也不敢轻易去想的念头。要知道,其他同韩立差不多大的小孩,都还只会满村地追鸡撵狗。

韩立一家七口,他有两个兄长,一个姐姐,还有一个小妹,他在家里排行老四,今年刚十岁。家里的生活很清苦,一年也吃不上几顿带荤腥的饭菜,全家人一直在温饱线上徘徊着。

此时的韩立,正处于迷迷糊糊、将睡未睡之间,脑中还一直闪着这样的念头:上山时,一定要帮他最疼爱的妹妹,多捡些她最喜欢吃的红浆果。

第二天中午时分,当韩立顶着火辣辣的太阳,背着半人高的木柴,怀揣着满满一布袋红浆果,从山上往家里赶的时候,并不知道家中来了一位会改变他一生命运的客人。

这位贵客,是他的亲三叔。

听说,三叔在附近一个小城的酒楼给人当大掌柜,是他父母口中的大能人。韩家近百年来,可就出了三叔这么一个有点身份的亲戚。

韩立只在很小的时候见过三叔几次。他大哥在城里给一个老铁匠当学徒,就是三叔给介绍的。三叔还经常托人给他父母捎带一些吃的用的东西,很是照顾他们一家。因此韩立对三叔的印象很好,知道父母虽然嘴上不说,但心里是很感激的。

　　大哥可是一家人的骄傲，听说当铁匠的学徒，不但管吃管住，一个月还有三十个铜板拿，等到正式出师被人雇用时，挣的钱就更多了。

　　父母一提起大哥就神采飞扬，像换了一个人。韩立羡慕不已，他年龄虽小，却早就想好了最向往的工作，就是给小城里的哪位手艺师傅看上，收作学徒，从此变成靠手艺吃饭的体面人。

　　因此韩立见到穿着一身崭新的缎子衣服，胖胖的圆脸上留着一撮小胡子的三叔时，心里兴奋极了。

　　把木柴在屋后放好，韩立便到前屋腼腆地给三叔见了个礼，乖乖地叫了声"三叔好"，就老老实实地站在一边，听父母同三叔聊天。

　　三叔笑眯眯地望着韩立，打量了他一番，嘴里夸了他几句"听话""懂事"之类的话，然后就转过头，和他父母说起这次的来意。

　　原来三叔工作的酒楼，属于一个叫"七玄门"的江湖门派，这个门派有外门和内门之分，而前不久，三叔才正式成为这个门派的外门弟子，能够推举七岁到十二岁的孩童去参加七玄门招收内门弟子的考验。

　　五年一次的七玄门招收内门弟子考验，下个月就要开始了。这个有着几分精明劲儿、尚无子女的三叔，自然想到了适龄的韩立。

　　一向老实巴交的韩父，听到"江湖""门派"之类从未听过的话，心里有些犹豫不决，便一把拿起旱烟杆，吧嗒吧嗒地狠狠抽了几口，坐着一声不吭。

　　在三叔嘴里，七玄门自然是这方圆数百里内数一数二的大门派。只要成为内门弟子，不但以后可以免费习武、吃喝不愁，每月还能有一两多的银子零花。而且参加考验的人，即使未能入选，也有机会成为像三叔一样的外门人员，专门替七玄门打理外门的生意。

　　当听到每月有一两多银子可拿，还有机会成为和三叔一样的体面人时，韩父终于拿定了主意，答应下来。

　　三叔见到韩父答应，心里很是高兴，又留下几两银子，说一个月后就来带韩立走,让韩父在这期间给韩立多做点好吃的,给他补补身子,好应付考验。随后三叔和韩父打了声招呼,摸了摸韩立的头,出门回城了。

韩立虽然没有完全听明白三叔所说的话,但可以进城挣大钱还是明白的。

一直以来的愿望,眼看就要实现,韩立一连好几个晚上兴奋得睡不着觉。

一个月后三叔准时来到村里。临走前韩父反复叮嘱韩立做人要老实,遇事要忍让,别和其他人起争执,而韩母则要他多注意身体,要吃好睡好。

在马车上,看着父母渐渐远去的身影,韩立咬紧了嘴唇,强忍着不让自己眼眶中的泪水流出来。

韩立虽然从小就比其他孩子成熟得多,但毕竟还是个十岁的小孩,第一次出远门让他的心里有点伤感和彷徨。他暗暗下定了决心,等挣到了大钱就马上赶回来,和家人再也不分开。

韩立从未想到,此次出去后钱财的多少对他而言已失去了意义,他竟然走上了一条与凡人不同的仙业大道,走出了自己的修仙之路。

这是一个小城。说是小城,其实只是一个大点的镇子,名叫青牛镇,只有那些住在附近山沟里、没啥见识的土人,才"青牛城、青牛城"地叫个不停。

青牛镇不大,主街道只有一条东西方向的青牛街,连客栈也只有一家青牛客栈,坐落在长条形的镇子的西端,过往的商客不想露宿的话,只能住在这里。

一辆马车从西边驶入青牛镇,飞快地驶过青牛客栈的大门前,一直飞驰到镇子的另一端春香酒楼的门口,才停了下来。

春香酒楼不算大,还有些陈旧,但有一种古色古香的韵味。现在正是午饭时分,酒楼里用饭的客人很多,几乎座无虚席。

从车上下来一个圆脸、长着小胡子的胖男子和一个皮肤黝黑的十岁小孩。男子带着孩童直接大摇大摆地进了酒楼。有酒楼里的熟客认得胖男子,知道他是这个酒楼的掌柜"韩胖子",那个小孩却无人认得。

"老韩,这个黑小子和你长得很像,不会是你背着家里婆娘生的儿子吧。"

有个人突然打趣道。

这句话一出，惹得旁边的众人一阵哈哈大笑。

"呸！这是我本家带来的亲侄子，当然和我有几分像了。"韩胖子不但没生气，还有几分得意。

这两人正是一连赶了三天路、刚进镇子的韩立和他的三叔——别人口中的"韩胖子"。

韩胖子招呼了几个熟客一声，便把韩立带到酒楼后面，来到了一个偏僻的小院子里。

"小立，你在这屋里好好休息下，养好精神，等内门的管事一来，我就叫你过去。我要先出去一下，招呼几位熟客。"韩胖子指着院里的厢房，和蔼地对韩立说道。说完，便转身匆忙地向外走去。

到门口时，他似乎还有些不太放心，又嘱咐了一句："别乱跑啊，镇子里人太多，别走丢了，最好别出院子。"

"嗯！"

看到韩立老实地答应了一声，他才放心地走了出去。

韩立见到三叔走出了屋子，感到很累，便一头倒在床上呼呼地睡了起来，竟然一点儿不怕生。

到了晚上，有个小厮送来了饭菜，虽然不是大鱼大肉，倒也算是可口。吃完后，一个小厮又走了进来，把吃剩的饭菜给端了出去，这时三叔才不慌不忙地走了进来。

"怎么样，饭菜还合你胃口吧？有些想家了吧？"

"嗯，有点想了。"韩立显得很乖巧。

三叔对韩立的回答很满意，和他聊起了家常，吹嘘了一些自己见识过经历过的趣人趣事。渐渐地，韩立没有了拘束感，开始有说有笑起来。

就这样，一连过了两天。

第三天，当韩立吃完晚饭，等三叔来给他讲江湖故事时，又有一辆马车停在了酒楼门前。

这辆马车通体被黑漆刷得乌黑发亮,拉车的也是不常见的百里挑一的黄骠骏马,最惹人注意的是,在马车边框上插着一面绣着"玄"字的三角小黑旗,银字红边,透着一股神秘色彩。

看到这面小旗,凡是在这方圆数百里走动的江湖老手都知道,这个地方的两大霸主之一的七玄门,有重要人物驾临了。

七玄门又叫"七绝门",由二百年前赫赫有名的七绝上人创立,曾一度雄霸镜州数十载,甚至还渗透到与镜州相邻的数州,在整个越国也曾大名鼎鼎。但自从七绝上人病故后,七玄门就一落千丈,被其他门派联手赶出了镜州首府镜州城。百年前,宗门被迫搬迁到镜州最偏僻的地方彩霞山,从此生根落户,沦落为三流势力。

有句话说得好,瘦死的骆驼比马大,七玄门毕竟曾经是个大门派,来到彩霞山后,立刻控制了包括青牛镇在内的十几个小城镇,拥有门下弟子三四千人,是本地名副其实的两大霸主之一。

本地唯一能和七玄门抗衡的势力是野狼帮。

野狼帮前身是镜州界内一群烧杀掳掠的马贼,后来几经官府围剿,一部分接受了官府招安,另一部分便成了野狼帮。马贼凶狠嗜血、敢杀敢拼,因此七玄门在和野狼帮几次冲突中都落了下风。

野狼帮控制的乡镇虽然比较多,但他们不会经营,论富足程度远远及不上七玄门辖下的城镇。野狼帮十分眼馋七玄门的几个较富裕的地盘,最近经常挑起冲突,这令七玄门门主头疼不已,也是七玄门近年来一再扩招内门弟子的主要原因。

马车上跳下一名四十多岁的瘦削汉子,这名汉子动作敏捷,明显身手不弱,对这里也很熟悉,大踏步直奔韩立所在的屋子。

韩立三叔一见这人,立刻恭恭敬敬地上前施了一个礼。

"王护法,您老人家怎么亲自来了?"

"哼！"王护法冷哼了一声，一脸倨傲。

"这段时间路上不太平，要加强防卫，长老命我亲自来领人。废话少说，这个小孩就是你要推举的人？"

"是的，是的，这是我本家的亲侄子，还望王护法路上多照应一下。"韩胖子看到这汉子神色有些不耐烦，麻利地从身上取出个沉甸甸的袋子，悄悄地递了过去。

王护法掂了掂袋子，神色有所缓和："韩胖子，你挺会做人嘛！你侄子我路上自会照顾一二。时间不早了，还是赶紧上路吧。"

马车内的气味并不好闻，这也难怪——本应只能乘坐十几人的车厢挤了近三十名孩童。

韩立机灵地把瘦弱的身子缩到车厢的角落里，偷偷地打量车内的其他孩童。

来参加入门考验的孩童从衣着打扮来看分为三类。

第一类人是一个坐在车厢正中、正被大部分孩童簇拥着的锦衣少年。这名少年叫舞岩，今年十三岁，是车内年龄最大的。本来他的年龄已超过规定，但他的表姐嫁给了七玄门的一名掌权人物，年龄自然就不成问题了。舞岩家开了一间武馆，家中颇为富裕，自小练了一些拳脚功夫，虽然并不怎么高明，但对付像韩立这样只有一些力气的小孩，还是绰绰有余的。

第二类人就是簇拥着舞岩的这些孩童。这部分人出身五花八门，家里有开店铺的，有打工的，有靠手艺吃饭的……他们有一个共同点：都是在城镇中长大的，自然或多或少地跟家里大人学会了一些察言观色、逐利而行的本事。这些人簇拥着舞岩，左一声"舞少爷"右一声"舞大哥"，舞岩看起来对此早已习以为常，非常受用。

第三类人就是韩立这类人。这类人都来自穷乡僻壤，家里都是靠山吃山，靠水吃水，非常穷苦。这类人只有五六人，畏手畏脚，不敢大声言语，和不时大声喧闹的那部分孩童形成了鲜明的对比。

马车从青牛镇一路向西飞奔，途中又去了好几个地方，接上了几个孩童，终于在第五天傍晚时分赶到彩霞山，七玄门总门所在地。

所有孩子一下车，都被彩霞山那五彩的落日美景深深地迷住了，直到王护法催促，大家才缓过神来继续往前走。

彩霞山原名落凤山，相传古时一只五色彩凤落在此地，化成此山。后来有人发现此山在落日时分被彩霞笼罩，美丽异常，就将其改名为彩霞山。当然此山自从被七玄门占有后，外人不能再来此随意欣赏美景。

彩霞山是镜州境内第二大山，除了百莽山，就数此山占地最广，方圆十几里内都是此山的山脉所在。此山拥有大大小小的山峰十几个，各个都十分险要，被七玄门各个分堂所占据。彩霞山的主峰落日峰更是险峻无比，不但陡峭高绝，而且从山底到峰顶只有一条路可走。七玄门将总堂设在此处后，又在这条路险要之处一连设下了十三处或明或暗的哨卡，称得上万无一失。

韩立边打量着四周边跟着众人向前走，前头的队伍忽然停下，传来豪爽的话语声。

"王老弟，怎么才到？可比预定时间晚了两天。"

"岳堂主，路上耽搁了些时间，您老费心了。"王护法站在人群前，恭敬地向一个红脸老者施了一礼，一改路上的跋扈神情，脸上露出几分谄媚。

"这是第几批送到山上的弟子？"

"第十七批。"

"嗯！"岳堂主看了几眼韩立他们。

"送到清客院，让他们好好休息一晚，明天一早就开始选拔合格弟子。没过关的，及早让他们下山，免得犯了山上的规矩。"

"遵命，岳堂主。"

走在上山的石阶上，所有小孩兴奋不已，不过没有人敢大声说话。虽然大家年纪都不大，却都知道这里就是决定自己未来命运的地方。

王护法一边在前面带路，一边面带微笑地与路上遇到的人打着招呼，看得出他在内门熟人很多，人缘不错。

一路遇到的人大多身穿青缎衣，身上或挎着刀，或背着剑，偶有一些赤手空拳的人，腰间也是鼓鼓囊囊的，不知揣着什么东西。

韩立等人被带到一座较矮的山峰上，山顶有一片土房，韩立等人在这里住了一宿。这天夜里，韩立梦到自己身穿锦衣，手拿金剑，身怀绝世武功，把村里自己一直打不过的铁匠的儿子痛打了一顿，好不威风，直到第二天早上起来仍回味不已。

第二天早上起床后，王护法并没有让大家吃早饭，直接把他们带到山下的种满竹子的斜坡前。昨天已见过的岳堂主和其他几个没见过的年轻人已等在那里。

岳堂主站在众人面前大声道："大家听好，从竹林中的小路往前走，可以到达七玄门的炼骨崖。第一段路是竹林地段，再来是岩壁地带，最后是一个山崖，能到崖顶的才能进入内门。正午前无法到达者，若是表现有可圈可点之处，即便不能成为内门的正式弟子，也可以收为记名弟子。"

韩立自然不明白"记名弟子"的含义，只知道反正往前走要爬山，向前眺望了一眼，是一个不算陡峭的山坡，许多根粗细不一的长竹长在坡上，似乎没有多难爬啊！

韩立看看其他人，他可不愿输给同龄人。其他孩童之间，气氛也突然变得紧张起来。

岳堂主望了望初升的太阳，说道："时候差不多了，准备出发吧！不要害怕，师兄们会在后面护着你们，不会让你们有危险。"

韩立回头看了看身后那些青年人，自己若是成为内门弟子，是不是可以穿同样神气的衣服！

正在韩立瞎琢磨之时，其余孩童都已冲进了竹林，见此情景，他连忙跟上。

竹林非常宽广，三十余名孩童一冲进竹林就立即四散。韩立的身后紧随着一个瘦长的师兄，这人冷着脸孔，一言不发，韩立有点害怕，不敢与他说话，只是抬起脚步，低着身子，慢慢地沿着斜坡前进。

这片竹林看起来不复杂，但是时间久了就觉得辛苦了，走着走着腿越来越重，韩立必须用一只手扒拉着竹竿向前移动，好少费些力气。

这样坚持了好长时间，韩立实在累得够呛，只好随便找个土堆，一屁股坐了下来，不停地喘气。

缓了一会儿后，韩立回头望了一眼那个瘦长的师兄，这个师兄一动也不动地站着，身上一丝灰尘都没沾，与那些竹子一样挺拔，正在下面不远处静静地望着自己。

韩立看到师兄冷冷的目光，心中又有些害怕，忙把头转了回来，听见前方传来阵阵喘气声，知道是爬得比自己快的人也在休息，便匆忙往上赶。

坡面倾斜得更厉害了，韩立浑身的力气快消耗完了，为了不会走着走着就站不住，只能躬下腰，手脚并用，好在身上的衣服够结实，不然四肢的关节处肯定会磨破。

终于快走出这片茂密的竹林，韩立只觉得这最后一点路越来越难走，地面的岩石渐渐多起来，竹子却越来越少。韩立再也不能扒拉着竹竿前进了，只能一步步挪过去。

一走出竹林，眼前一片开阔，正前方是一块巨大无比的山石，上面已经有几个瘦小的身躯正慢腾腾地向上攀爬，每个人身后都跟着一个打扮一样的师兄。韩立不再犹豫，急忙往前方的巨石跑去。

这块巨石是叠层岩，风化得很厉害，某些地方一碰即碎，还有许多碎石片十分锐利，不到一顿饭的工夫，韩立的双手就已伤痕累累，手肘、膝盖的衣服也已被划破，皮肉被割伤了不少，虽然伤口都很小，但是一些细细的碎石碴儿嵌在里面，使得疼痛感更添上几分。

最前面的几个人已经越爬越远，韩立想到家人和三叔嘱咐的话，暗暗咬牙，继续艰难地往上爬。

临出发之前，韩立的父亲和三叔已经提醒过韩立，入门的考验会很艰难，要是没有坚持到底，是不可能加入七玄门的。但这个时候，韩立心里早就不在乎能不能加入七玄门，只是心里一股狠劲发作，一口气堵在胸口——非要追上其他人不可。

韩立抬起头费力地望了望，现在最前面的人是舞岩。舞岩毕竟年纪最大，还练过一些武功，身体也比其他孩子强壮得多，爬在最前面并不令人惊讶。

韩立又回头扫视了后方几眼，后面还有不少人影在移动，韩立深呼吸了一口气，加速前进。

吃奶的力气都使了出来，仍然没有拉近和最前边几人的距离，韩立只觉身子越来越沉重，眼看太阳就要爬到天空的正中间，而舞岩已经爬到巨石壁尽头。

巨石壁的尽头是一个垂直的山崖，高有三十余丈，从山崖顶部垂下十几条麻绳，麻绳上还打着一个个拳头大的结，舞岩正攀上其中一条，慢慢地一点一点地向崖顶移动。

韩立望着前面的舞岩，有些灰心了，他知道自己不可能追得上了，而且时间也不够了。

这念头一起，突然身上的伤口就同时传来火辣辣的疼痛感，韩立顿感四肢无力，抓着岩石的一只手一颤，差点掉下去。韩立吓得心扑通扑通直跳，连忙把整个身体紧紧地贴在石壁上面，不敢再动。

过了一会儿，心中平静下来，韩立用手抓住一块凸出的石头，扯了几下，比较牢靠，这才放下心来。

韩立下意识地回头望了望，见到身后的师兄正半蹲着身子两手张开，见他又安全了，才缓缓地站直了身子。

韩立心里一阵感激，自己要是真的掉下去，前面的辛苦就白费了！于是稍歇片刻，又慢慢地向前移动，朝着挂在悬崖上的一条粗麻绳爬去。

终于来到其中一条没人的麻绳跟前，太阳几乎升到了天空的正中间，只剩不到半个时辰就是正午了。这时舞岩已经爬上了崖顶，正回头朝下望，韩立爬到麻绳底部的时候恰好抬头看到舞岩，只见他举起手臂，伸出小拇指对着崖下之人轻轻比画了两下,接着一阵狂笑,便离开了。

韩立心里一阵气恼,连忙抓住麻绳,往上攀爬。可是韩立全身上下已经没有一丝一毫的力气,连绳结都抓不牢。

他费力地扭头看了看,后面的石壁上还有一些孩童停在那里,正大口大口地喘着粗气,看来和自己一样用完了最后一丝力气。

韩立心里只能苦笑,自己太小看这次考验了,还好没有落在最后面。犹豫了片刻后,韩立还是决定加把劲儿,再向上攀爬一些,虽然在正午之前自己绝对无法到达崖顶,可是就此放弃岂不是太难看了!

韩立伸了伸有点僵硬的双手,使起了刚刚恢复的一点力气,慢慢地顺着绳结往上挪动,但是此时的双手已经完全不听使唤了,根本抓不住绳子,磨蹭了片刻,仍然未能前进一步。

又过了一会儿,韩立只觉腰间一紧,身子一轻,整个人突然往上升。韩立转头一看,却是那个紧跟在自己身后的师兄一只手抱着自己,另一只手和双腿敏捷地向上攀爬,此时太阳正高高地挂在天空正中央。

原来自己最终还是没能完成这次考验,韩立心里有点难过,自己那么拼命,怎么还是比不上别人呢?

转眼到了山崖顶,眼前只有六名小童盘腿坐在一旁休息,而舞岩正和一位五十余岁的身穿深蓝员外袍、背负着双手的富态老者说话,岳堂主和王护法都站在老者身旁。

过了一会儿,所有孩童都被送了上来,这时岳堂主上前一步,面对众童子缓缓说道:"这次合格者共七人,其中六人进入本堂百锻堂,正式成为本门内门弟子。"

"另一人舞岩,第一个到达崖顶,表现杰出,直接保送到七绝堂学习本门绝技。"岳堂主回头望了一眼穿员外袍的老者,老者手抚胡须,满意地冲他点了点头。

"至于其他人……"岳堂主打量了几下其余童子,用右手轻轻地摸了摸自己的下巴,稍微沉吟了一会儿,"张铁、韩立两人虽然未按时到达崖顶,但表现突出,看来能吃得习武之苦,你们先在本门跟几名教习打下根基,半年后再考验一次,合格则正式成为内门弟子,未合格则送到外门当外门弟子吧。"

"王护法,剩下的人每人领些银子,全部遣送回家。"岳堂主冷冷地看着剩下的童子。

"遵命!"王护法躬身领命,把未过关的童子领下山去。

"张均,吴铭瑞,你们把这些过关之人带到本堂去,把他们分别交予顾副堂主和李教习。"

又有两名青年领命走了出来,把韩立等人分成两组后,朝山崖下走去,其中一人正是那个冷冰冰的师兄。临走时,韩立忍不住看了一眼舞岩,发现他仍在和那位蓝袍老者说话,没有丝毫动身的样子。

"他和你们不一样,是被送到七绝堂的核心弟子,一旦学成,最起码也是个护法。"另一名瘦长脸师兄似乎看出了韩立的疑惑,主动解答,他的话语中,似乎带着一丝羡慕和嫉妒。

"还不是仗着有个当副门主的表姐夫,要不是他有个表姐嫁给了马副门主做了续弦夫人,不然凭他?!年龄都超过了入门要求,还能进七绝堂?"冷冰冰的师兄说的话让人觉得背后有一股凉气往上冒。

"张均,你不要命了,副门主也是我们能胡乱议论的人?要是被其他同门听到,你我都逃不了面壁悔过的惩戒!"瘦长脸的师兄听了冷冰冰的师兄的话,吃了一惊,慌忙四处查看一番,看到除了这几个小童没有其他外人,这才松了一口气。

冷冰冰的师兄冷哼了一声,便不再言语,韩立这才知道这位师兄叫张均。

走在山路上,这两个师兄都想起了门内令人感到沮丧的一些事情,再也没有心情开口说话,只是默默地领着几个人往前走。而韩立等人更是不敢吭声。

在经过一片茂密的树林时,从林子里缓缓走出一老者,六十余岁,长得高高瘦瘦,面皮焦黄,却留有一头长到披肩的白发。这老者一边走一边不停地弯腰咳嗽，似乎随时都有可能倒下，令人十分担心。

张均二人看见此人，却没有一点担心的样子，急忙走上前去，恭恭敬敬地对这名老者施了一礼。

"墨大夫，您老人家好，有什么事要吩咐弟子做吗？"张均一反冷冷的神情，脸上充满了敬意，对他来说，这名老者比堂主，甚至副门主更值得尊敬。

"哦，这是刚上山的新弟子吗？"老者终于止住咳嗽，用沙哑的声音缓缓地问道。

"是的。这些人中有六名正式弟子，两名记名弟子。"张均回答道。

"我现在人手不够，还缺一名炼药童子和一名采药童子，这两人跟我走吧。"墨大夫随手一指，正好指向韩立和张铁。

"遵命，这二人是记名弟子，能被您老看中，是他们的福气。还不过来给墨老行礼，要是能学到他老人家一些皮毛，是你们二人一生的造化！"两个师兄没有丝毫反对的意思，瘦长脸的吴铭瑞甚至大大拍起这位老者的马屁来。

韩立和张铁自然没有反对的权利，便跟着这位老者走进了林子。

老者带着韩立二人，慢腾腾地沿着树林中的小路往前走，东一转西一转，眼前忽然一亮，一个郁郁葱葱、充满生气的小山谷，出现在三人眼前。

山谷的左侧是一大片散发着浓郁药香的院子，院内种着许多韩立叫不上名字的药草，右侧有十几间大大小小连成一片的房屋。往四周看了下，除了刚进来的入口，再也没有其他通到外边的出入口了。

"这是神手谷，除了谷内弟子，外人一般只有生病、受伤才会来此地，你们以后就住在这里了。先去休息一下，晚上再来大堂见我，我有话对你们说。"老者指了指其中一间较小的屋子。

"你们以后可以叫我墨老。"老者停顿了一下又道，"叫我墨大夫也行。"

说完墨大夫便不再理会韩立二人，咳嗽着一步一步地走进了另一间比较气派的大屋子内。

韩立早已疲惫不堪，也不管张铁，一头栽倒在房内一张木床上，便昏昏沉沉地睡了过去。不管怎样，自己已经算是半个七玄门弟子了。

"起来了！起来了！"一阵似乎从天外传来的叫喊声把韩立从酣睡中惊醒。一睁眼一张硕大的脸紧紧地凑在眼前，韩立吃了一惊，把身子往后缩了缩，这才看清这张吓死人的脸孔的主人是张铁。

"快吃点东西吧，吃完晚饭要去见墨老哪。"张铁把两个还冒着热气的馒头递给了韩立。

"你从哪里找到的？"韩立愣了一下，才接过食物。

"山谷附近有个大厨房，我看见所有人都在那领吃的，便也去领了一份，吃完后才想起你还没吃过呢，又帮你领了两个馒头。"张铁冲韩立憨厚地笑了笑。

"多谢你了，张哥。"韩立心里有几分感动，见张铁长得比自己成熟得多，一声"张哥"不禁脱口而出。

"没……没事的，我在家里做惯了的，不干点什么，总觉得心里有点……有点不自在，以后有什么要帮忙尽管开口，我别的没有，力气还是有一把的。"张铁似乎有点不好意思，说话有些磕磕巴巴。

韩立早饭午饭都没吃，也有些饿急了，三五口一个馒头就进了肚子，才一小会儿的工夫，两个大馒头便彻底地被消灭了。

"时间不早了，我们去见墨老吧。"韩立打了几个饱嗝，看了看窗外的落日。

张铁点了点头，跟着韩立来到墨大夫所在的屋内。

墨大夫房中，四周墙壁边上，竖着一排排书架，书架上摆满了密密麻麻的各种书。

"墨老！"

"墨老！"

墨大夫背部紧靠着太师椅，手里拿着一本书正津津有味地看着，似乎完全没有注意到二人的到来，也没有听到二人的招呼声。韩立和张铁毕竟都是小孩，见墨大夫不理会自己，便有点不知所措，不知如何是好，只好站在一边干等着。

直到韩立站得脚都有点麻了的时候，墨大夫才不慌不忙地把手里的书放到旁边的书桌上，冷冷地打量了他们一番，又端起一杯茶，抿了几小口，这才慢吞吞地开口道："你们从今日起便是我的记名弟子，我会教你们一些采药炼药的常识，也许还会教你们一些救人医人的医术，但绝不会教你们武功。"墨大夫面无表情，把手里的茶杯放了下来。

"我有一套修身养性的口诀要教给你们，虽然不能让你们克敌制胜，但能让你们强身健体。你们如果实在想学几手功夫，可以到几个教习那里去学，我不会反对。但半年后我要考查这套口诀的修炼情况，如果不合格，一样会被赶到外门，你们可听清楚了？"墨大夫口气突然变得郑重起来。

"听清楚了。"韩立二人异口同声地答道。

"你们出去吧，明天一早再来。"墨大夫冲两人摆了摆手，示意他们出去，又拿起那本书看了起来。

韩立出去前忍不住看了一眼墨大夫手里的书，可惜自己并不识字，只知书名是三个硕大的黑字。

走出墨大夫的屋子，韩立不禁松了一口气，刚才在屋里，自己连大气也不敢喘，脑子也绷得紧紧的，现在出来后马上轻松起来，恢复正常。

在接下来的几天里，韩立一直兴奋不已，因为自己终于算是七玄门弟子了，虽然只是记名弟子，但总比其他被送回家的童子强，即使半年后没能过关，也可以成为像三叔一样的外门弟子。在韩立心目中，三叔已经是非常有身份和地位的人，所以他并没有把半年后的考核放在心中，甚至还隐隐约约希望自己不要过关，这样就可以早点出山，见到父母和自己最疼爱的妹妹了。

之后的日子里，上午墨大夫传授他们一些医药方面的知识，下午让他们去一间书房同其他童子一起学习识文断字和十二正经、奇经八脉、周身穴道等武学基础知识，并一起扎马步、打草人，练些基本功夫。

一个月后，韩立二人和其他童子终于分开了，再也没有时间去学其他东西，因为墨大夫开始传授他们一套无名口诀，练习这套口诀占用了他们大部分时间。

墨大夫严令他们不得把口诀外传他人，如果泄露出去就要将他们严加惩戒并踢出师门。

在这期间，韩立通过他人之口对七玄门和墨大夫有了比较详细的了解。七玄门的门主是七绝上人嫡传后人，名叫王绝楚，还有三位副门主，门内分为外门和内门。外门有飞鸟堂、聚宝堂、四海堂、外刃堂四个分堂，内门有百锻堂、七绝堂、供奉堂、血刃堂四个分堂。另外还有一个权力只在正门主之下，与其他副门主并驾齐驱的长老会。

墨大夫原本不是七玄门的弟子。数年前，王绝楚在外出时不慎落入了敌人的圈套，被对头率众袭击，身受重伤，生命垂危，身边的众人都束手无策，正好碰上了墨大夫，结果墨大夫妙手回春，药到病除，救下了王大门主的性命。王门主对墨大夫自然感激不尽，后来知道他除了医术高超外竟然还有一身不弱的武功，便把他请回了门内；又在山里精心挑了一个小山谷，专门给他修了这片住宅，让墨大夫安心在七玄门落户，从此墨大夫成了七玄门供奉堂的一名供奉。墨大夫在七玄门的这段日子里，弟子们虽然没见过他的身手，不知道他武功的强弱，但他用高明的医术救下了不少门内弟子的性命，因此他尽管面无表情、言语稀少，还是受到门内弟子的尊敬。

韩立把体内经脉里的能量缓缓地收归丹田，这是他今天运行的第七个大周天循环，他知道自己的身体已经达到了极限，如果再运行下去，自己的经脉十有八九会再次断裂，他就会再一次品尝那种生不如死的滋味。

韩立入门已经大半年，记名弟子的正式入门考查也在两个多月前就结束了。

能够正式加入内门的记名弟子只有一小部分，大部分被考查的弟子都没能通过这一关，只好背着包裹下山，去当外门弟子。

那些未能通过考查的童子，大多会被划入聚宝堂和飞鸟堂。其中突出点的，会接受进一步的训练，才有可能被招入待遇更好的外刃堂。当然外门待遇最好的是四海堂，可惜四海堂只招收武林的成名人物，没有一两式拿得出手的功夫，那是想也别想了，更别说这些乳臭未干的孩子。

直到现在韩立一想到其他记名弟子在两个月前所经历的考查，心里还不禁有些发毛。

围着方圆十几里的彩霞山跑上一圈，紧接着在一个人烟稀少的山林里组队格斗，最后还要在那些武艺高强师兄的疯狂进攻下，撑过一定回合。

韩立情不自禁地有一点幸灾乐祸。

韩立和张铁没有参加这些令人恐怖的考查，就像墨大夫所说的那样，墨大夫只是考查了一下他们修炼那套口诀的情况。

按照墨大夫所说，这套无名口诀分为数层，韩立二人只得到了第一层的修炼法诀，也就是说只要两人能半年内在第一层口诀上修炼有成就算过关，就可以成为墨大夫的正式弟子，和七玄门其他内门弟子有相同待遇。

韩立自从由其他人嘴里知道内门弟子和外门弟子的差别之后，就把蒙混过日子、成为外门弟子好回家的念头彻底丢掉了。对他来说，能从七玄门多领些银子补贴家用，比其他的更加重要。自己每多领一点银子，家里父母兄妹的生活就能好上一分。

从墨大夫那里得到口诀后，韩立就待在屋内不再外出，日夜不停地修炼。墨大夫没有给他们任何一点修炼上的指点，韩立只能自己摸索，参考其他童子修习七玄门基本内功正阳劲的方法，领悟修行窍门。

经过三个月苦修后，韩立修炼这套口诀的速度慢得吓人，费了九牛二虎之力，也只能在体内产生一丝丝微凉的能量。

这大概就是几位教习所说的内家真气吧？韩立想当然地这样认为。

可是听其他修炼七玄门正阳劲的童子说，他们体内的真气是一股非常明显的热流，而自己体内产生的是股凉气，并且两者修炼后的效果就差得更远了。

其他童子运行体内的正阳劲真气后，已经能一拳打断碗口粗的小树，纵身一跳一丈多高；而韩立运行自己的怪真气后，几乎没有什么变化。唯一的不同之处就是，自己的精神似乎比以前旺盛了许多，胃口也比上山前好了许多。可这又有什么用呢？看着一同上山的童子在眼前大展神威，韩立变得沮丧起来。

这个意外发现，差点让韩立放弃自己这数月来的努力。他认为自己资质太差，再怎么努力也不可能通过墨大夫的考查，甚至做好了下山的打算。

有一天，韩立从一起修炼的张铁那里知道，张铁从修炼这口诀到现在，体内竟然未有丝毫变化，没有一点效果。这让韩立重新拾回了自己丢掉的一些信心，在余下的日子里，又开始了以前的那种苦修。

不，修炼得比以前更加努力，更加疯狂。

韩立把每一分每一秒都用来打坐修炼，甚至晚上睡觉时，也保持修炼的姿势。当然这种疯狂的做法只坚持了几天，就放弃了。原因是他睡眠不足，无法使自己保持白天的修炼效率。

让韩立感到纳闷的是，墨大夫自从把口诀教给他们后，就对他们不管不问，好像完全忘掉了两人的存在。

墨大夫整天就抱着那一本有三个黑字书皮的书苦读，好像书中真有颜如玉，书中真有黄金屋。一开始，韩立和张铁都以为墨大夫不打算做救死扶伤的大夫，而是要苦读书改考秀才了。两人识字以后才认得那三个字叫"长生经"，那是一本讲如何修身养性、延年益寿的书。

韩立二人这才恍然大悟，墨大夫不是想考秀才，而是想和河里的乌龟一样老而不死，活个成千上万年。

经过近半年的疯狂修炼后，韩立终于站在墨大夫跟前，准备接受墨大夫的考查。

张铁手足无措地紧挨着韩立。这也难怪，韩立早已从他嘴里知道，他经过近半年的修炼，在这套口诀上毫无所成。

韩立知道张铁修炼的认真程度并不下于自己，但奇怪的是，无论张铁怎么下苦功都没有一丝效果，看来这套口诀和他是没有什么缘分了。

韩立的心里也是七上八下的，并不怎么踏实。他知道，这次张铁十有八九过不了这个考核，而自己虽然有一点点效果，但比他强不了多少。

拼命地修炼，结果也只是让自己体内的奇怪能量比以前多了一点，如果说以前的能量只有头发丝那么细，那么现在它则变得棉线那么粗。可是这样能不能过得了墨大夫这一关，韩立心里实在是没底。

"都准备好了吧？把你们的修行成果展示给我看看吧。"墨大夫眯着双眼，坐在太师椅上冷冷地看他们。

"准备好了。"韩立二人硬着头皮答应。

墨大夫慢腾腾地从椅子上站了起来，把那本和他寸步不离的书放到桌子上。

"把手伸出来。运功给我看看。"

墨大夫一只手抓住张铁的右手脉门，另一只手放到张铁的丹田之上。

过了一盏茶的工夫，墨大夫才把双手从张铁身上收了回来，面无表情地仔细上下打量了一番张铁。

张铁满脸通红，把双手慌慌张张地放到背后，头低了下去，不敢再看墨大夫一眼。他知道墨大夫肯定已发觉，自己在这口诀上没有丝毫的成果，接下来就不会给自己好脸色看了。

"该你了。"令人惊讶的是，墨大夫没有一点要责骂张铁的意思，只是眼里稍微露出了一丝失望的神色，转过头来，又到了韩立跟前。

墨大夫照旧一把抓住了韩立右手的脉门。

"好凉啊，冷冰冰的，一点也不像是活人的手。"韩立心里有些吃惊。

墨大夫手上的皮肤有些干瘪，还布满了老茧，扎在皮肤上有点刺痛，这是韩立被墨大夫的手抓住的第一感觉。

也许是受到了外来的刺激，韩立体内的能量没等韩立自己运功就自行运行起来，顺着奇经八脉，通过周身各处的穴道，从丹田往头部，再往四肢，飞快地运行了一圈，又返回了丹田。这股能量一运行，韩立皮肤上的那一点不适，就立马消失了。

"咦！"墨大夫情不自禁地叫出了声，看来是发现了韩立体内的那股能量。

"快，再运行一遍口诀。"墨大夫虽然强忍着，不想喜形于色，但眼中流露出的狂热，还是让韩立有些愕然。

"慢慢来，让我仔细瞧瞧。"墨大夫平时一贯冰冷的语调也变得急促起来，把另一只手放到了韩立的丹田上。

韩立感到墨大夫的双手有点发抖，看来他心里非常激动，便依言又让体内的能量运行了一遍。

"不错！不错！就是这种感觉，这就是我想要的东西。没有错！不会错的！哈哈……"墨大夫经过一番仔仔细细的检查后，再也忍不住，放声大笑起来。他双手死死地抓住韩立的双肩，眯着的眼睛也瞪大了，紧紧地盯着韩立，像是在看一件世上罕有的奇珍异宝。

韩立耳边不停地传来墨大夫的大笑声，感到双肩被抓得有点疼，再看到他脸上流露的疯狂神色，心里不禁害怕起来。

"好，很好。"墨大夫从韩立脸上看到了恐惧，这才意识到自己有些忘形了，立刻停止了大笑。

"以后也要像现在这样努力，从今天起，你就是我的亲传弟子了。"墨大夫放开双手，拍了拍韩立的肩头以示鼓励。

墨大夫脸上又恢复了以往的平静，似乎刚才的疯狂举动从未发生过，只是从他那偶尔看向韩立的热切目光中，才能觉察到他现在仍处在兴奋之中。

"至于你……"墨大夫又把目光落到了张铁身上。

张铁早已被刚才所发生的一幕惊呆了，见墨大夫看向自己，这才回过神来。一想到考核不过就要被赶下山这个残酷现实，张铁不禁露出苦苦哀求的神色。

"你资质不行啊，这么长时间，竟然一点东西也没能练出来，做我的弟子实在是有点勉强了。"墨大夫不停地摇着自己的头。

张铁的心随着他的摇头，不停地往下沉。

突然，墨大夫似乎想到了什么有意思的事情，露出了奇怪的神情。

"我刚才检查了你的根骨，另有一种心法比较适合你，不知你可愿意跟我学?"墨大夫的话锋突然一转。

张铁哪有不愿意的,当场就答应下来。

"好,很好。你们下去吧,明天我再传授你们新的心法。"

韩立与张铁互相看了对方一眼,都觉得今天的考核是一波三折,峰回路转。好在都通过了,两人觉得很欣慰。

韩立脸上露出了笑容。

他和张铁在这大半年内,因为脾气相投,加上出身比较类似,很自然地结成了无话不说的密友。

韩立缓缓地把盘起的双腿打开,用手揉了揉自己的小腿,长久的打坐练功,使得他的腿部有些麻木。

揉了几下,感到腿部的知觉完全恢复了,韩立这才从垫子上站起来,习惯性地拍打了几下身上的灰尘,推开石室的门走了出去。

回头望了一下自己练功的石室,韩立陷入了沉思。

这间屋子完全是由结实的花岗岩山壁掏空而成,大门是一整块大青石,普通人想贸然闯进来,不用开山的巨斧劈个一时三刻,是不可能的。

这样的练功静室,除了七玄门的门主、长老、堂主外,即便是七绝堂的核心弟子,也不能随便拥有。这种石室是专门为了修习高深内功之人而建,防止他们在练功中被干扰以致走火入魔。也不知道墨大夫用了什么方法,硬是让几位长老同意派人,在神手谷的山壁上凿出了这么一间石室。

这间石室一完工,墨大夫就交给韩立独自使用,韩立有些受宠若惊。

墨大夫对自己这个徒弟未免太好了,从正式成为他弟子的那天起,墨大夫每天都给韩立服用几种不同的药物,还用一些不知名的药草做成汤汁,给韩立浸泡身子。虽然韩立不知道这些药物的名称和功用,但是墨大夫每次用药时,脸上都会流露出难舍的神情,韩立便知道这些药材弥足珍贵。

显然这些药材还是很有作用的,韩立的修炼速度明显提高了不少,在前不久终于冲关成功，练成了这套无名口诀的第一层。

只是在冲关时，有几条经脉差点断裂，受了不轻不重的内伤，多亏了墨大夫医术高明，再加上墨大夫舍得用好药，才没落下什么后遗症。

韩立受伤后，墨大夫比韩立自己还要紧张，在整个医治过程中都坐立不安，在看到韩立伤势终于好转之后，这才大大松了一口气。

墨大夫的这种表现，远远超出了普通师徒间应有的情分，令韩立心头无端地有几丝忐忑不安的感觉。要不是韩家除了三叔外，就再也没有人走出那片穷山沟，韩立差点以为墨大夫是自己家的哪门子远房亲戚。

韩立伸了伸懒腰，慢慢地往自己的住处走去，成为正式弟子后，韩立和张铁搬出了原来的屋子，两人都拥有了自己的房间。

在经过张铁的屋子时，韩立随意地瞥了一眼。果然，张铁又没在屋内，估计又去赤水峰下的瀑布练功去了。

成为墨大夫的正式弟子后，墨大夫仍然叫韩立只练这套无名口诀，没有丝毫传授他其他功夫的意思，倒是对医术方面的传授毫无保留，并手把手地教他。对韩立关于医术方面的疑问，墨大夫做到有问必答，允许他随意翻阅自己屋内所有医术方面的书。

而对张铁，墨大夫传授他另一套很实用的功夫。

张铁所练的功夫很奇特，据墨大夫所说，这门象甲功江湖上很少有人见过。一般武功的修炼过程都是由易到难，越是练到高层就越是难练。而象甲功共分为九层，前三层很好练，和普通武功没有区别。从第四层开始，就骤然变得艰难起来，并且要承受许多令人难以想象的痛苦与折磨。许多修炼此功的人无法忍受这种痛苦，往往就此打住，修为从此停滞不前。更不要说第五层、第六层的修炼，要承受的痛苦是此前的数倍。可是此功只要一到达第七层，此后又是一路平坦，畅通无阻，只是每月还有那么几天，要承受那种死去活来的痛楚。

这令想要修炼此功的人望而却步，也是造成此功法现在几乎失传的主要原因。

将象甲功修炼到高层后其威力也着实惊人。据说练至第九层的人如同身穿宝甲，可刀枪不入、水火不侵。

更令人眼热的是练了此功后，普通人还会拥有巨象之力，到了高层后力大无穷，能活擒恶狼、生撕虎豹，厉害无比。

除了创立象甲功的那位高人外，再也没人能将此功练到第九层。传说，此高人由于天生没有痛觉，才能创出如此变态的武功，并将此功练到极致。

墨大夫原原本本地将象甲功的利弊告诉了张铁，可张铁对此功的害处没有切身的体会，就没有把它当作一回事，只是眼馋象甲功的厉害之处，便毫不犹豫地答应修炼此功。说来也怪，这项武功似乎很适合张铁，短短两个月，张铁就将它练到了第一层的顶峰。

最近张铁为了冲破象甲功的第一层，在墨大夫的建议下，每天下午都在赤水峰数十米的瀑布下，顶着巨大冲击力练功。

据张铁自己所说，这种方法还颇有效果，他距离第二层只隔着那薄薄的一层纸，只要再加把劲就突破瓶颈了。

第二章
神秘瓶子

韩立慢慢地走出了神手谷，沿着山中的小路，习惯性地向着赤水峰走去。

他现在并没有什么重要的事情要做，这几日之所以每天按时往张铁那里跑，只是想看看张铁在瀑布下练功时龇牙咧嘴的怪样子。

"估计张铁现在已经有些后悔了？这象甲功的霸道，远远超出他的想象。"韩立一边走，一边想着，还漫不经心地随意踢着地上掉落的叶子和树枝，"等到再过些日子，我们就一起向墨大夫求求情，让张铁改练别的功夫，省得受此活罪。"

韩立抬头望了望路两旁的树木，这个时候已是深秋，所有的树枝都光秃秃的，小路上堆积了厚厚一层落叶和枯树枝，走在上面软绵绵的，非常舒服。

这时，从不远处的一座山峰上隐隐地传来了几声兵器的撞击声，不时掺杂着几声响亮的喝彩声。听到这些声音，韩立又望了望那座山峰，心情顿时变坏了。

这是百锻堂的教习师兄在给新入门的师弟指导兵器格斗。

每当韩立看到其他同门聚在一起，进行真刀真枪训练的情形时，心里就有些不是滋味，自己也好想拿起真刀真枪狠狠地耍上一把。可惜的是，不知道为什么，正式拜入墨大夫门下后，墨大夫就严禁他接触这些东西，并且不准他再去其他教习那里学习武功，说是会妨碍他修炼口诀的进度。因此，韩立只能眼巴巴地看着，偶尔私下里从几个交好的同门那里借来几件兵刃，舞上几个来回，过把干瘾。

真是的，自己修炼的这套口诀有什么好的，到现在也没看出它有什么用。别的一起入门的弟子都是身手越练越厉害，武功一日千里，自己却在原地踏步，根本就看不出有什么变化。就连只修炼了两个月象甲功的张铁，也变得皮糙肉厚更扛打，力气也比以前大了许多。

可若不是被墨大夫收入门下，自己根本就过不了两个月前的记名弟子考核，更别说留在山上，寄回家那么多银钱。

"不能学其他的，就不学吧！"韩立一边在心里抱怨着，一边自我安慰着。

韩立把视线从远处收了回来，心里仍在嘀嘀咕咕，无神的双眼看着小路的两旁，自己都不知道在瞅些什么。

突然，韩立倒吸了一口凉气，神情变得古怪起来，紧接着嘴几乎咧到了耳边。他条件反射般蹲下身子，用双手死死地按住自己的右脚拇指，随后又痛得半躺在草丛上。突如其来的剧痛，一下子就把韩立击倒了。

看来自己意外踢到了树叶堆里的一块非常硬的石头。韩立用双手抱住脚脖，一面隔着脚上套着的布鞋，用嘴使劲地朝自己受伤的脚趾大口吹气，一面在心里暗暗担心，自己是否会伤得很严重。

过了老半天，韩立才缓过来。他抬起头，往脚下附近的树叶堆里扫视，想要找出罪魁祸首。

四周地上散落的树叶都是同一个色调——枯黄色，韩立根本就无法从那些乱七八糟的树叶堆中找出自己想要寻找的目标。

韩立皱了皱眉头，用手在地上胡乱扒拉了几下，抓起一根比较粗长的树枝，拄着它小心翼翼地站了起来。还是不甘心，用手中的树枝往四周厚厚的树叶堆里使劲地扒拉了几下。

咦？！一个拳头大小的东西被树枝挑了出来。

韩立仔细打量了一下，这个造成自己负伤的元凶，是一个有着细长颈的圆瓶，瓶子表面沾满了泥土，完全变成了土灰色，看不出一点本来的色彩。

原本韩立以为这是一个小瓷瓶，但是拿到手中却发现分量不对，沉甸甸的，非常重。是金属制成的吧？难怪这东西个头不大，却把自己的脚撞得如此疼痛，金属的瓶子倒是少见。

韩立对这个小瓶子产生了兴趣，一时忘掉了脚上的疼痛。他用手搓了搓瓶颈部分的泥土，瓶子原本的颜色显露了出来，绿莹莹的，非常好看，瓶身还有些精美的墨绿色叶状花纹，顶端有一个小巧的瓶盖紧紧地封住了瓶口。

里面不会装着什么东西吧？韩立用手把瓶子放到耳边，轻轻地摇了摇，感觉不出里面有什么动静。他又把手放到瓶盖上，用力拧了拧，没拧动。

韩立更好奇了，正想进行下一步动作，突然，从脚上传来了剧烈的疼痛。看样子是去不了张铁那里了，还是先回住处，上点伤药，再好好琢磨琢磨这个意外得来的小瓶子。

想到这里，韩立为了防止被他人看见，也不嫌瓶子太脏，把它揣到怀里，掉过头，一瘸一拐地往回走。

回来的路上韩立没有碰见什么人，只有几个过路的师兄看见他一瘸一拐的样子有些惊讶，但也并未对他说些什么，看来没有人在意他这个小师弟。

回到自己的住所，脚上的疼痛更厉害了。韩立赶紧坐在床沿，轻轻地把鞋和袜子脱了下来，检查伤势。右脚的拇指高高肿起，伤处的表皮涨得又红又亮，像是一个通红的大辣椒。

韩立急忙从枕头下面掏出一个小药瓶，这是墨大夫精心调制的外伤药，对淤血、青肿、流血都有奇效，是他好不容易从墨大夫那讨来的，本是给张铁准备的，没想到自己先用上了。

一打开瓶盖，一股浓郁的药香味便充满了整个屋子。韩立轻轻地将药粉倒在肿起的脚趾上，马上感到伤处一阵清凉。真不愧是墨大夫秘制的伤药，马上就见效了。墨大夫的医术真是没的说！韩立又找来块干净的布，把受伤的脚趾包上，这才重新穿上鞋和袜子。

嗯！还好，疼痛减轻了许多。

他来回慢慢地走了几步，对自己快速处理伤处的方法比较满意。现在该处理神秘瓶子了，那个造成自己重伤的元凶。

韩立从怀中摸出那个瓶子，又找了块抹布把它擦得干干净净，这时瓶子的整个原貌才呈现在他的眼前。

这个瓶子不算大，用一只手掌就能把它全部握住，比韩立的药瓶还要小上一分。瓶子通体是浅绿色的，瓶身还印着几个墨绿色花纹，花纹呈叶片状，栩栩如生，摸上去有一种凸出来的感觉，似是用树叶镶上去的。

用手掂了掂它的分量，很沉，可是此物明显并不是金属制成，更不是瓷器。因为用手摸上去没有普通金属的冰凉感，也没有瓷器的那种表面光滑的触感。

看到那牢牢密封的瓶盖时，韩立决定满足自己的好奇心，立刻把瓶子打开，看看里面到底有没有东西。

韩立再一次把手放到盖子上，用力拧。一下，两下，三下……瓶盖和瓶身如同通体铸成一般，纹丝不动。

韩立吃了一惊，刚捡到瓶子时，自己就没能拧动。但当时挂念伤势，没有用尽全力，也没放在心上。没承想，现在用尽全力竟然还是不行。

韩立又一连拧了十几下，觉得手臂都酸了，还是没有成功，便停了下来。他甩了甩自己的臂膀，活动活动了手腕，刚才用力过猛，有点拉伤了。

韩立把瓶子拿到眼皮底下，又仔仔细细地检查了一遍，可惜，并没有发现隐秘的小机关。

这下韩立犯愁了，不打开瓶盖，如何知道里面有没有东西？有的话，这瓶子如此奇特，又密封得这么紧，肯定是极贵重的好东西。

韩立用手紧紧地握着瓶子，看着它，发呆了好一阵，终于决定，让力气比自己大得多的张铁试试看。要知道现在的张铁，在双手各提起数十斤水桶的情况下，还能快步如飞地上下山。现在谷里的大水缸，都是他每天准时打满的。

打定了主意，韩立走到张铁屋内等他，期盼着张铁能快点回来。

等人的滋味儿真不好受，韩立觉得时间过得好慢，过了老长一段时间，才听到嘎吱一声，张铁推门进屋。

一抬头，韩立就看到张铁穿着薄薄的青布衫，浑身上下冒着热气，满头大汗地走了进来。

张铁一见到韩立在自己的屋里，愣住了，还没等他开口说话，早已等得不耐烦的韩立立马就把瓶子递到了他的眼前。

"张哥，帮个忙，帮我把这个瓶子打开好吗？"

"这是哪里找来的？样子很好看嘛！"张铁略微愣了一下，就接过了瓶子。

"咦？！这东西还真结实，好难拧开啊！到底是什么制成的？"张铁也不废话，接过瓶子就用力拧了起来，可也没能打开瓶盖。

"不行，我拧不动，要么你去找师兄试试？"张铁冲韩立摇了摇头，把瓶子抛还他。

"你也不行吗？"韩立有点急了，不禁在屋里绕起了圈子。

"欸！你的脚怎么了？"张铁这才发现，韩立走起路来有点不太对劲。

"没事，只是走路时踢到了石头。"不知道为什么，韩立并不想告诉他关于瓶子的实情。也许只是下意识地把有关瓶子的事情当成自己的小秘密。

韩立没心情同张铁闲聊，离开了他的屋子。

回到了自己的小屋，韩立把瓶子立在桌面上，趴在桌子上，死死地盯着瓶子，脑袋瓜子在飞快地转动着。

嘭！韩立狠狠一拳砸在桌面上。

"用工具把瓶子砸开。"这是韩立再三思量后的决定。

虽然这种做法简单明了，但是一想到要损坏如此奇特的漂亮瓶子，韩立就感到不舍，十分不情愿。

叫师兄帮忙，也许能打开它。但韩立心底里早已把此物当成了自己的宝物，是万分不肯再让其他外人知道的。再说了，山上的每一个人都有可能是此物的失主，要是知道了瓶子在他这里，把它要回去怎么办？这个小瓶是如此漂亮、有趣，他现在是万万舍不得把它送回去。

韩立知道这也许只是个空瓶，但他仍愿意赌上一把，赌瓶子里的东西，比瓶子本身更有趣。

越是这样想，韩立的心越是痒痒的。他如果不解开瓶子里的谜团，晚上都无法睡个安稳觉。

拿定了主意，韩立偷偷地溜进山谷里堆放杂物的屋子，从众多工具中选出了一个比较重的小铁锤，把它带回了自己房内。

回到屋内，他从屋子的角落里找出半截废弃的硬青砖，又在地上找了一块比较平坦的地方，把青砖平放在此处，再把瓶子稳稳地横搁在青砖上。

韩立右手举起小锤子，锤头略微在空中停顿了一下，然后就果断地落在了瓶子最凸起的部分——瓶肚子上。

因为害怕用力过大会破坏掉瓶中所装的东西，所以第一下只是轻轻地落在上面，试探了一下瓶子的硬度。瓶子上没有一点裂痕，看样子可以用大一些的力气砸瓶子。

嘭！五分力。

嘭！七分力。

嘭！十分力。

嘭！十二分力。

韩立用的力气越来越大，手臂摆动的幅度也越来越夸张，锤子落下的速度也一下比一下更快。甚至，最后一下，瓶子下的青砖都已断裂，可瓶子通体完整，没有一丝裂痕。

这太出乎韩立的意料了。韩立这时才真正地肯定，这个小瓶绝对是个非同寻常的好东西，绝不会是被人故意遗弃的，十有八九是物主不小心遗失的。现在，说不定失主正在满山寻找此物，自己如果想保住此物，就一定要好好地藏起来，不能让外人看见。

要是一般的东西，他就还给失主了，可是这瓶子如此神秘，应该是那些有钱人家的弟子或者山上有身份地位的人丢的，韩立对这两种人都没有什么好印象。

韩立从小家里就很穷，全家人常常忙碌了一整天也吃不饱一顿饭。在七玄门内，他常常看到富家子弟大手大脚地花钱，奢侈地吃喝（七玄门弟子如果不愿意吃普通的伙食，可另外掏钱，购买更好的饭菜），把钱不当钱。每当这时，韩立就觉得心里头不怎么舒服。再加上这些富家子弟平常就瞧不起他们这些从穷地方来的弟子，经常用言语讥讽、侮辱他们，甚至还起了几次小小的冲突，童子之间打了几次群架。韩立参与了其中一次，他被那些自幼习武的富家子弟打得鼻青脸肿，无法出门见人，接连休息了好几天才恢复正常。

至于山上有些地位身份的人，也没给韩立留下什么好印象。从王护法收取三叔的贿赂，到舞岩依靠马副门主的权势直接进入七绝堂，虽然没见过多少山上的大人物，但以前韩立心目中大人物的伟大形象已经崩塌得差不多了。

对于这两种人遗失的东西，韩立不但不想还回去，还想恶作剧般藏起来。

想到这里，韩立立刻把自己脖子上挂着的一个小皮袋取了下来。这个皮袋是他从家里出来时，母亲特意用一块兽皮给他缝制的，能防水防晒，里面有一枚用野猪牙制成的平安符，希望保佑他平平安安，无病无灾。

韩立解开了皮袋口，把瓶子和平安符放在一起，再勒紧袋口，接着又把袋子挂回脖子上。这时，他才觉得自己的心里踏实了许多。

韩立悄悄地把锤子放回原处，并装作若无其事的样子，在神手谷内慢慢闲逛了一会儿，直至天色全黑，才拖着受伤的脚回到了屋内。

因为知道韩立脚上负伤，张铁就把饭菜端到了他的屋内，准备陪着他一块用饭。

韩立看他笨拙地在自己屋内一会儿搬椅子，一会儿折腾桌子，忙乎了老半天，总算把一切弄好可以吃饭了，心中不禁有些好笑，但更多的则是感动。

两人在桌边坐定后，便一边聊着门内的闲话，一边开始往嘴里塞食物，时不时地交流起练功心得来。

一说起象甲功，张铁就郁闷得直翻白眼。

现在的张铁对象甲功谈虎色变，他虽然只修炼了第一层，但已经被墨大夫折磨得叫苦连天。他不但要定时定点地泡些难闻的药汁，还要不时地经受墨大夫的木棒敲打，墨大夫说是要淬炼他的筋骨。

这些粗暴的练功方法，让他有一段时间每天晚上都无法安然入睡。因为浑身上下红肿着，一碰触木床，就痛得他龇牙咧嘴。

对韩立修炼无名口诀，张铁打心眼里羡慕。他觉得韩立只要像和尚一样，整天打坐念经就行。韩立听了，也只能无言以对。

张铁能坚持到现在没有放弃，这让韩立十分佩服。他说什么也不会练这种自虐的武功，即使能让他一夜之间成为一流高手。

晚饭吃得差不多了，张铁匆匆收拾完碗筷后，就起身告辞，临走前让韩立早些休息，好静养脚伤。

韩立站在门口，目送张铁离开后，就急忙回到屋内，关紧门窗，这才从袋子里拿出瓶子，又研究了起来。

韩立毕竟只是个十来岁的孩子，折腾了一会儿，看着还是没有什么头绪，就有些厌倦了。再加上脚上还有伤，精神也有些疲倦，便在不知不觉中，拿着瓶子倚在床边，昏昏沉沉地睡了过去。

也不知道过了多久，正睡得香甜的韩立突然感到一股凉意从手上传来。韩立打了个冷战，勉强睁开沉重不堪的眼皮，迷迷糊糊地向手上望去。

他突然坐了起来，嘴巴张得大大的，连口水从嘴角的一边流出来都没注意到。他再也没有丝毫睡意，被眼前的景象震惊了。

一丝丝白色光芒，通过屋子里唯一开着的天窗从天而降，全部聚集到韩立手里的瓶子上,形成一颗颗米粒大小的白色光点。

　　白光非常柔和,一点也不刺眼,而那种冰凉的感觉,就是从这淡淡的白光中传来的。韩立猛咽了一下口水,像扔出烫手山芋一般把手里的瓶子甩到一边,连滚带爬地躲在一边。警惕地观察了一会儿,发现好像没有什么危险,才小心地又凑了上来。

　　被白光包围的瓶子格外美丽诱人,还带有几分神秘色彩。韩立犹豫了一下,用手指轻轻地戳了几下瓶子,看到没有什么反应,才小心翼翼地又拿起瓶子,把它放到桌子上,自己则趴在附近,兴奋地观察这从未见过的奇景。

　　韩立眼睛眨也不眨,聚精会神地盯着白光中的瓶子许久,终于叫他发现了其中的几分奥秘。

　　这个瓶子正不停地吸收着飘荡在附近的白色光点。不,不是吸收,是这些光点在拼命地往瓶子里挤,一个个争先恐后,好像活物。

　　韩立有点好奇,用手指尖轻轻触摸了其中的一粒光点。凉凉的!此外,就再也没有特别之处。

　　韩立抬头看了看。一丝丝白色光芒,仍在不停地从天窗上往下降,没有丝毫要停止的样子。

　　韩立看了看四处封闭的门窗,又望望上面开着的天窗。他灵机一动,把门轻轻地推开,探头探脑地往外瞅了瞅。

　　还好,现在已是深夜,外面静悄悄的,四下里一个人也没有。

　　韩立把头缩了回去,转身一把抓住小瓶,把它装进了皮袋,然后飞快地跑了出去,一直跑到一个僻静无人的空旷之处,才停了下来。四下扫视了一番,确定真的没人后,韩立才小心地把瓶子取出来,轻轻地放在地面上。

　　原本瓶子附近的光点,在它被装入皮袋后,已消失得无影无踪。不过韩立并不担心。

　　果然,过了一小会儿,一丝丝比在屋内多得多的光线,从四面八方汇聚过来。接着,数不清的白色光点浮现在小瓶子的周围,形成一个脸盆大小的巨大光团。

"哇!"韩立高高举起了一只手,握紧了拳头,兴奋地叫出了声。他的小孩子脾性显露无遗。

看来,他的假设是正确的:封闭的门窗,阻碍了瓶子对白光的吸引力,在广阔的无遮挡的地方,瓶子吸引白光的能力更强,所形成的光团更大。

虽然不知道这些光线从哪里而来,瓶子吸入这些小光点又有什么用,但这距离揭开谜底,应该是前进了一大步。韩立觉得,自己快要解开瓶子的秘密了,这使他格外兴奋。

一直等到天色快要发亮,瓶子周围的光芒才渐渐消散。

他俯身捡起瓶子,检查了一下。和以前没有什么不同,瓶盖仍是打不开。

韩立失望了,见天色快亮,只好不情愿地把瓶子收起来。他还要赶回石室,去打坐练功。

在接下来的好几天里,每到夜里的一定时辰,瓶子都会发生相同的异象。无数光线如同飞蛾扑火,被瓶子吸引而来。

正当韩立以为这种现象每天都会发生时,到第八天的时候,出现了其他变化。

这一夜,韩立来到老地方,把瓶子取出来放好,吸收光点的现象竟然只维持了短短半刻钟,就停了下来。接着,瓶子身上的墨绿色花纹突然发出了耀眼的绿色光芒,并且瓶身浮现几个金黄色的文字和符号。这些奇怪的字符,结构美观,笔画奇特,有一种说不出的上古韵味。这些字符只持续了片刻,就消失了。

韩立大大咧咧地拿起瓶子,下意识地试着打开盖子。轻轻地、毫不费力地,就把瓶盖从瓶子上取了下来。

难以置信!韩立吃惊地望着手里的瓶盖。

就这么毫不费力地,把这个困扰自己多日的难题解决了吗?

韩立把眼睛凑到瓶口前，往里头看去。瓶子里面，一滴黄豆大的碧绿色液体在缓缓地滚动着，把整个瓶壁都映成了绿莹莹的一片。

这是什么？韩立有些失望，自己费了老大劲，只得到这么一滴液体。

他失落地把瓶盖盖上，收进皮袋，转身往住处走去，刚才那股激动的兴奋劲消失殆尽。

现在他所要做的事情就是回去好好睡一觉，补下睡眠。这几日，他每天晚上都未能安睡，精神不振，他白天练功的效率大大降低，已引起墨大夫的一些不满。

韩立自从成为墨大夫的亲传弟子，并突破口诀第一层后，他总觉得自己就没有了练这口诀的动力。何况这口诀修炼后的效果令他不满意，他怎么也提不起精神来修炼。

为此，墨大夫狠狠地训斥过他一顿。可是，一到修炼的时间，他仍然昏昏欲睡，无精打采，一点动力也没有。这种情形让墨大夫有些抓狂，觉得自己是不是收错人了。

怎料，第二天，韩立再一次主动地、全身心地投入到疯狂的修炼之中。让他做出如此举动的原因，只是墨大夫轻飘飘的一句话："每把这口诀提高一层，我就把每月该发给你的银子，提高一倍。"墨大夫终于看出了韩立对钱财的渴望，从根上找到了解决的办法，一句简简单单的话，就把他绑在了拼命修炼的战车之上。

在接下来的日子里，韩立都在为练成下一层口诀而拼命修炼。

每日里，韩立从早上到中午，从中午到晚上，一天两次进入石室，修炼打坐，过着这种千篇一律的枯燥单调的生活，把其他一切都抛在了脑后。墨大夫为了让他专心修行，不让外界事物干扰他，把整个神手谷都暂时封闭了，连看病救人都在谷外进行，日常的衣食用度更是不让他再操半点心。

瓶子的事情，就这样渐渐地被韩立抛在脑后。

秋去冬来，春过夏至。一晃眼，四年过去了，韩立已十四岁了。

他成了一个皮肤黝黑、沉默坚毅的少年。只从外表上看，他和普通的务农少年没有什么区别，不惹人注意，既不英俊潇洒，也不风流倜傥。只是每天在石室、住处来回穿梭，偶尔去墨大夫那里学点医术，在他房内翻看各类不同的书。就这样整个山谷成了他全部的天地，他的口诀也水到渠成地练到了第三层。

墨大夫对韩立能把全部时间用到修炼上感到很满意，但对他无名口诀的修炼进度，仍然嫌慢。

近年来，墨大夫身上的病似乎更严重了，每日咳嗽得更加频繁，咳嗽的时间也更长了。随着身体状况的下降，墨大夫对韩立修炼的进度更加关心，从他平时反复督促的话语中，可以看出他内心的焦急。

墨大夫非常重视韩立，不但按约定发给他的银子比一般弟子多得多，平时看向他的目光也十分奇特，就像在看一件稀世珍宝，爱护万分。

口诀练至第三层的韩立，感官变得十分敏锐，他在不经意间发现，在墨大夫亲切关怀的目光背后，还隐隐掺杂着一丝令自己不安的贪婪和渴望。

韩立总觉得，墨大夫看自己不像是在看一个活人，而像是在看一件东西。这让他有些毛骨悚然。

韩立在心底里，还是对墨大夫存了一分防范之心。

现在有一个重大问题摆在了韩立的面前，他遇到了练功的瓶颈，而且更糟糕的是，墨大夫手里珍贵的药物已荡然无存。很明显，韩立并不是天纵奇才，没了药物的辅助，他修炼的进度彻底停滞了。

这让韩立面对墨大夫时，很是惭愧。墨大夫几乎把他全部的心血和家当，都用在了自己身上，为自己创造出最好的修炼条件，而自己却无法满足他的要求。

很奇怪，不知为什么，武功很高的墨大夫无法察知韩立修炼的详细情况，只能在给他把脉时察知他进度的一二，所以这些日子里一直不知道韩立所面临的困境。

前不久，内心不安的韩立，终于向墨大夫坦白了自己的修炼情况。

墨大夫听到韩立在口诀上已一年没有提高，焦黄的面皮变得有些发白，本来没有表情的脸，变得更加难看。

墨大夫没有责怪他，只是告诉他，自己要下山一段时间，去找点药材回来，让他在山上抓紧练功，不要放松口诀修炼。

隔了两天，墨大夫带着行李和采药工具，独自离开了七玄门。他走后，整个神手谷，就只剩下韩立一人。

张铁在两年前练成象甲功第三层时就突然消失了，只留下一封书信，信中说自己要去闯荡江湖，这在整个七玄门引起了一阵轩然大波。后来听说，是墨大夫出面求情，才没有连累到他的推荐人和家里。韩立难过了好几天，后来想想，隐隐觉得不太对劲，但他人微言轻，也没人询问他，这件事也就不了了之了。韩立猜想，张铁莫不是害怕象甲功第四层的修炼，才偷偷地溜掉。

在谷内修炼几天，也不见有什么效果，韩立就走出神手谷，在彩霞山内闲逛起来。

走在这些既熟悉又有几分陌生的山路上，韩立的心里有一点感慨。

这几年间，为了练功，韩立如同坐牢一般，没有走出小山谷一次。估计，外面的那些同门，早把韩立这个师兄弟忘得一干二净了。

在路上，韩立碰到的一些巡山的弟子，看见他穿着门内弟子的服饰，相貌却很陌生，都警觉地上前盘问他，他费了好大劲一通解释，才得以脱身。

为了避免无谓的麻烦，韩立干脆只挑羊肠小路，往僻静的地方走，避免人多嘴杂的去处。果然，一路上，再也没有那些烦人的盘查，韩立逍遥自在地越走越远。

看着这些与谷内截然不同的美景，听着叽叽喳喳的小鸟的叫声，一时间，所有的烦恼都被韩立抛在脑后。

突然，一阵阵兵器撞击声，以及喝骂、助威声，从一个比较隐蔽的山崖下传来。

这么偏僻的地方，这么多人聚在一起！韩立好奇心大起，也不再害怕有人询问，追寻着打斗声，来到了这个山崖附近。

好大的场面！他吃了一惊。在这个被树木完全遮挡的山崖下面，足足有一百多人正围在那里，这片不太大的地方，给这么多人挤得满满的，甚至附近几棵较大的树上，也有几个人正站在树枝上，在那里眺望着。

在圈内，有两拨人正充满敌意地对峙着。左边的人较多，有十一二人，右边较少，也有六七人。

韩立发现，不管是围观的还是圈内的，年龄都和自己相仿。

韩立脸上露出一丝笑容，真是巧啊！在这些人中，他轻而易举地认出了几个相熟的面孔。

"万金宝、张大鲁、马云、孙立松……咦？！王大胖比以前还要胖，真不愧家里是干厨子的，好吃好养啊！这个人是……是刘铁头，啧！啧！以前黑兮兮的黑炭头，竟然变成了小白脸！"韩立也爬到一棵树上，对下面的熟面孔进行了大点名。

在两拨人正中间，有两名赤手空拳的少年正在比试拳脚，一人体态肥胖，但下盘平稳，孔武有力，正是韩立的好友王大胖。王大胖虽然身体肥胖，身手却不弱，每拳打出，必带起呼呼的拳风，威风凛凛。另一人是个矮个子，动作敏捷，如同灵鼠，他并不去招架王大胖的拳头，只是一味地辗转腾挪，看来是想耗尽王大胖的力气，再上演绝地反击。

韩立心里自然倾向朋友。看了一会儿，见王大胖仍然保持着迅猛的势头，韩立知道他一时半会不会落败，便放下心来。他四处瞅了下，想找个人问问到底发生了什么事。

离韩立不远的一块岩石边，有一个少年边看边用手比画着，嘴里还不停喊着："打他的头部，踢他的腰，哎呀！差一点点啊！对，对，踹他的屁股，使劲点……"听他的口气，好像是站在王胖子这一边的。

韩立觉得这人有点意思，就慢吞吞地从树上爬了下来，走到他身边。

"这位师兄，场地上的人你都认识吗？他们为什么打斗啊？"韩立一脸憨厚的样子。

"那还用问吗，我小算盘有不认识的人吗？他们当然是为了……咦？！你是谁啊？我怎么从未见过你，刚入门的？不对，还有大半年新弟子才能入门，你到底是谁？"这人刚准备回答，却猛然发现自己从未见过韩立，立刻变得警醒起来。

"在下韩立，是场上那位奋勇无比的王大胖的好友。"韩立一本正经地回答。

"王大胖的好友？他的朋友我都认识，没你这号人啊！"这人仍很警觉。

"哦，我这几年在一个地方闭关了，好长时间没出来，你不认识我也很正常。"韩立半真半假地说。

"是吗？那你是四年前进来的弟子。真没想到，门内还有我这个万事通不认识的人。"这人瞥了一眼韩立所穿的衣服，看起来相信了韩立所说的话。

这人又和韩立闲谈了几句，忍不住主动向韩立道出了这场比试的缘由。

"这位师弟，你是不知道，这都是红颜祸水惹出的事情，这要从……"这名小算盘真不愧自称是万事通，一五一十地把整件事的来龙去脉详详细细地告诉了韩立。

这件事要从两个人说起，一个叫王样，是王大胖的堂弟，一个叫张长贵，是某钱庄老板的儿子，两人都是七玄门的弟子，不过一个是外门弟子，一个是内门弟子。

这两人虽然住在同一个镇子上，但原本不会有交集。一切都是因为一个女孩，这个女孩是另一个镇子上的人，从小就许给了王样。但前段时间，这女孩一次外出时，被路过的张大公子看上了，结果在张大公子的金钱攻势下，女孩连同她父母都沦陷了，就改许给了张长贵，王样的聘礼也给退了回来。王样早已迷恋上这个女孩，知道消息后整日要死要活的，最后没想开，竟然跳河死了。

王大胖从小就和他这个堂弟要好，听了此事，当然不肯罢休，找上张长贵，要和他进行决斗，输的人要向对方斟茶施礼、磕头认错。

张长贵虽然心高气傲，但自知武功比王大胖差，便要求朋友也可参加，要多比几场再定输赢，王大胖一口就答应了。随后张长贵仗着钱多，大把地撒银子，到处找同门富家子弟中的好手帮忙，而王大胖虽然没钱，但在同门中人缘很广，结交的平民子弟很多，有许多武功不错的人自愿帮忙。

有许多听到他们比试消息的同门，也前来观看、助威，并形成了立场鲜明的、充满敌意的火爆局面。

"你也是帮王大胖的吧，要是他们不守规矩，我们就一起上，打得他们这些少爷屁滚尿流，让他们再也不敢欺负我们。"这小算盘的嘴巴从一开始就没有停过。

韩立苦笑了一下，这两方的矛盾和自己又有什么关系？这件事情也很难说是谁对谁错，经过这几年的练气打坐，以前的热血早已消磨得差不多了。再说，自己从未练过武功，现在是绝对打不过任何一名普通同门的，看完了比武还是老老实实地回山谷吧。

"好啊！"突然，小算盘面带喜色，大叫一声。

韩立一听，忙回头向场中望去。原来王大胖的对手最终还是没能挨到最后，一时没能避开王大胖肥大的拳头，被一拳打在脑门子上，倒地昏了过去。

一部分人大声叫起"好"来，另一部分人则脸色变得很难看。

王大胖一脸得意，冲四周抱了下拳，然后撅着大屁股，一摇一摆地回到了他自己的那一方，完全不见刚才比试中的狠劲。

张长贵那一方走出了两人，把昏倒的弟子拖回了本方。

接着，双方又各走出一人，一人拿刀，一人拿剑。两人看来也是火暴脾气，也不说话，抡起手中武器，叮叮当当地就打了起来。

刀光剑影，辗转腾挪，两把兵器被舞成了两团寒光，不时碰撞在一起，难分上下。

韩立看了一会儿，没能瞧出个道道来，只是觉得两人打得非常热闹好看，也看不出哪些是高招，哪些是败招。

"韩师弟，不知道你是在哪位师叔门下修行，现在闭关出来想必功力大进了?"小算盘终于忍不住了,开口恭敬地询问起韩立的师承来。

要知道,每个七玄门的内门弟子,一般在百锻堂经过两年的基础训练后,就会被送去磕头拜师,学习更高深的武功,出师后这些弟子才能在门中担任具体职务。

当然这只是一般弟子的出师过程,如果是在入门考验中表现杰出的弟子,也可不经两年的基础训练直接进入七绝堂,被几位门主收为入室弟子,传授门内绝技,可谓鲤鱼跃龙门,一飞冲天了。

在两年基础训练中表现突出的人,也有希望被一些长老、堂主、供奉之类的人看中,收为门下亲传弟子。这些弟子的前途虽比不上门主的弟子,但也比普通弟子要好得多。

小算盘听到韩立刚刚闭关出来,再加上从未见过此人,自然地猜想他是门内某个地位较高的大人物的弟子,从而恭敬地询问,想上前拉拉关系。

"我几年前被一位供奉大人看中,收为弟子,具体是哪位供奉,我就不好提他老人家的名讳了。"韩立很清楚他的想法,脸上却装出一副害羞的神情,只是话语中故意带了几分倨傲。

"是吗,韩师兄可真走运啊,以后在门内的地位一定很高,前途远大。希望有机会的话,师兄能多提携一下小弟。"小算盘听到韩立不愿意透露自己师父的名字,也不在意,反正不论是哪个供奉都比自己师父强,"韩师兄一看就不是池中之物,日后飞黄腾达,不在话下。"

"此人长得黑黑的,一脸蠢样,怎会有供奉收他,自己这么机灵透顶的人,怎么就没有大人物要呢?"小算盘心里暗自嘀咕着,脸上的神情却更恭敬了。

韩立见他语气大变,自己也从韩师弟一下变成了韩师兄,心里有些好笑。不过,韩立心里没有丝毫瞧不起他的意思,趋炎附势并不奇怪,谁不想过得更好点、爬得更高点呢?更不要说此人从名字上就可听出他是个精打细算善于钻营之人。

不过小算盘要大失所望了,自己刚才所说虽然不假,却只是个水货,在七玄门内随便找个弟子都能轻易打倒自己。

韩立一边暗自苦笑着,一边若无其事地听着小算盘的奉承话,嘴里还时不时应付两句。

"韩师兄武功高强,如果肯下场的话,一定能打得那使剑的人落花流水,一定能……"小算盘一面说着好话,一面仔细观察韩立的一举一动。

"咦?真奇怪,供奉的弟子应该内功深厚、身手不弱,可自己怎么也瞧不出此人的深浅。这人太阳穴既没微微凸起,眼中也没精光外露,怎么看也是一个不通武功之人啊。"小算盘越观察越感到纳闷。

"分出胜负了。"韩立轻飘飘的一句话传来,打断了他的思绪。小算盘吃了一惊,忙把视线转回场中。

果然,使刀之人已把刀丢到一旁,一只手臂不停地往外冒血,另一只手紧按着伤处,满脸铁青,看来并不心服口服。这也难怪,这两人武功差不多,刚才只是一不小心中了对手的诡计,才棋差一着,败下阵来。

小算盘一脸惋惜,口中更是连称"可惜"。

"到底怎么了?有什么可惜的?"

"这场比试,如果王大胖那方的人赢,就胜了三场,最后一场就无须再比了,可惜啊,差一点啊!"

"哦!"

"不过没关系,现在就剩最后一场了,王大胖这方出场的人是我们这批弟子中武艺最高的,一手风雷刀法刚猛无比,能碎石断金。哈哈!能看到厉师兄的拿手刀法,我也算没白来。不论张长贵这方派谁出场,我们都赢定了。"小算盘兴奋起来,看起来对那位厉师兄充满了信心。

"已经到最后一场了吗?"韩立随口应道。

这时,从王大胖那方走出一个神色冷酷的少年,少年手拿一把寒光四射的长刀,一步一步地走到场中央,然后一言不发,闭上双目。

"厉师兄!厉师兄!厉师兄!……"看到这名少年出场,围观的人都一脸兴奋，不约而同地叫起了这个少年的名字。

"这位厉师兄很出名吗？是什么来历？"韩立有些惊讶了。

"你连厉师兄都不知道？"

"我不是闭关了好几年吗？"

"对，对，我把这事给忘了。"小算盘恍然大悟，急忙赔不是。

"给我讲讲这位厉师兄的事好吗？"

"韩师兄，不是我小算盘给你吹牛啊，厉师兄的事情不但我们这批弟子很清楚，其他年纪大些的师兄也都知道。当初……"他精神抖擞地给韩立说起厉师兄的故事，那神采飞扬、唾沫横飞的样子，好像他是这故事中的主人公。

这位厉师兄的事迹，还真有几分传奇色彩。

这位厉师兄也是四年前上的山，当然不是和韩立同一批接受考核的人。他当时没能一下子就过关，也成了一名记名弟子。但是在半年后的考核中，他不但在所有的项目中都拿到了第一，还在和师兄的对抗中，成了唯一一名撑过三十招的人，这个成绩打破了以前所有记名弟子的考核纪录，引起了不少大人物的注意。经过检查，令人吃惊的是，厉师兄的根骨只是一般，成长潜力也有限，这个结果让众人觉得可惜，因此也没被哪位高层人物收为弟子。在经过两年的基础训练后，他拜在了一名普普通通的护法门下，只学到了几套普通的武功，风雷刀法就是其中一门很平常的七玄门中级武学。

如果到此为止，厉师兄也不能算是传奇，只能说是虎头蛇尾。此后不久，他就凭借这套不起眼的风雷刀法，竟然在来年的小一辈弟子大较技中大放异彩，一举冲入了前十六名，成为所有新入门弟子中唯一一名名列前茅的人，这件事又让他再一次成为门中的焦点。

在随后的各种比试中，厉师兄每次都勇猛无比，锐不可当，都拿到了很高的名次，为他们这些新弟子长了不少脸面。在去年的大较技中，更是一举拿下了第三名。要知道，排在前两名的都是入门十几年的弟子，有二十七八岁了，光是内功就比他深厚许多。

就这样，厉师兄再一次受到了上面的关注，被指名派出山外，参加了不少重大的门外行动。当其他新弟子还在门中苦练武功时，他就替七玄门立下不少功劳，在江湖上有了"厉虎"的赫赫名声。听说他还即将破例进入七绝堂，修炼更高深的武功。

韩立听到这里，也不禁动容，这名厉师兄还真是不简单。凭着记名弟子的身份，竟然能拼搏出如此成就。

张长贵那一方，在经过大半天的你推我却后，终于有一名弟子硬着头皮走了出来。这名弟子看起来武艺也不弱，从腰间拔出一把明晃晃的软剑。这把软剑只有拇指粗细，一看就知道不是一般人能用的。

厉师兄感到有人到了跟前，缓缓地睁开双目，眼中神光十足。他突然大喝一声，如同晴空里响起的一道霹雳，震得全场人耳朵嗡嗡直响，对手也被震得抖了一下，脸上露出了惶恐之色。

随着喝声出口，厉师兄舞动长刀，一溜刀光，连环数式运转，将对手困在了刀网里。

对手倒也机警，虽然有些慌乱，但软剑飘忽不定，阴毒刁钻，守得滴水不漏。

"这人是谁啊？"韩立忍不住问了一句。

"是赵子灵，五长老的弟子，一手拂柳剑法很是难缠。"

"和厉师兄比怎么样？"

"当然不是对手。"小算盘自豪地说。

"那张长贵怎么不换一个厉害点的？"

"哈哈！赵子灵就是他们中最厉害的了，再说我们这些新弟子中有谁能打得过厉师兄？换谁也是白搭。"他有些幸灾乐祸。

赵子灵的剑法虽然还没乱，但气势全无，被厉师兄的长刀压得死死的，明眼人一看就知道，他的失败是早晚的事。

韩立看了一会儿，心里起了一个疑团。

"有件事我觉得很奇怪，为什么没有更年长一点的师兄在场？就算不允许他们出场比试，但总能看看热闹吧。这场内场外，一个年纪大点的师兄都没有，这是怎么回事？"韩立问道。

小算盘听了韩立的疑问，神色一变，用一种古怪的目光望向他，让他觉得有点摸不着头脑。

"韩师兄，你还真是两耳不闻窗外事啊，这么大的事情你都不知道？即使是闭关，你师父也应该给你提起过才对。"小算盘好像又起了疑心。

韩立二话不说，从身上利索地摸出了一个腰牌，伸手递给小算盘。

"韩师兄，你这是干吗？我还能信不过你吗？！我一见你就觉得很面善，肯定以前早就见过了，哈哈！"小算盘用眼角迅速地瞥了一眼腰牌，见是真的，忙赔起了笑脸。

"现在能告诉我了吧？"

"当然，当然。"

"糟糕，自己恐怕得罪了眼前的这个家伙。"小算盘心里嘀咕着，嘴上却把一切老老实实抖了出来。

原来这几年，七玄门和野狼帮的冲突加剧，双方为了几个说不清归属的富裕城镇打了大大小小十几仗，都损失了不少人手。因为野狼帮的帮众都是用训练马贼的那一套训练出来的，一个个厮杀起来不要命，见到血后更加疯狂；而七玄门的弟子虽然武艺较高，但没有那股狠劲，在拼杀中畏首畏尾，这样一来死伤更多的往往是后者。七玄门的几位门主再也坐不住了，把本门的大部分内门弟子都派了出去。一方面是因为这几块地盘绝不能让，另一方面让弟子们都见识见识江湖的残酷，磨炼一番，长长实际的战斗经验。

之后的厮杀中七玄门虽占据了上风，但内门弟子死伤的也非常多，不少师兄出去后就再也没能回来。说到这里，小算盘叹息不已。

再后来几位门主又改变了策略，让内门弟子先去执行一些不太重要的任务，去其他地方历练一番，有了一定的江湖经验后，再参加和野狼帮的拼杀，这样一来伤亡果然减少了许多。于是，这种策略就在这两年被正式列入了门规，所有弟子出师后都必须先下山历练一番，回来后才能授予门内实职。

就这样，山上年纪大些的师兄几乎都被派到了山下，要么正在和野狼帮纠缠，要么去历练了。山中除了必要的守山弟子外，就只剩他们这些还未出师的弟子。

听到这里，韩立这才知道山上与以前大不相同的缘由。

当！一声巨响，一把软剑飞到了半空中。赵子灵左手按着右手的虎口，脸色发白地倒退了几步，大口大口地喘着粗气。

刚才在厉师兄迅猛的连环攻势下，他躲避不及，被迫用手中的软剑招架，结果被刀上传来的一股巨力震飞了手中的兵器。

"厉师兄，果然厉害，小弟甘拜下风。"赵子灵勉强地带着微笑，施了一礼。

四周顿时发出了阵阵欢呼声。

"厉师兄，好俊的功夫！"

"厉师兄，好刀法啊！"

"厉师兄，指点下小弟吧！"

一声声不甘人后的叫嚷声，响遍了整个场地。

厉师兄把长刀收起，脸上有几分淡淡的红晕，刚想说话，突然脸色一变，皱起了眉头，似乎想起了什么。他抱拳说道："在下还有些急事要办，先告辞了。"

一转身飘出了场中，露了一手俊俏的轻功，消失在山崖旁的松林里。

"啧啧！厉师兄不但刀法好，轻功也很高明啊。"

"就是！"

"就是！"

韩立皱了下眉头，这位厉师兄功夫是不错，不过好像有点喜欢炫耀，大概是有点年轻气盛吧。

他不禁苦笑起来，自己好像并不比这些人年纪大，怎么想法总是老气横秋的，看来修炼那套口诀把自己搞得心态都老了。

"这位师弟，我到现在还不知道你叫什么名字？"韩立看了一眼站在一旁的小算盘，突然问起了他的名讳。

"我叫金冬宝，韩师兄叫我小算盘就行了。"小算盘听到韩立问起他的名字，立刻兴奋起来。

"以后生病受伤，找我就行了，我给你免费医治。"韩立拍了拍他的肩膀，望了望场中又起了争执的人群，便头也不回地走进了旁边的松林。

第三章
抽髓丸

离山崖已经有不少路程，仍能隐隐约约地听到叫嚷声。这些人最后怎么处理王大胖和张长贵之间的争执，韩立是不会再去关心了。

韩立穿出松林，往更偏远的地方走去，在随意走了一段路后，一条细细的溪流出现在眼前。

韩立抬头看了看天空中炙热的太阳，又低头瞅了一眼小溪里缓缓流淌的清水，觉得在小溪里擦洗一番是个不错的主意。

他俯下身子，刚把双手插入那凉凉的溪水中，就听到一阵痛苦的呻吟声从小溪的上游处传来。

韩立很是惊讶，这么偏僻的地方也会有人。他往小溪的上游寻了过去，一个穿着内门弟子服饰的人正面朝地面，趴在小溪边不停地抽动着身子，四肢不住地哆嗦着。

韩立一眼就看出这名弟子是患了急性的病症，再不施以援手，恐怕他会有性命之忧。

他一个箭步冲了过去，从怀中拿出一个檀木盒子，打开后取出一根根闪闪发光的银针，干净利索地对着这人背后的穴位扎了上去。他很快扎完了背部的穴位，把这个人的身子翻转了过来，准备再去扎胸前的穴位。

看到此人的脸后，韩立倒吸了一口凉气，这个性命垂危之人，分明就是刚才在山崖上大展神威的厉师兄。

此刻厉师兄哪还有刚才大败对手、勇武无敌的潇洒样子，一张原本冷酷的面孔因痛苦拧成了一团，嘴角不停地往外流着白沫，很明显这位厉师兄已经疼得神志不清了。

韩立沉吟了一下，突然用手里的银针飞快地在他的身上扎了起来，连续不停地扎了数十针。扎完最后一针后，韩立抹了抹额头渗出的汗珠，长舒了一口气，这种银针急救法对他来说是一种不小的负荷。

过了一会儿，厉师兄终于醒了过来，恢复了神志。

"你是……"他费力地想说些什么，但气力不足，吐不出后面几个字。

"我是神手谷的人，你不要再说话了，先好好恢复体力。我也只能救你一时。你这病很奇怪，估计只有墨大夫能救你，可惜的是，他现在不在山上。"韩立给厉师兄把了把脉，皱起了眉头。

"药……在……"厉师兄脸色焦急起来，嘴唇抖动几下，想抬起手臂说些什么，但没有成功。

"你身上有治病的药？"韩立立刻领会了他的意思，问道。

"嗯……"厉师兄吃力地点了下头。

韩立也不客气，在他身上找到一个小白玉瓶。这瓶子这么名贵，密封得又这么好，一定是他要找的东西。

他拿起瓶子回头望了下厉师兄的表情，果然，他现在满脸喜色，拼命地眨眼皮。

韩立把瓶盖打开，出人意料的是，没有什么药香味，反而是一股浓浓的腥臭味扑面而来。韩立一闻到这气味，脸色一下变得很难看，小心地从里面倒出一颗粉红色药丸。

"是这种药丸吗?"韩立的脸色恢复了平静。

厉师兄急得说不出话来,只能眨眨眼皮。

"抽髓丸,由合兰、蝎尾花、百年蓝蚁卵等二十三种罕见的药材炼成,药成后外表呈粉红色,有腥臭之味,服用之后可大幅透支身体潜力,用寿命来提升服药人现在的能力,以上我说的对吗?"韩立冷冷地看着厉师兄,一字一顿道。

厉师兄一听韩立所说的话,脸色立刻变得苍白无比,毫无血色,露出了慌乱的神情。

"此药一旦吃下,每隔一段时间就必须再次服用,而且要经受抽筋吸髓的非人折磨。如若不吃,轻则全身瘫痪,重则丧失性命。而且即使每次按时吃药,在第一次用药后的十年内,也必定因透支生命而丢掉性命。"韩立继续说道。

厉师兄的眼睛里流露出难以置信、万分惊讶的神色。

"你是不是觉得很吃惊,这种药丸非常罕见,我怎么会认得它?"韩立看出了他心里的疑问,话锋一转,"其实很简单,我也吃过一粒这种药。"

厉师兄彻底惊呆了。

"我吃这药的方法与你不同。我一共就服用了一粒这种药丸,还把它分成了十份,分十次来服用,每次都把它当成其他药的药引,所以没有什么危害身体的副作用。因为这种药丸的样子与它散发的气味相差太明显,所以我对这药的印象非常深刻。我以前一直以为,除了我服用过这种药丸外,世上不会再有人服用这种秘药,没想到在本门内就有一人。"说完这些话,韩立用一种似是佩服,又似是可怜的目光看向厉师兄。

厉师兄不愿意和韩立对视,把双目轻轻地合上,只是胸口起伏不定,说明他现在心里很乱。

"你服用此药已经有好几年了吧?如果你现在不再吃这种药丸,我可求墨大夫帮你配一种秘药,虽不能完全消除抽髓丸带来的副作用,但可以让你多活二三十年,不过你的武功就要保不住了。如果你继续服用此药丸,从你今天发作的情形看,你顶多还能活个五六年,当然在这几年里你的武功会进步得越来越快。你既然敢吃这种秘药，想必也是个坚毅果断之人，你自己的身体你自己拿主意好了，这药丸你是吃还是扔掉？"

厉师兄的眼皮在轻轻地颤抖着，可以看出他现在心里在做着异常激烈的思想斗争。过了一小会儿，他紧闭着的双目睁开了，死死地盯着韩立手中的药丸，眼里露出了狂热的神情。

韩立没再说什么，把药丸塞到他的嘴里，看着他就着唾沫咽下去，这才轻轻地把他身上的银针一根根拔了下来。

当取下所有的银针后，药丸开始起作用，厉师兄苍白的脸渐渐变成血红色，他的身子又抽动起来，手脚开始颤抖，嘴里发出低沉的呻吟声。

可以看出，他不想在韩立面前出丑，已尽量压低了自己的声音，但是这种非人的折磨还是让他叫出了声。

厉师兄的吼声越来越大，身子抖动得更加厉害，过了好长时间，他的吼声才开始慢慢低下去，最后终于停止。他的脸色开始恢复正常，身子也停止了抽动。

厉师兄缓缓地坐直了身子，盘腿而坐，再次闭上双目，打坐调息起来。韩立则找了块干净的山石，随意坐在一旁，看着他运功恢复元气。

过了一顿饭的工夫，厉师兄猛然睁开双目，一把拔出身边的长刀跳了起来，手臂用力一挥，只见刀芒一闪，明晃晃的刀刃已架在了韩立的脖子上。

"给我一个不杀你的理由！"厉师兄眼放寒光，充满了杀机。

"我刚才救了你一命，算不算一个理由？"韩立脸色不变，只是眉梢微微跳动了一下。

厉师兄面色稍缓，但仍恶狠狠地盯着韩立。

"我在救你之前就已知道，你很可能为了保守秘密而杀我灭口，只不过没想到，你动手得这么快。"韩立苦笑了一下，脸上有几分自嘲之色，"咳！虽然知道救了你其实是在给自己找麻烦，但我既然学了医术，就不能见死不救。"韩立叹了一口气。

厉师兄听了此话，脸上露出了几分尴尬的神色，将刀刃挪开了点，但并没把刀从韩立的脖子上完全拿开。

韩立暗地里松了一口气，语气更镇定了："你不用担心我会把你的秘密告诉别人，我不是一个多嘴的人。实在不放心的话，我可以发个毒誓。你应该能看出来我不会武功，你要是发现我违背了誓言，可以轻易地斩杀我。"韩立冷静地提出建议。

"你发毒誓吧。"厉师兄倒也干脆。

韩立这才把心全放了下来，虽然他在救治厉师兄之前就已观察过此人的面相，觉得他不是一个忘恩负义、狠毒残忍之人，但韩立也没有十足的把握，万一他是个恩将仇报的小人，自己也只有动用唯一的保命手段了。想到这里，韩立把自己的手指悄悄地从一个缩在袖口里的铁筒上挪了开去。

在韩立郑重地发了一个毒誓后，厉师兄终于把长刀收回，插回了刀鞘。韩立摸了摸自己的脖子，上面被锋利的刃口划出了一道浅浅的血痕，摸上去有点黏黏的，他感到背后有些发凉，看样子出了不少冷汗。

"这次可真够险的！自己还是考虑得不够周全，一定要吸取这次的教训，说什么也不再做这种吃力不讨好的事。别人要死要活是他们自己的事情，关我何事。"韩立有些后怕地想，"没有足够的好处和十全的把握，下次决不再出手救人。"他恶狠狠地下定了决心。

"阁下救了我的性命，又答应替在下保守秘密，我厉飞雨欠你一个大人情。只要我没死，你有什么事情需要我帮忙，尽管来找我，只要我能做得到，我一定帮你。"厉师兄已完全恢复了在山崖下的神采，把被韩立搜出来放在地上的杂物捡起来收好，才来到韩立面前，诚恳地说出了自己的名字并做出承诺。

"我恐怕不会有事麻烦你，倒是你自己麻烦不少吧？"韩立微微一笑，反问了他一句。

"你怎么知道？"厉飞雨一愣，有些惊讶。

"是个人都能猜得出来，你一个普通护法的弟子，却压在了一大批堂主、长老甚至门主的爱徒之上,他们怎么会给你好日子过?!"韩立一针见血地指了出来。

厉飞雨脸色阴沉下来,半晌没有说话。

"你的事情我不想管,也管不了,服用抽髓丸产生的痛苦,我倒是能帮你减轻一二。"

"真的吗?"厉飞雨精神一振,面容上的阴沉立刻散去,满脸的喜色,看来抽髓丸的痛苦折磨得他不轻。

"我没事骗你干吗?"韩立翻了个白眼。他当然有这种减轻痛苦的药方,这还是他空闲时,专门替张铁研究出来的,能大幅度降低人体的痛觉。

"这真是太好了!太好了!"厉飞雨兴奋地搓着双手,眼巴巴地瞅着韩立。

"你用这种眼神看我干吗?我现在身上又没这种药,要回神手谷去配出来。"

厉飞雨一听,有些不好意思,自己刚刚还拿刀威胁对方,现在又要求人家配药。

"明天午时,你来神手谷入口等我,我把药配好后就给你送去。现在墨大夫不在家,我不好让外人随便进谷。"韩立缓缓地说道。

"行,我准时到,真是谢谢兄弟了。"厉飞雨赶紧答应,生怕韩立反悔。

"我叫韩立,是墨大夫的亲传弟子,叫我韩师弟就行。"

韩立看着厉飞雨远去的背影,静静地站在原地,沉默不语。

刚才约好了第二天中午前来拿药后,他就主动向韩立告别了,说是要回去调养一番。

韩立一直没有询问厉飞雨服用这种秘药的原因。韩立知道,就算问了也改变不了已发生的事情。既然他宁肯牺牲寿命,也要换取现在风光荣耀的"厉师兄",说明他肯定有不得不这样做的苦衷。如果非要他把苦衷说出来,只会让他把已愈合的伤疤再血淋淋地撕开。

韩立准备遵守和厉飞雨的约定,不但不会把他的秘密外传,而且决定一回到山谷就为他配制能减轻痛苦的秘药。

这么做的原因很简单，既然厉飞雨不是个小人，没有对自己真的下杀手，那就要让他欠下自己一个更大的人情，让他不好拒绝自己提出的要求。

厉飞雨的武功只会越来越高，他的武功越高，就越有可能帮到自己。就算他帮不上自己，这也无所谓。力所能及地帮一下一个不算是坏人的人，也算是一件让自己身心愉快的事情。

韩立把一切前前后后想了一遍，觉得并没有什么遗漏的地方，才慢悠悠地回到了神手谷。

回到谷内后不久，韩立就开始准备厉飞雨所需要的秘药。这个能减轻人痛觉的药并不难配，在山谷中的药园里就能找到所有药材，只是配制的过程有些烦琐，要小心仔细一些。

经过一个下午的忙碌后，韩立配好了足够厉飞雨用一年的药。不是不能再多配一些，他只是希望厉飞雨以后每年都来取一次药，让厉飞雨不会忘了自己的这份人情。

到了傍晚，韩立突然一反常态地坐在自己屋门前的一把椅子上，抬头望着漆黑的星空，看着皎洁的月亮——他又在怀念家乡的亲人了。

他离开家已经四年多了，他上山以来几乎每天都在苦苦修炼口诀，根本无暇惦记家中之事，也从未下山，只是让人把自己每月领的大部分银子捎带回家，而他每年也只收到一封老张叔代笔的父母报平安的书信。信的内容很少，除了告诉他家中一切安好外，其他事情就很少提及。韩立只知道家里的生活比以前好了许多，大哥已经成家立业，二哥也定下了亲事，估计明年就能操办喜事，这一切都是因为自己送回家的银子。韩立从几封信的问候中敏感地察觉到，家里人对待他的态度是越来越客气了，甚至有一些陌生。一开始这让韩立心里很害怕，不知如何应对，但随着时间的流逝，不知为什么，这种害怕的感觉却很自然地平淡了下来，而家中亲人的形象在他心目中逐渐模糊。

也只有像今天晚上这样，在触景生情的情况下才会再次怀念起家中的亲人。

以前在家中的那种温馨滋味，让韩立觉得很舒服很珍贵，他会慢慢地一点点地品味。

韩立把手放到胸口上，隔着衣服抚摸着装着平安符的小皮袋。

以往他只要抚摸几下，就能得到淡淡的满足，但今晚不知怎么回事，抚摸之后心里更是骚动不已，久久不能平静下来。

韩立心里十分憋闷，无法控制自己的情绪，体内的气血开始不停翻滚，古怪能量也蠢蠢欲动。

"走火入魔"这个可怕的字眼突然出现在他的脑子里，韩立站了起来，深呼吸了一下，强迫自己冷静下来。现在墨大夫不在，他只有自己处理眼前的危机。

无缘无故怎么会走火入魔？韩立还是觉得有点纳闷。得从根源上入手找到走火入魔的起因，才能彻底解决这个麻烦。

韩立抬起头，在周围寻觅了一番，没有找到惹眼的东西。他用右手摸了摸自己的下巴，手肘突然碰到了一个鼓鼓的东西，他下意识地看过去，看到了衣服里的那只小皮袋。

"难道是它引起的麻烦？"韩立不敢肯定，但现在不能再犹豫了，体内的状况更糟糕了，随时都有失控的可能。韩立果断伸手把皮袋从脖子上拽了下来，使劲抛得远远的。

"不对，心里头更难受了，气血翻滚得也更加强烈。"韩立用充满血丝的眼睛死死地盯着那个小皮袋，希望能找到原因。

猛然间，一道灵光在韩立心头闪过。他飞快地冲向被扔到远处的袋子，一弯腰把袋子捡了起来，三下五除二把皮袋的口子拉开，把母亲给他的平安符抓了出来。

手掌心一触到这张平安符，一股透入身心的清爽感觉从他手心处传了过来。韩立烦躁的内心马上平静下来，原来郁闷、难受的感觉一股脑统统消失得无影无踪，身体内的种种异常现象也都销声匿迹，一切恢复了正常。

韩立用一只手掌轻轻托着这个平安符，把它送到了自己的眼皮底下，用另一只手轻柔地、慢慢地抚摸着它，全身心地凝视着它。

过了老半天，韩立叹了一口气，停止了抚摸的动作，把目光从平安符上移了开去。

韩立并不知道，这次令他差点没命的麻烦并不是走火入魔，而是修道之人的心魔入侵。若不是他发现得早，提前借助外物驱除了心魔，马上就会被心魔侵入元神操纵躯体，然后陷入幻境，疯狂而死。这一切都是他后来踏上修道之路才知道的。

韩立运功查看了全身上下，让他惊喜的是，他的功力居然增长了不少，虽然还没有突破第三层到达第四层，但也达到了第三层的顶峰。

韩立脸上露出一丝笑容，但他急忙收敛内心的激动，生怕因情绪不稳定，再来一次走火入魔。他拿起装平安符的皮袋，准备把立了大功的平安符放回袋子。

"咦？"韩立意外发现袋子里的一个被他遗忘了好久的物品——那个神秘的小瓶子。

现在的韩立和四年前相比，已大大不同了。他通过饱读墨大夫房里的各类藏书而长了许多见识，因修炼口诀头脑也比以前聪慧了许多。他从这瓶子曾发生的种种异象，判断出这个小瓶绝对是世间少有的奇物，有着非同寻常的功用。他要把这个瓶子的价值彻底挖掘出来，看看是否对自己有用，不能就这样让它暗无天日地待在袋子里。

韩立取出小瓶，并没有急切地打开它，而是重新审视了一遍，看看有没有自己以前遗漏掉的地方。很可惜，他翻来覆去仔细观察了好几遍，并没有什么新的发现。

韩立小心地把瓶盖打开，瓶子里那滴翠绿色的液体仍老老实实地待在瓶子的底部，和四年前相比并没有什么不同。

韩立很清楚，瓶子所有的秘密可能都集中在这小小的绿液上，这滴绿液一定有特殊作用。为了搞清这液体的秘密，看来要找一些小动物做活体试验。

此时是夜晚，外面很黑，实在不方便出去寻找活物，而且经过下午和前半夜的一番折腾，韩立觉得很疲惫了。再说，即使找得到，在这种昏暗的灯光下，要是看不清具体变化，岂不是白忙活吗！

韩立决定睡上一觉，养足了精神，明天再去做试验也不迟。

第二天早上，韩立起床洗漱完毕后，先去谷外的大食堂吃了早饭。以前墨大夫在山上的时候，墨大夫吩咐厨房的人将饭菜送到神手谷来，韩立沾了墨大夫的光，也不用到谷外去用饭。现在墨大夫不在七玄门，厨房的人自然不会再送饭上门。

吃完早饭后，韩立没有马上离开食堂，而是找到厨房的管事，花了几钱碎银子，从他那里买来了两只活蹦乱跳的灰毛野兔，带回了神手谷。

回到谷中，韩立把野兔用绳子拴在药园里，让兔子在太阳下暴晒。等到野兔被晒得无精打采、口干舌燥的时候，韩立才去找来一个大白瓷碗，小心翼翼地把瓶中的绿液倒入碗中，再掺入一些清水。

这豆粒大小的绿液，很快地融入清水之中，使整碗水都变成了碧绿色。让人一看就有一股深深的凉意涌上心头。

韩立端起这碗水，把碗放在兔子跟前。早已晒得口干舌燥的兔子们急忙拥了上来，围在瓷碗边，大口大口地喝起碗里的水。韩立不愿让它们一次喝太多，在喝掉一小半后就把碗从兔子跟前拿开了。

只不过一炷香的工夫，兔子们开始急躁地蹦跳起来，然后动作越来越猛烈；接着身上也开始起了惊人的变化，它们的皮毛下开始凸起一个个鸡蛋大小的疙瘩，越来越多，渐渐布满了全身；随后这些疙瘩连成了一片，让兔子的身体大上了一圈，和它小小的脑袋比起来，显得很是可笑。

兔子肥硕的躯体只维持了一小会儿，就一点一点地鼓起来，而且随着时间的流逝，膨胀的速度变得更快，变成了两个圆滚滚的大球体。

眼前发生的一切大大出乎了韩立的意料，如果说这液体是某种要人性命的剧毒，或者是能增加功力的灵药，这都没什么，都在他的预想之中。可他万万没想到，会出现眼前这种令人头皮发麻的景象。

看着眼前的兔子还在继续膨胀着，韩立意识到了一丝不对劲，他突然把手里的瓷碗扔到了一旁的药田地里，转身撒腿就跑，一直跑到离兔子十几丈远的地方才停住脚步。

就在他想回头去看的时候，两道爆炸声几乎同时响起，韩立吓了一激灵，回过头一看，果然两只兔子已被炸成了好几截，血肉横飞地散落在地上，原本拴兔子的地方出现了两个坑，惨不忍睹。

韩立长舒了一口气，一屁股坐在地上，这次要不是他反应够快，就要被兔子的爆炸波及，虽说不一定会受到重伤，但一身的兔血和肉渣也不舒服。

等到内心平静了下来，韩立才站起身子，走到了坑的附近。他看了看血肉模糊的现场，又瞅了瞅药田地里被摔得粉碎的瓷碗，无语至极。

毒药就毒药吧，还让兔子死得这么悲惨！他现在说什么也不会再碰这玩意儿了。太吓人了！韩立不是没有接触过致命的毒药，在墨大夫这几年的教导下，他见识过许许多多见血封喉的毒物，却没有一样这般恐怖。

午时就要到了，他要把配好的秘药给厉师兄送过去。这里的一切后事，还是等他把药送完后再处理吧。

韩立回到住处休息了一下，就带着药物去神手谷谷口了。

韩立很守时，到谷口的时候正好是午时，厉飞雨看起来早已等得焦急。

厉飞雨独自一人站在山谷出口处，身上换了一件白色锦袍，却仍背着那把给韩立留下深刻印象的长刀。他焦急地往山谷方向眺望着，直到看到韩立到来，才收起了焦急的神情，嘴角微微翘了起来，脸上露出了笑容。

"韩师弟，你可真守时啊！说是午时，就真的是午时正点到，我都等了大半个时辰了。"厉飞雨半是开玩笑半是埋怨地说。

"不好意思，昨天配药花的时间太多，一直到很晚才睡，早上就起得晚了点。等我把手头的事情都处理完，就正好到午时了。"韩立半真半假地说道。

"韩师弟，药……那药……有没有配好啊？"厉师兄因为心急而有点慌乱，竟然说话有些结巴。

韩立从容地一笑，从怀里慢慢拿出一个巴掌大的药包来，一甩手扔给了厉飞雨："每次吃抽髓丸前，先用凉开水冲服一勺药粉，就可以减轻你所受的痛苦。"

"谢谢韩师弟！谢谢韩师弟！"厉飞雨欣喜若狂，服用抽髓丸时的痛苦实在是让他不寒而栗，只要能稍微减轻一点点痛苦，对他来说都是莫大的福音。他以前也吃过许多止痛药，都没有什么作用。

"你先别忙着谢我，等这药真的有效再谢我也不迟。另外，这只是一年的药，我现在手头的药材都用光了，等我凑够了药材，再帮你多配几份。"韩立直言不讳地说。

"没事的，这不是有一年的量吗，暂时足够了。不管这药有没有效，韩师弟这份心意，我厉飞雨心领了。"厉飞雨拿到了想要的东西，很干脆地表示又欠下韩立一份大人情。

韩立微微一笑，不再说什么，主动向厉飞雨告辞而去。

厉飞雨也想赶紧回去试试药的功效如何，也没挽留韩立，两人互相拜别分手了。

返回谷内后，韩立先去药园里收拾了一番，把兔子的残骸、沾血的泥土、碎碗等统统扫到了坑内，再把两个土坑用泥土填平，这样看起来这片地方就和之前没什么两样了。

韩立满意地拍了拍手上的灰尘，四处打量了一番，看看有什么遗漏的地方。当目光落在瓷碗被打碎的地方时，他不禁沉吟了起来。

他记得很清楚，他把碗扔掉的时候，碗中的水全部洒在那一小块药地上，打湿了那里的几株药草，不知道这些药草吸收了这些清水后是否也会变得有毒？而人如果吃了这些有毒的药草是否也会出现和兔子一样的情况？自己是不是应该现在就把这些药草给清除掉？这一连串的问题在韩立的脑海中突然冒了出来。

韩立思量了半天，还是决定等等再说，再观察它们一段时间，只当又做了一次小小的试验。如果药草真变得有毒的话，自己再把它们清除掉也不迟。

拿定了主意后，他看没有什么事情可以做，就又去石室练功了。

韩立现在早就不再管这口诀的具体用处了，修炼这口诀已成了他的一种本能，如若不去修炼它，韩立都不知道自己待在山上要做些什么。将这口诀修炼至更高一层，成了他目前生活的全部目标。

经过一个下午的专心修炼，韩立沮丧地发现，自己仍没有丝毫进展，白白苦练了一下午。看来不借助药物是不行了，否则自己有可能永远待在第三层，无法再前进一步。

韩立开始期盼着墨大夫能够早些找到足够的药材，来帮自己突破目前的困境。

又过了一个晚上，韩立一大早起来，就往药园方向走去，想观察一下那几株药草有没有变化。还没走进药田里，他就忽然闻到浓郁的药香。

韩立心中一动："难道是……"

他不禁加快了脚步，来到那几株散发着强烈香味的药草面前。这是昨天的那几株药草吗？韩立不敢相信自己的眼睛，在还略微带着睡意的脸上猛拍了几下，直到有些疼痛才停止了自虐行为。

"这黄龙草叶子有些发紫，苦莲花竟然开了九个花瓣，忘忧果的果皮变成了黑色，哈哈！哈哈！"韩立再也忍不住了，仰天大笑起来。

"这下走大运了，一夜之间这些只有一两年药性的药草，看这叶子颜色、果实形状、花瓣的香味，完全就是已经成熟了好些年的稀有药草。"韩立又仔细检查了一遍，确定它们和药书上所说的完全一致。

"如果照着这种方式来催熟药草，自己岂不是要多少就有多少珍贵药材！而且自己用不了的药草也可以卖给别人，这样一来能挣不少银子。"韩立再也按捺不住心里的激动，开始胡思乱想起来。

韩立越想越兴奋，觉得自己这次真的是捡到宝了，他突然一下子在地上翻了好几个跟头。

过了老半天，韩立才冷静下来，头脑恢复了往日的机警，开始思考。

首先这些药草从外表上看似乎没什么问题，但实际的药性还有待检验，它们毕竟是吸收了那些奇怪液体才变成这样的，谁知道有没有变异。昨天那些兔子的凄惨下场自己可是亲眼所见，还是小心为好。

其次那神秘小瓶中的绿液已经用完，不知道还会不会有异象发生，继续产生那种液体，别是个一次性的东西，晚上再去确认一下。

最后如果以上两方面都没有什么问题，自己还要确实具体地掌握催生药材的细节和步骤。

考虑周全后，韩立开始行动起来。

他先去谷外的大厨房，问管事又买了两只灰毛兔回来。韩立的这一举动让厨房的管事既高兴又有些纳闷，这个少年怎么老买活兔子回去，难道他要自己亲手宰杀兔子练习厨艺吗？

韩立可不管别人怎么想，他这次没把兔子拴在药园里，而把兔子拴在了自己的房门口，以方便自己时刻观察它们的变化。然后去药田里，把那几株生的药草小心地采了回来，做成了几副可培筋壮骨的好药，又把做好的药物掺在兔子最喜爱吃的食物里，一天三顿喂给兔子吃，以试验这些药草是否有毒。

做完这一切，韩立焦急地等待着夜晚的来临。

天刚黑，韩立就跑到屋外把小瓶从袋子里拿了出来，放在地上，聚精会神地期盼着小瓶子的变化。

一刻钟过去了，瓶子没有动静。

两刻钟过去了，瓶子还没动静。

三刻钟……

随着时间的流逝，韩立的心越来越往下沉，一直快到天亮，瓶子还没有任何异动。他彻底沮丧了，这瓶子难道真的是一次性的消耗品？还是自己没做对？

韩立强打着精神，看了看四周。

"没什么可疑的地方，除了天有些黑之外。"韩立自言自语道。他突然怔住了，猛然抬起头往天上望去，天空黑压压的，看不到任何东西。

"难道因为是阴天，没有星星月亮的缘故？"韩立想起来，之前瓶子的异变是发生在晴天，天空没有乌云遮挡，能看见星星和月亮，而今天是个阴沉天气，满天的乌云盖顶。

韩立心里有了打算，精神一振，看到天色已有些发白，便把瓶子收了起来，准备等天放晴后再试一下。

出乎韩立意料的是，之后的半个月不但天没有放晴，反而下起了绵绵细雨。

韩立看着外面的毛毛雨，心里烦闷极了，越是着急等着天气转晴，它越是没完没了地下个不停，没有一点想要停止的意思。

他回头看了看屋里头避雨的两只兔子，它们活蹦乱跳的样子让韩立更是郁闷。自从这两只兔子吃了掺杂药物的食物后，不但没有什么问题，还比以前更精神了。在这十几天里，韩立每天都要仔细观察它们一番，它们没有任何中毒的症状，反而因为吃了培筋壮骨的好药变得更加健壮。

这个好结果不但没让韩立高兴起来，还让他有些患得患失。对他来说，瓶子能否再生出绿液，已成了能否解决这所有问题的关键，而这个持续了许久的破天气却让这个谜底迟迟无法揭开，这怎能不让韩立心里郁闷至极?!

就在韩立以为这种阴雨天气将会持续下去的时候，太阳终于再次挂在了天空中，天放晴了。

韩立早就等得不耐烦了。天晴的当天晚上，他终于再次看到了四年前发生过的奇观，一个个光点密密麻麻地围在瓶子的周围，形成了一个大大的光团。

韩立一看到这种奇景，心里头那块高高挂起的石头总算落了下来。他基本可以肯定，这小瓶并不是一次性消耗品，而是一个可屡次使用的奇物。

经过七天的等待后，这小瓶里终于又出现了一滴绿液，韩立异常高兴，这表明自己以后将会有源源不断的珍稀药材，再也不会为钱而发愁。

要知道药材的珍贵程度绝大部分是要靠它的年份来评估，一株药草年份越长，它的药性也就越强。年份越久的药材越难寻觅，一般都生长在深山老林之中、悬崖峭壁之上，不冒些风险，那是想也不要想的事。

虽然现在有人会专门培植药草，但大多是一些常用的、年份很短就可使用的药材，大部分人不会笨到去种植长达十几年甚至数十年才用得上的东西。

但也有一些大富大贵的世家为了以防万一，会命人专门种植几种非常珍稀的药草，用在危急时保命，这些世家就不在乎培植这些药草所花费的时间长短。这些药草都是花个上百年培养的极品，或是万中无一的孤品。

偶尔有一些野外的珍稀药材在市面上出现，也大多被这些世家给收购了，这就造成了珍稀药草的价钱在市面上是节节攀升，还往往是有价无市的局面。

不管墨大夫这次外出有多大收获，韩立再也不用为药材而发愁了。

韩立在之后的数十天里，又分别做了几次催熟药草的试验。

他先是把稀释好的绿液洒在了许多药草上，结果第二天只得到了大量只有一两年催生效果的普通药材，远远比不上第一次得到的药草。从这次试验中，韩立领悟到一些规律。

在下一次的试验中，韩立干脆连稀释这一步都省略掉，直接把绿液滴在了一株人参上，结果第二天醒来后，韩立竟然得到了一株和野生的百年老人参完全没有区别的人参。这次的试验让韩立喜出望外，不是因为得到了稀有的药材，而是他已经大致掌握了绿液的使用方法。

随后韩立又做了几次绿液的保存试验，把刚刚从瓶中取出来的绿液放到了各种各样的容器之中，有瓷瓶、玉瓶、银瓶、葫芦等，发现无论何种容器都无法将绿液保存超过一刻钟的时间，只要把绿液从神秘的小瓶中取出来，就必须在一刻钟内用掉，否则它就会消失得无影无踪。而其稀释后的液体也具有相同的特征，虽然能够放得稍微久一点，但只要超过一定时间，留在容器里的就只剩下掺入的其他液体，绿液仍是消失了。

在做了几次这种试验后，韩立彻底放弃了将绿液保存在其他容器中的想法。

看来无法大量储存这种神秘的液体，只好去做另一种叠加药性的试验。

韩立在一株绿色的三乌草上滴了一滴绿液，把它变成了具有百年药性的黄色三乌草，过几天后又在上面滴了一滴绿液，它的年份竟然又增长了百余年。

看到这样做确实有效，韩立在之后的两个多月时间里，不停地重复相同的做法。每当有新的绿液从小瓶中产生时，他就把它滴在这株三乌草上面，而这三乌草也不负所望，叶子渐渐由黄色变成了黄黑色，又由黄黑色变成了黑色，最终变得乌黑发亮，它成了一株世间少有的千年三乌草。

这次的试验很成功，看样子如果有耐心的话还能把三乌草的年份继续往上提升，不过对韩立来说这完全没有必要。只要知道了这种做法确实可行就可以了，他现在并不需要年份太久的药材，数百年的药草就足够他服用了。

在这一系列漫长的试验完成之后，韩立终于可以闲下来歇息一下，并好好地合计一番。此时距离墨大夫下山已经过去不少时间了。

韩立拿着那株千年三乌草，躺在自己房内的木床上，发着呆。他直直地盯着乌黑的药草，眼神散乱，他的心思根本没有放在三乌草上面。他现在完全没有了刚得到这株三乌草时的喜悦之情，而是在细细想着这个小瓶给自己带来的好处与危险，在为自己的后路做打算。

韩立从墨大夫屋内的各类书上看到不少"怀璧其罪"的例子。他手中的这个瓶子称得上无价之宝，如果被外人知道他有这么一个宝贝在手上，他绝对活不到第二天早上，他会和许多"怀璧之人"一样，被闻讯而来的各类贪婪之徒所淹没。

"绝不能把瓶子的事告诉任何人，在山上也要小心使用这瓶子，瓶子吸收光点的动静太大，一不小心就会被外人发现其中的秘密。"韩立下定了决心，决定守口如瓶，不对外人吐露一个字。

"不过，现在正是急需药材修炼的时候，不使用这瓶子太可惜了，我还是要想个两全其美的办法。"他想起了自己毫无进展的修炼，又有些黯然了，不管怎么说修炼口诀的进度不能耽误。他不是为了墨大夫的督促而修炼，而是已隐隐察觉到自己近年来的一些不同寻常的变化与这无名口诀的修炼是分不开的。

在墨大夫回到山上之前，韩立知道在神手谷使用这瓶子暂时是安全的，因为整个山谷就只有他一个人，平时也没有外人会贸然闯入谷内。

韩立觉得墨大夫在附近不可能找到好的药材，恐怕要到比较远的地方去寻找，很可能是要去那些人迹罕至的深山老林，因为只有那样的偏僻地方才有希望采到一些稀有药材。这样一来一回，再加上搜寻药材所花费的时间，最少也要近一年的光景才能回来。

现在离墨大夫下山已经过了近半年时间，估计他再有六七个月就该回到七玄门了。在他回来之前的这些日子里，韩立只有尽可能地多催生一些对自己有用的药草，要有计划地按照他知道的几个珍稀配方来获取药材，不能盲目地浪费这些绿液。

韩立即将制作的这些有助于增长功力、突破瓶颈的药物，都是墨大夫以前想要配制，但是又凑不齐所需药材的极品圣药，每种放到市面上都是足以让普通人家倾家荡产、江湖人士拼命争夺的难得宝物。

就是医术高明的墨大夫，也从未见过其中任何一种圣药，更别说亲手制作了。要知道墨大夫虽然掌握着这些圣药的配制方法，但手中没有药材，只能仰天叹息。

韩立以前在墨大夫那里学习医术的时候，就对这些稀有配方很感兴趣。他虽然从没奢望过自己能够配制这些珍贵至极的药物，但也把这些配方记下了。墨大夫对他学习这些配方的十足劲头也抱着无所谓的态度，只要韩立问起，他就会详细地告诉韩立，没有丝毫隐瞒。

如今这些配方可成了韩立的心头肉，他老老实实地按着药方上的各种年份的药材去催生药草，不敢有半点放松，留给他的时间并不多了，他必须赶在墨大夫回来之前把这些药物配好，然后就把瓶子藏好，绝不轻易地在山上再次使用。

韩立可没有丝毫信心能在墨大夫面前使用小瓶子而不露出马脚来，他心里很清楚墨大夫是一个多么精明小心的人，他可没有一点要把瓶子的秘密告诉墨大夫的念头。

韩立觉得自己和墨大夫之间的关系很奇怪，远远不是一般的师徒那么简单。

墨大夫经常用某种奇特的目光看着他，这让韩立总觉得对方有什么秘密，特别是最近一两年，韩立的这种感觉更强烈了。这让韩立和墨大夫无法像普通师徒那样亲密无间、无话不说。

墨大夫在日常生活中对他其实非常不错，既没有拳打脚踢，也没有破口大骂，在修炼口诀上更是不遗余力地帮他创造最好的修炼条件。不过师徒之间似乎总有那么一层隔膜。

墨大夫很明显意识到了这种情况，可是他没有一丝想要弥补的意思，只是一味督促韩立修炼口诀。

韩立从不少史书上学到一个铁的教训，那就是"害人之心不可有，防人之心不可无"。

不管墨大夫是不是真要对他不利，他对墨大夫加强警惕总不是一件坏事。如果墨大夫真的对他存心不良，他加强防范可以避免自己受到伤害，如果是他自己判断错误，那也无伤大雅。他不会主动去做欺师灭祖的事情，他仍是墨大夫的好徒弟，会好好地尽一个徒弟应有的本分。

韩立想到这里心里有些不太舒服，自己和墨大夫这样的奇怪师徒关系在七玄门内恐怕是独一份了，他不禁叹息了一下。

韩立做好了一切打算，下定了等墨大夫回来以后，将瓶子藏好，不再轻易动用的决心，便心中一松，迷迷糊糊地在床上睡了过去。

在接下来的数月里，韩立偷偷用瓶子中的绿液，催生了大批珍贵药材。他用这些药材，按照配方调配了不少珍稀药物，但在配制过程中也失败了不少次，每次失败都让韩立心疼好久。要知道用来制作这些药物的药材，无一不是世上少有，失败一次就意味着不知多少银子打了水漂。不过这也不能怪他，这些配方都是第一次配制，失败几次在所难免。就算墨大夫亲自来配这些药物，也会有一两次失手。

黄龙丹、清灵散、金髓丸、养精丹……这些外面难得一见的稀世灵药被放在十几个小瓶内，一一摆在了韩立面前。韩立看着这些药瓶，脸上喜形于色。有了这些灵丹妙药，别说练成口诀的第四层，就是第五层、第六层也不会费太多的力气。

在这些灵药里面，黄龙丹和金髓丸对他练功帮助最大，都有增强功力、脱胎换骨的妙用；而清灵散则是世间少有的解毒圣药，能解天下千百种剧毒；最后的养精丹是一种对内伤外伤都有奇效的灵药，不论受了多重的内伤外伤，只要吃一颗，即使不能起死回生，也可让伤势大为减轻，保住性命。

本来韩立并不打算配制清灵散和养精丹，但经过仔细思量后，觉得自己不管怎么说也算是半个江湖中人，天知道哪一天会不会被卷入江湖上的一些打打杀杀之中，还是提前预备些解毒疗伤的妙药比较好。

韩立在丹药配制完成的当天，就开始按照配方上所说的服用方法，分别吃了一颗黄龙丹和金髓丸。这两种药物真不愧是传说中的圣药，在强大惊人的药力之下，不费吹灰之力，他就在当晚冲破了瓶颈，练成了口诀的第四层。

一到达第四层，韩立立刻体会到与以往截然不同的感受，他的五感一下被提升到一个不可思议的境界，眼中的一切事物突然变得那么明亮、那么清晰，原来自己无法看见的一些细微的东西，一下子被放大了，就连墙脚处的一根根纤细的蛛丝都瞅得一清二楚；耳朵的听觉也变得敏锐无比，苍蝇在屋前飞过的嗡嗡声、十几丈外一只蚯蚓钻地的沙沙声等，就好像在他耳边响起一样，听起来那么真切，那么清晰；除此之外，一些突然冒出来的奇怪气味，让韩立知道自己的嗅觉也与以往大大不同了。

韩立又惊又喜，这是他修炼这套口诀来第一次感到自己的时间和精力并没有白白浪费。如此与众不同的感受说明这口诀并不是一无是处，而是有着独到之处。

除此之外，他还感到自己的身体比以前轻快了许多，精神上也有了长足的长进，现在韩立三五天不睡觉，估计都不会有太大的问题。

韩立待在原地不动，就能知道方圆数十丈内发生的大小事情。这种可以掌控一切的感觉，令韩立非常痴迷。

如今他才明白，这口诀练到第四层才是真正的略有小成。第四层就有如此令人难以忘怀的滋味，那练到第五层、第六层又会有什么样的美妙感受呢？

不久后，墨大夫回山谷了。他不但自己回来了，还带回了一个神秘人物。

墨大夫刚进入神手谷时，韩立就远远听到了熟悉的咳嗽声。他正在石室内打坐修炼，争取能够早日精进。察觉到墨大夫的声响后，赶紧运气收功，走出石室，往谷口方向走去，结果在离谷口不远处迎面见到了墨大夫。

一见到墨大夫，韩立大吃一惊，映入眼帘的是一张气色灰暗、没有几分生气的面容，原先他虽然也是面色焦黄，病恹恹的，但也不至于像现在这样气色败坏到极点，一副大限已至的模样。

更令韩立惊讶的是，在他的身后还跟着一个头戴黑色斗笠、全身上下都被一件宽大绿袍罩得严严实实、不露出半分肌肤的神秘人物。此人身材异常高大魁梧，但因戴着斗笠，韩立无法看清楚此人的面貌，只是隐隐约约觉得此人的面容狰狞可怖，丑陋异常。

韩立按捺住心头的疑问，赶紧上前给墨大夫施了一礼，随后恭敬地站在一旁，等候墨大夫的问话。

他心里很清楚，墨大夫根本不在乎自己这个徒弟对他是否有礼和恭敬，但是对作为弟子的他来说，该有的师徒礼节还是必须做足的，不能随意懈怠。给对方留下自己桀骜不驯的印象，那只会让自己处于更加不利的境地。

依照韩立对墨大夫的了解，这么长时间没见面，墨大夫一见到自己，就会开口询问口诀的修炼状况。

果然，墨大夫见到韩立，稍微一愣，咳嗽了两声，就有气无力地开口问道：

"你的口诀练得怎么样了？有没有进步？"脸上显露出焦急和期盼之色。

韩立早就提前做好了思想准备，把预备好的答案说了出来："还是和以前一样，没有什么太大的变化。"韩立并不打算告诉对方自己修炼的实情，因为他无法解释自己现在有如神助的进度。

"把你的手伸出来。"墨大夫的神色阴沉了下来，口气也一下变得生硬。

韩立注意到墨大夫的表情后，心里咯噔一下，生出了几分不安。不过他并不害怕墨大夫亲自把脉。因为进入了第四层后，韩立意外发现自己可以随意操纵体内的奇异真气的强弱，他完全可以把真气控制成在第三层时的强度，可瞒天过海。

第四章
冲突起

　　墨大夫面无表情，双目半睁半闭，一只手牢牢地搭在韩立的手腕上。他全部的心神都集中在韩立体内的真气强弱上，半晌没说话。

　　一盏茶的工夫后，他才重重地叹了一口气，似乎把心中的懊恼全部吐了出来，眼睛猛然睁开，一缕精光从他浑浊的眼中射了出来，让人不敢对视。他脸色阴沉，很明显，对韩立十分不满意，不过仍没有责骂韩立。他冷漠地摆了摆手，示意韩立跟着他一块走。

　　韩立乖乖地跟在他身后，虽然对一旁的神秘人很感兴趣，但知道目前不是自己随意询问的时候。

　　进了屋子后，墨大夫有些疲倦地坐到太师椅上，后背紧贴着椅背，半坐半躺着，眼中的精光已经散去，恢复了久病在身的模样。神秘人一直紧随在他身后，寸步不离，在他坐下后，就站到了椅子背后，直直地戳在那儿，一动不动。

　　韩立知道墨大夫心里不痛快，也不愿主动开口触对方霉头，就学着神秘人的样子，走到屋子的正中间，面朝着墨大夫低着头，识趣地不再乱动，等待对方开口问话。

过了老半天，还是没人言语，韩立有些奇怪，沉不住气了，悄悄地抬起头偷看了墨大夫一眼。

"想看就看，干吗要偷偷摸摸的？"韩立刚把脖子抬起了一半，墨大夫冷厉的声音就传了过来。

韩立怔了一下，接着就听话地把头抬了起来，目光在墨大夫脸上转了几圈，又马上缩了回去。韩立脸上神色没变，可心里却犹如惊涛骇浪，翻滚不停。

墨大夫的脸怎么一下子变得如此诡异，有些灰败的脸上隐隐地罩上了一层淡淡的黑气。这黑气像是有生命一般，伸出无数细小的触角，张牙舞爪地在他脸上乱舞着。更令韩立心惊的是，墨大夫一改往日的死板神情，现出一脸狠厉决断，正用一种不怀好意的目光注视着自己，嘴角还露出几分嘲笑。

韩立觉得情况有点不太对劲，几分不安的情绪涌上心头，一丝危险的气息开始在屋内蔓延。他机警地、小心翼翼地往后退了半步，把手缩到袖口里抓住了里面的一只铁筒，绷紧的神经才放松了一点。

这时耳边忽然传来墨大夫一声低低的嘲讽声："一点小聪明，也敢拿出来卖弄吗？"

墨大夫身子动了，诡异地从半躺着变成了站立，阴阴一笑后再身形一晃，整个人仿佛幽灵般移到了韩立身边，望着韩立嘿嘿冷笑着。

韩立脸色大变，知道不妙，急忙想举起手臂，但身上一麻，动弹不得。这时他才看到，对方手指从自己胸前的穴道上移开。真是太快了，他竟然反应不过来。

"墨老，您这是要做什么？弟子有什么不对的，您老尽管开口，何必要点住弟子的穴道呢？"韩立再也无法保持以往的镇定，他强笑着对墨大夫说道。

墨大夫并不言语，只是一只手捶了几下自己的后背，轻轻咳嗽了一下，一副老态龙钟、弱不禁风的模样。

"墨大夫，您老是什么身份，又何必和弟子一般见识，您解开弟子的穴道，有什么惩罚，弟子一力承担就是了……"

韩立一连说了几句好听、恭维的话语。可墨大夫根本不理会，伸手从他的袖子里把那只铁筒搜了出来，拿在手里，然后用一种嘲笑、蔑视的目光看着他的表演。

韩立见到这种情形，心一下子沉到了谷底，原本指望用话语打动对方的念头也彻底断掉了。对方看样子不会给自己一分一毫的可乘之机。

韩立闭上嘴巴，脸上变得平静下来，用不带丝毫感情的目光和墨大夫对视。整个屋内鸦雀无声，变得如同暴风雨来临前一样平静。

"好！好！好！"墨大夫三个"好"字突然张口而出，"不愧是我墨居仁看中的人，现在还能面不改色，临危不乱，不枉我下了那么大的本钱在你身上。"他一下子夸起韩立来。

"您到底想要如何处置我？"韩立没有接墨大夫的话，反而询问起来。

"哈哈！如何处置你？"墨大夫不置可否地重复了一遍韩立的问话，"如何处置你就要看你自己如何表现了。"

"什么意思？"韩立皱了一下眉头，隐约地猜到了墨大夫的一些打算。

"就算我不说，凭你的聪慧，应该也能明白几分吧？"

"只猜得到一小部分，但还是不明白整件事的来龙去脉、前因后果。"韩立没有否认，很坦率地承认了。

"很好，这样做就对了。有什么疑问直接问我就可以，不要一直闷在肚子里。"墨大夫阴险地笑了一下，脸上的黑气似乎又浓厚了几层，映得他的面容更加狰狞。

"我知道你一直对我提防着，没真把我当成师父。不过没关系，我也没真把你当成徒弟。"墨大夫轻哼了一声，"你觉得我有多大岁数？"墨大夫面颊上的肌肉突突地跳动了几下，僵硬地问出了一个不着边界的问题。

"从外表上看，六十余岁。不过您既然这么问，您的年龄肯定和外表不相符，难道比这更大或者年轻得多？"韩立心里有些诧异，但语气不变，平淡地说道。

"啧啧！真不愧是练了长春功的人，一个从乡下来的小屁孩，也能变成一个如此机敏聪颖之人！"墨大夫嘴里不停地称奇，开始用热切的目光望着他。

"你猜得没错，我今年才三十七岁。"一个令韩立难以置信的数字从墨大夫口中说了出来。

"不可能！"一直保持着镇定的韩立大吃一惊。

"不可能！的确不可能！就算我对外宣称我已七十高龄，恐怕也没有人会怀疑！"墨大夫好像被触到了内心的最痛处，声音突然变得又高又尖起来，传到韩立耳朵里，是那么的刺耳，那么的难受。

"我墨居仁，早年在越国岚州武林也声名赫赫，闯下不小的名头，赤手空拳地打出了一片自己的天地，嘿嘿！当时岚州，有谁不知道我'鬼手'的声威。无论黑白两道，顺我者生，逆我者死。"墨大夫恢复了正常声调，用低沉的口气，慢慢地叙述着自己的故事。他的眼中射出如刀剑一般锐利的神采，好像又回到了当初意气风发、大权在握的时候。

听了墨大夫的话，韩立暗暗惊讶，没想到自己这个名义上的师父，还有这么大的来头。

"可惜，好景不长。在我刚迈入中年，正想进一步大展拳脚的时候，却遭小人暗算，被亲信之人使了阴毒手段。虽然凭借自身的高明医道，控制住了伤势，却无法使自己痊愈，一身武艺也大减，无法在北地立足。为了怕仇家暗算，只好抛下原有的基业和家人销声匿迹，在越国其他地方寻觅良方，希望能有办法恢复原有的功力。"他已完全沉浸到往事之中，狠狠地握紧拳头，指甲深深地插入了手掌心，鲜血直流，但他对此似乎完全不知，只是脸上露出了咬牙切齿的凶残之色，让人不寒而栗，看来他对当年那个对他下毒手的人恨之入骨。

听出他话语中的强烈恨意，韩立忍不住寒毛直竖，心里存了一分凉凉的寒意。

"上天有眼，终于在某个神秘之处，我无意中得到了一本奇书。这本书奇涩深奥，我费了九牛二虎之力才略懂一二，并从上面找到了恢复功力的方法。我按照上面所说的去做，结果……"墨大夫停顿了一下，没有马上说下去，但气恼的神情表露无遗，还有一些懊悔的意思。

"结果你就变成现在这个鬼样子了。"韩立冷冷地把他没有说完的话，替他说了出来。

"不错，没有想到按照那本书上的方法去做后，我的功力是恢复了，人却急速衰老，变成了现在这副未老先衰、半人半鬼的模样。"墨大夫黯然点了一下头，没有因韩立的讥讽而动怒。

"你如今应该找到原因了吧？"

"我是因做法有所不当，被邪气入侵而致。现在我活一天相当于普通人活十天的精力消耗，每时每刻都在透支生命。幸亏我精通调养之术，又按书上所说配制了一种秘药，近些年才能减缓老化速度，支撑到现在。"

"我所练的口诀，和解决你的麻烦有什么关系？"韩立赤裸裸地直奔主题。

"我变成这样子不久，就从书上研究出破解之道，就是你修炼的长春功。只要有个练至第四层的人帮我运功推拿，用长春气刺激秘穴，我就可摆脱现在的困境，重新找回已失去的精元。"

"为什么非要找我？随便找个人修炼这口诀不行吗？"韩立沉吟了一会儿，反问了一句埋在心里很久的疑问。

"你以为这长春功是个阿猫阿狗都能学吗？这口诀不但要求年少之人从头开始修炼，还要求修炼者必须具有灵根体质。虽然我不知道什么是灵根，但在你之前我已找过数百名童子，他们都无法修炼长春功。"墨大夫一脸的气恼之色。

"有这种事？"韩立一怔，没想到修炼这口诀的条件如此苛刻。

"在剩下的岁月里，我以为不可能再找得到修炼口诀的人，便自暴自弃地扮作一名江湖郎中，到处流浪。没想到，偶然遇到了同样被暗算的七玄门王门主，因同病相怜，便出手救下了他的性命，然后在他的邀请下，顺水推舟地成了门里的供奉，准备隐姓埋名，在山上度过自己最后的日子。嘿嘿！奇迹还是发生了，起初是害怕自己一身医术和武功全部失传，便把你们招进了谷内，确实是想收你们为徒。可当时不知怎么了，竟鬼使神差地让你们去试练了长春功，大概是还抱有侥幸的心态吧。其实即使修炼不了此口诀，我也会把你们收下，把全身所学传下一二。可万万没想到，你竟然对此功有反应。哈哈！真是天无绝人之路！"墨大夫一口气把这些谜底全部揭开，脸上布满了病态的红晕，看来对自己的运气，很是庆幸。

"我还没练成第四层长春功，为什么要在此时制住我，和我坦白这一切？"韩立终于问出了目前他最为关心的问题。

"这就要怪你自己了，我费了这么多的功夫和心血在你身上，你却不能让我满意，老是和我耍花样。如今就差这最后一步了，但你迟迟不能更进一层。本来我还可多等你两年，怎料此次下山时，我被一个仇家认了出来，经过苦战后，虽然击杀了对方，却也耗尽了我本来不多的精力，寿命大大缩短了。即使我用尽全力也只能使自己再活一年，你叫我如何再等？"墨大夫的得意神色消失得无影无踪，换上了一脸凶光，对着韩立咆哮起来。

韩立听完以后，神色如常，脸上没有丝毫触动，心里却波涛汹涌，完全没有表面看上去这样胸有成竹、波澜不惊。他虽然早已预料到墨大夫对自己有很深的企图，但未曾料到会有这么大的内幕，对方的身世、经历、修炼的口诀，无一不超出了他的想象。

韩立心乱如麻，有点恐惧，有点后悔，还有点茫然。尽管拖到了现在，还是想不出脱身的办法，他有些慌了。

他毕竟还很年轻，无法同墨大夫这样的老江湖相比，强作镇定使表情不变的手段，还是被墨大夫看出了破绽。额头上冒出的丝丝冷汗，出卖了他这只纸老虎。墨大夫没放过韩立面容上的任何变化，对自己给他造成的巨大压力很满意。

"你认为我在故意怠慢，拖延练功进度？"韩立被这莫名的一棒给打晕了。

"当然，两年时间还练不成第四层，你真的以为我看不穿你的小把戏吗？前三层只花了三年时间就完成了，就算第四层太难练，没有药物帮助，也不至于两年内没有一丁点进步。"墨大夫说道，两只眉毛倒竖了起来，充满煞气，似乎对韩立早就不满，如今才发作。

"看来不论我如何解释，墨老都不会相信。"韩立暗自苦笑，没想到刚刚隐瞒进度，才是造成眼前局面的罪魁祸首，他还真是搬起石头砸了自己的脚。

"不用再说什么，我也不想知道你以往的所作所为是真是假。好好听着，现在我只问你一句话：再给你一年时间，你能把长春功练至第四层吗？"墨大夫冷笑一声，徐徐地说出了今天最重要的一句话，接着死死地盯着韩立，等着他回答。

韩立很清醒，知道这个答案是自己此时能否活下来的关键。

"你心里应该很清楚，我不可能给你其他答案。来，先把我的穴道解了吧。"韩立整个人一下子放松了下来。

墨大夫听到他所说的话，神色稍有缓和，眼中露出了些许赞赏之意，可并没有上前给韩立解穴，反而谨慎地从怀里拿出了一个雕刻精致的长方体檀木盒。

"光凭你嘴上说，我不放心，万一你还是不肯用心修炼，那和以前有什么区别。为了你我的小命着想，还是加上一层保险的好。"他阴森地说道。

墨大夫小心地打开了盒盖，一颗白色的药丸静静地躺在盒子的中央。墨大夫伸手在韩立身上一戳，解开了穴道，没等他动弹，就把盒子递到了他的面前。

"你是个聪明人，不用我再多说废话，你知道该怎么做。"墨大夫眯起了双眼，有些不怀好意。

韩立稍微活动了下有点麻木的手脚，二话不说，伸手接过了檀木盒，用两根手指把盒中的药丸轻轻地夹出，当着对方的面，看也不看，直接送进了嘴里，吞了下去。

"很好，识时务者为俊杰，只要帮我恢复正常，我定会重重地谢你。我也不说假话，你我之间有了隔阂，真收你做徒弟是不可能了，但保你一生荣华富贵我还是做得到的。"墨大夫拍了几下手掌。

"现在该告诉我药丸的功用了吧，省得我不知不觉犯了忌讳，丢了性命。"

韩立面无表情。

"哈哈，这药叫'尸虫丸'，并不是一种药物，而是用某种秘法炮制的虫卵。你吃下后，它会在你体内潜伏一年。你放心，在这一年内你绝对是安全的，不会影响到你。一年后，你只要服下解药，它就会自动消融，不会有任何隐患。但如果一年后没有服下解药，嘿嘿！虫卵就会吸够养分，孵化破壳，将你身体内大大小小的内脏给活生生地吃个干净，让人在痛不欲生中，哀号个三天三夜，才慢慢死去。"

韩立听到这药丸的毒辣之处，身子微微地颤抖了一下，脸色变得难看至极，几乎控制不住心中的怒火。可墨大夫的撒手锏，此时才使出来。

"对了，听说你家里的亲人不少，不知每月送回家的银子还够用吗？不够的话，尽管向我开口要，我对你的亲人很挂念啊。"墨大夫悠悠地说道。此时，他才真正露出了獠牙，一下子狠狠咬在了韩立的致命之处。

韩立的脸已经变得铁青。他用自己最后的理智咬紧了嘴唇，生怕自己破口大骂，或说出苦苦哀求的话语。他很明白，不管怎么恳求、威胁，对方都不会放弃这个最大的把柄。

"你尽管放心，在一年之内，我一定练至第四层。"韩立咬紧牙关，一字一顿地说道，不再掩饰对墨大夫的痛恨之情。

在赤裸裸的威胁下，他只能暂时屈服。他还做不到六亲不认、罔顾亲人死活的地步。如今，被抓住了死穴的韩立，只能放弃与对方鱼死网破、同归于尽的想法。这次与墨大夫的首度交锋，他算是彻底失败了。

墨大夫听到韩立屈从的话语后，长长舒了一口心中的闷气，他的紧张并不在韩立之下，只不过用诡异多变的表情完全掩盖住了。

"这长春功真是邪门，臭小子年纪轻轻，就这么不好对付。"墨大夫在心里恶狠狠地咒骂道。

其实这长春功，虽然对修炼之人有一定的洗髓开智之功，但具体的效用也要分人，韩立天生就比一般同龄人早熟聪颖得多，修炼这长春功后，更是在智能心计上远远超出普通的少年。

韩立转身朝门口走去，走到大门口时，忽然回头，又问了一句话："墨老背后站立的兄台，一直未发一言，不知是什么来头？"

墨大夫听了韩立这突如其来的一问，略微一笑，狡诈地避而不答道："你如此机智，猜猜看吧，一定猜得出来。"

韩立摇了摇头，干脆利索地走出墨大夫的屋子，不知他是猜不出，还是根本就不愿意猜。

韩立一走出门外，脸色就阴沉下来。

"在和墨大夫的此次冲突中，自己毫无反抗之力。这说明自己还是太天真了，以为凭借小聪明就能和对方周旋一二。费尽心机制出的一筒五毒水，根本没发挥它的作用，就被缴获了。自己还是要回去好好琢磨一下，怎么才能加强本身的实力。"想到这里，韩立朝自己的住处大踏步走去。他并不甘心就此被墨大夫控制住。

在屋内，墨大夫目瞪口呆地看着木板铺成的地面，上面出现了一个碗口粗的大洞。就在刚才，他漫不经心地试射了一下铁筒里的东西，结果从筒内喷射出的毒液轻而易举地就把地面给腐蚀出一个大洞。看到这毒液的诡异毒性，墨大夫再也按捺不住心中的后怕，跳起脚来破口大骂："龟儿子，什么时候学会制作这样的毒药，我从未教过他这方面的东西，我还以为只是普通的神仙倒迷药。这臭小子还真是心狠手辣，翻脸不认人。"

不知道自己已经给墨大夫造成惊吓的韩立，回到自己的房内后，一头扎在床上呼呼大睡起来。他今天经历了如此大的变故，身心消耗太大，急需休息来恢复体力。

养足了精神的韩立，从睡梦中缓缓苏醒，他坐起身子，看了看天色，东方有些发白，看来已经到了第二天早上，这次睡眠还真不短。韩立并没有下床，而是用双手托起了下巴，手臂撑在大腿上，思量起逃脱墨大夫控制的方法来。

很显然，在这一年内他绝对是安全的，墨大夫为了自己的性命着想，也不会对他下手，反而会竭力地保全他，但一年后能否安全，就不好说了。

长春功的问题韩立倒不用担心，他前些天就练成了第四层，一年以后第五层也肯定手到擒来。

尸虫丸的问题也好解决，到时只要把修炼进度展示给墨大夫看，让墨大夫给他解药就可以了。

猛然间，韩立想起了什么，他从身上摸出一个药瓶来，从中倒出一颗碧绿色的药丸，然后仰头服下，过了一会儿，等药效发作，他就开始静静地内视起来。

"咳！在这尸虫丸上，这墨老鬼还真的没骗自己，可解天下百毒的清灵散竟然对此丸毫无作用，看来真的要一年后才能要到解药。"韩立有些懊恼地小声嘀咕道。

把药瓶重新放入怀里后，他从床上起来。他围着屋内唯一的一张桌子，开始打起转来。他一边负着双手慢慢走着，一边继续考虑各种问题。

说起来，墨大夫所说的话，韩立并不完全相信，他知道肯定有许多不实之处。可是墨大夫用亲人威胁，他无法反抗。

韩立对墨大夫一年后是否会信守承诺很是怀疑，若真是像其所说的这么简单，倒是好办了，他完全没有对抗的必要。但就怕对方隐瞒了对他不利的信息，到时翻脸下毒手，他若不早做准备，岂不是连反抗的余地也没有？

韩立翻来覆去地想了好几遍，觉得没有解决的好办法。

现在他和墨大夫是两头怕，墨大夫害怕他不用心修炼耽误了自己的性命，而他也担心墨大夫解除后顾之忧后，对他下毒手。

本来他还可以威胁墨大夫一二，让墨大夫投鼠忌器，但如今墨大夫掐住了他的亲人这个命脉，他也就只能畏手畏脚，无奈妥协了。

"难道自己还真的要把小命寄托在对方手上，希望对方到时大发慈悲，对自己手下留情？"韩立有点气馁了。

"不行，绝不能这样做，自己的命运绝不能在其他人的一念之间。把自己的一切交予他人操纵，是最愚蠢的。"随即他又推翻了这个蠢念头。

绞尽脑汁后，韩立还是想出了个不是办法的办法——他打算从多方面加强自身的实力，想方设法增加自己这方的筹码，以震慑住对方，即使对方真要下手，自己也有自保的余地。这还真是个笨主意，只能被动防守，让对方先发制人。但如今，也只有这个方法可行。

韩立拿定了主意后，决定到外面走走。他推开屋门，走到屋外的空地上，伸了伸懒腰，打了个哈欠。他迎着早上有些凉意的晨风，望着已升起一半的红日，豪气大发："我的命运只能掌握在自己手中，绝不会让他人操纵！"

韩立抓起木桶的绳索，把木桶往水潭里一抛，再往后一拉一提，满满一桶泉水被提了上来。

韩立毫不费力地举起木桶，高过头顶，手腕一用力，哗的一下，满桶的清水从头上浇到了脚底板。

"好清凉啊！"

"好舒服啊！"

韩立和另一名少年同时兴奋地叫出声来。

这也难怪，现在正是炎炎夏日，酷热难当，两人赤裸着上身，被冰凉的山泉水这么迎头一浇，真是全身上下无一处不舒服。

"嘿嘿！韩师弟，你还真会找好地方，这么隐蔽的小水潭，你也找得到。"外表冷酷的少年突然开口说话。

"这不算什么，比这更难找的地方，我都找到了不少，可惜都没有这里的水清凉。"韩立毫不客气地把对方的恭维照单全收。

另一名少年正是前来取药的厉飞雨。

厉飞雨第一次从韩立手中拿到秘药后，回去试用了一下，真的非常有效，抽髓丸的痛苦减轻了不少，从此一发不可收拾，每次不用韩立的药粉，就无法再忍受抽髓丸的痛苦，结果本来能用一年的分量，短短数月就被厉飞雨全部耗尽。

被非人的疼痛折磨到极点的厉飞雨，只好硬着头皮，主动来找韩立讨药。而此时的韩立正想加强自身的实力，在得知对方已进入七绝堂进修后，便直接提出以七绝堂绝学作为交换。本已没有几年可活的厉飞雨，对此答应得非常爽快。

韩立为了防止外人发现他们的秘密，在彩霞山找了一些很隐秘的地点，用来完成和对方的交易。

两人每隔一定时间，就会偷偷地碰一次面，韩立会把药物交给厉飞雨，厉飞雨则传授韩立一些从七绝堂学来的武功。

就这样，一直持续了大半年。

在这大半年的接触中，厉飞雨和韩立都觉得对方比较顺眼，在不知不觉中，真的成了无话不说的好友。

厉飞雨对韩立找的这些地方非常满意，特别是这个地点，四周都是悬崖峭壁，当中是一块小盆地，唯一通向这里的通道是一个隐蔽的小山洞。这山洞很狭窄，必须趴着才能通过，山洞出口更是不可思议地在一个紧贴崖壁生长的老槐树树洞里。

最重要的是，在这闷热的日子里，这里能有这么个清凉的小水潭。活动完筋骨后，在此浇上几桶凉水，真是无比舒畅的事。

浇完了凉水，韩立看了看日头，说："你上次教我的狂蟒劲，太刚猛了，我觉得不太适合我，有比较灵巧轻柔的功法吗？"

"韩师弟，你真的觉得七绝堂是我一个人的吗？想学什么武功就能学什么？我也只能挑其中一小部分来学，我的功法偏向阳刚，当然要学刚猛的绝学了。"厉飞雨翻了个白眼，没好气地回答道。

"厉师兄是什么人啊，我们年轻弟子中的魁首！怎么能和一般的七绝堂弟子相比呢？"韩立不好意思地讪笑了一下，看厉飞雨有些生气，连忙上前说了几句讨好的话。

"真不容易啊，能被我们韩大天才拍上几句马屁。"厉飞雨似笑非笑地调侃了韩立一下。

"什么天才啊，我不是每次都被你几招就收拾掉了吗？"

"哼！那是我用上真气，以拙破巧，不算什么本事。若不用真气，恐怕上百招内，我都拿你没辙。"

"有谁比武会不用真气啊，厉师兄真是太自谦了。"

"自谦？我可一点没自谦。你以前从未学过武功，也未从和人争斗过，唯一学过的还是那狗屁无用的破心法，在这么短的时间内就能把招式理解得如此透彻，你不是天才，是什么？对了，那口诀一点威力没有，不知你还天天学它干吗？"

韩立暗自苦笑了一下，心想："你以为我想学啊，我现在是骑虎难下，不学都不行。"

"韩师弟，不是我啰唆，凭你学武的天分，赶紧把那破口诀扔了，好好跟我学些真功夫。我敢肯定，不出两年你就能崭露头角，然后你我二人称霸七玄门，岂不快哉?!"厉飞雨语重心长地又一次规劝他。

韩立心里有些感动，虽然厉飞雨这话说了许多遍，让他有些厌烦，但厉飞雨的这份诚挚之心，自己还是能够体会到的。

韩立轻轻摇了摇头，表示拒绝，并开口把话题岔开："在七绝堂内，就没有不用真气就能克敌制胜的武学吗？"

厉飞雨见韩立岔开话题，便也不再勉强他，知道他和自己一样，有一些难言之隐。

他低头细细思索了片刻，抬起头说："还真有这么一门奇怪的剑法，不用真气就可使用，不过……"

"不过什么？"韩立一听，不禁大喜，连忙追问。

"不过这剑法在七绝堂内放了上百年，还从来没人练成，据说连创立此剑法的那位长老，也没有练成就过世了。这剑法的名字也古怪，叫眨眼剑法。"厉飞雨说起这剑法来，口中连连称奇。

"眨眼剑法。"韩立重复了一遍剑法的名字。

"是啊，你说剑法和眨眼有什么关系？这名字好笑不好笑。"

"你练过这剑法吗？"韩立问道。

"当然没有，谁会练连真气都不用的武功，那不就是个花架子吗？别说我，从它创立以来，就没有人练过。听说，要不是当初创立它的那位长老挽救过七玄门数次危机，在临终前又立下遗嘱，一定要把这剑法列入七绝堂，否则这眨眼剑法根本就不可能放入七绝堂之中。"

厉飞雨这人，有着与他冷酷外表截然不同的聒噪，韩立还没开口去问，他就把这剑法的老底都抖了出来。当然，他的大嘴巴本性只会在韩立面前显露。到了外面，在其他师兄弟面前，他又成了那个酷酷的偶像"厉师兄"。

韩立听完厉飞雨的描述之后，隐隐约约地觉得，这就是他一直在寻找的东西。

"厉师兄，这剑法你能给我抄录一份，带出七绝堂吗？"

"嘻嘻！没问题，要说其他武功，我是不好给你抄录一份，因为每天都有专人检查，这眨眼剑法却放在角落里，根本无人注意。不过抄录起来太麻烦，干脆我把剑谱悄悄带出来，等你自己默记或誊抄完毕，我再偷偷地放回去，绝对不会有人注意到。"厉飞雨满不在乎地提出了一个更大胆的建议。

韩立见他似乎很有把握，就同意了他的建议。他本来还有些担心厉飞雨丢三落四的恶习，万一厉飞雨抄录剑法时，一不小心漏了几处，他岂不是练不成了？能拿到原剑谱当然更好。

"好了，时候不早了，我该回去练功了。要不又要被七绝堂总管发现我偷偷外出了。"厉飞雨擦干了身子，穿好上衣，准备离开。

韩立只是嘱咐他，偷拿剑谱时小心一点，别被发现了。

厉飞雨转过身子，用手背冲他潇洒地挥挥手，就从附近的山洞慢慢爬了出去。

韩立见他的背影消失在洞口，脸上的笑容也随之消失，露出了几丝阴霾。

在厉飞雨走后没多久，韩立也回到了神手谷。

一回到神手谷中，韩立就远远看到那个高大的神秘男子。他一动不动地站在墨大夫屋子的外面，紧靠着门口，戴着斗笠，似乎一点也不在乎夏日骄阳的暴晒。

韩立走到自己屋子的门口，停下了脚步，眺望着这个从不言语的男人。自从第一次见到他，韩立就对这个不露出真容的男子很感兴趣。这人似乎天生是个哑巴，来到山谷以后，从未开口说过话。

更奇特的是，此人体力实在惊人，往往一站就是一整天，从不疲惫。韩立在心里，早已将他冠以"怪物"的称号。

他也曾试过和这人交流，但此人如同木头一样，毫无反应，不管韩立说什么，他就是不理会。

韩立算是彻底服了墨大夫，竟能把一个活生生的血肉之躯，训练得如同傀儡一样，绝对服从命令，体力惊人，从不开口说话，没有丝毫感情。虽然不知他武功怎样，但绝不会太弱。

韩立知道，这个人很可能是墨大夫的又一个撒手锏，但他对此毫无办法，他找不出此人的任何破绽。

唯一让韩立有些疑惑的是，偶尔从后面望向此人的背影时，他总会有一些很熟悉的感觉。

看了一会儿，韩立叹了口气，回到屋内，关上屋门，他知道没有墨大夫的命令，此人是不会去休息的。

他有些心乱，一个箭步直接蹦到了自己的床上，身子往下一倒，然后双手搁在脑后，闭上了双眼。

他把今天从厉飞雨那里学到的几招，在脑海里好好回放了一遍，把每一招的细节都分成数段，再一点点地反复推敲，仔细揣摩。

这是韩立将长春功练至第五层后新得到的能力——过目不忘。

他凭借这个能力，可把任何武功完整记下，再在脑海中回放无数次，加以锤炼升华，这也是厉飞雨以为他是个天才的原因。

在两个月以前，韩立倚仗着两种圣药的效力，硬生生地把长春功提升到第五层。

黄龙丹和金髓丸的药效如此之强，远远超出了韩立的预料，他还是小瞧了那几张配方的价值。

两种洗髓的灵药用去了一小半，剩下的应该勉强够自己练成第六层的长春功，韩立真有些期待，第六层的长春功会给自己带来什么样的惊喜。

距离墨大夫下的最后通牒只剩下小半年了，虽然自己从厉飞雨那里学到一些招式，但因为没有相配合的内家真气，只能算是一些花拳绣腿的皮毛功夫，对付粗通武功之人尚可，但对墨大夫使用的话，那真是肉包子打狗，有去无回。

韩立想到这里有些忧心，又有些烦恼，自己这长春功什么都好，就是无法用于实战、厮杀。他现在只有寄希望于眨眼剑法了，希望它会给自己带来惊喜。

十几日后的某一天下午，韩立又偷偷溜出神手谷，和厉飞雨碰头。

其实也说不上是偷偷溜出，墨大夫对他经常出谷的事情，早已了如指掌，但对此毫不干涉，随他进出自由。

这种不管不问的做法，一开始让韩立心中有些发毛，不知对方打的什么算盘。进出几次后，他发现真的没人跟踪自己，也就放下心来，大胆地去忙自己的事情。

经过一段时间的推敲后，韩立渐渐有些明白，墨大夫对自己如此放纵的原因。

虽然墨大夫用尸虫丸和家人性命两把大锁，把韩立锁得死死的，但他也知道采用这么粗暴的方法控制韩立，韩立心中一定满怀怨气，修炼起来也就不怎么心甘情愿。如果再去限制他的进出自由，肯定会适得其反。毕竟墨大夫的本意是想让韩立主动积极地修炼长春功，而不是绑着他的手脚强迫他修炼。

韩立想清楚后，胆子就更大了。以前还需稍微避开墨大夫的视线，进出山谷要谨慎一些，现在说也不说，大摇大摆地从墨大夫面前进出。

一走出谷外，他就运起了长春功，把数十丈内的所有动静都纳入掌握之中。

韩立相信，就算是墨大夫亲自来盯梢，也逃不出自己的感知。

正面交锋他也许不行，但对五感的运用掌握，他对自己有十足的信心。

一路上，韩立小心避开巡山弟子，通过老槐树中的秘密通道，爬到了上次碰头的小水潭附近。一进到里面，就看到厉飞雨赤裸双脚，坐在水潭边。

他低着头，两只光脚浸在冰凉的潭水中，扑通扑通地使劲踢打着水面，在阳光下溅起一朵朵五颜六色的水花来，玩得兴致盎然。

听到韩立进来的声音，他头也不抬，直接抱怨道："韩师弟，你来得越来越晚了，每次都要我等上大半天。你就不能早来一次吗？"

"不好意思，我——"韩立用手掸了掸衣服上的泥土，刚想解释几句。

"接着。"厉飞雨也不等韩立说完，把藏在身后的一个大包裹直接扔向韩立。

"这是什么？好吃的东西吗？"韩立有些莫名其妙，但随后感到包裹硬邦邦的，还很沉，不像是能吃的东西。

"你就知道吃！不是你让我把眨眼剑法的剑谱带出来的吗？"厉飞雨瞪了他一眼，一本正经地说道。

"这是剑谱？没搞错吧？你不会是错把你院子里的磨刀石放进去了吧？"韩立看着手里抱着的庞然大物，一脸难以置信。

"好重啊！"他双臂一用力，费劲地掂了掂，结果差点摔倒。

"哈哈！"厉飞雨咧开大嘴，狂笑起来，直笑得在地上打滚，沾了一身的草芥和泥土。

韩立看了看对方的怪异举止，又瞄了一眼这个大包裹。嘭！他用脚轻轻踢了一下包裹，好像还真的是书。韩立用手摸了摸下巴，把屁股一撅，蹲在了包裹旁边。

一双黑黑的手掌搭在了包裹的死结上面，十根手指紧接着跳跃起来，包裹上闪过一片模糊的指影，那个系得死死的大结就奇迹般地松开了。

一阵清脆的掌声响起，韩立回头望向那个刚才大笑的"恶友"。

厉飞雨已穿好了鞋子，拼命地在给韩立喝彩，似乎一点也不在乎已拍得通红的手掌心。

"每次看到你把缠丝手这门武功用得如此出神入化，我都觉得不可思议，这门武功好像天生就是为你打造的。"厉飞雨继续拍着手掌，嘴中还啧啧地称赞个不停。

"你不会为了让我表演，才专门把一本书变成这么一个大包吧？"韩立没好气地说道。

"当然不是，你把包裹打开就会明白。"厉飞雨收起了嬉笑的神色，脸色变得严肃起来。

韩立好奇心大起，把头扭了回来，视线重新落在眼前的包裹上，歪头略微想了一下，伸出食指和中指，轻轻夹起包裹的一角，往外一提，里面的物体便全部显露。

"这是……"韩立额头上冒出了密密麻麻的冷汗，两只眼珠都要瞪了出来。

"怎么样？吃惊不小吧？"厉飞雨慢悠悠地走了上来，拍了拍他的肩膀。

韩立木讷地转过身子，直直地看着对方，半晌无语。

"你干吗用这种眼神看我？我可不会以身相许哟。"厉飞雨笑嘻嘻地戏弄了一下韩立。

"我要和你划清界限，从此就当我不认识你，你也从未见过我。"韩立恼怒地大声嚷嚷起来。

"你疯了，竟然把一小半七绝堂藏书都搬了过来，这要是被巡堂护法发现，你我二人想不死都难。"韩立指着面前一大堆大大小小的秘籍，冲着厉飞雨吼起来。这些书皮左上角，全部写着"七绝堂藏书"几个惹眼的金字。

见到韩立大发脾气，厉飞雨也不生气，仍是满脸不在乎。他歪着头，把小指插进耳孔里，专心地掏起耳朵来，一副兵来将挡、水来土掩的神情。

韩立发了一通脾气后，见他脸皮厚如城墙，似乎什么也没有听进去，倒是冷静了下来，觉得此事另有蹊跷。

"你不是个二百五，也不是个自大狂，做出这么不要命的事，总有个缘由吧？"韩立问道。

厉飞雨见韩立又恢复了理智，心中略有些遗憾，脸上却装出一副委屈的可怜相，连声叫屈："天哪！我真是冤枉啊！刚才我是想给你解释一下，可你根本没给我开口的机会啊！现在又来抱怨我，我还真是秀才遇上兵啊！"

这种怪声怪调叫屈的模样，太假了，实在欠扁。

"少给我作怪了，快给我解释一下。你这种无赖的样子，也不怕被那些崇拜你的师弟看到。要是他们瞧见你这副懒散的样子，你以前塑造的冷酷杀手的潇洒形象，还不得破灭得一干二净？"韩立没给他好脸色，讥讽道。

厉飞雨懒洋洋地走到包裹面前，俯下身子，随意捡起了一本秘籍，站了起来，脸上带着一丝神秘光彩，似笑非笑地把书递给韩立，然后用眼神示意他，掀起书皮看上一眼。

韩立把这本秘籍接了过来，疑惑地看了一眼厉飞雨。他有点摸不着头脑，不知厉飞雨在打什么鬼主意。

"打开看看，你就全明白了。"厉飞雨道。

"直接说不就得了，搞得这么神秘兮兮的干吗？"韩立虽然满脸不乐意，但还是动手将书翻开。

一打开封面，秘籍的第一页上，白纸黑字清清楚楚地写着"眨眼剑谱"四个大字。

"嗯？"韩立略有些惊讶，厉飞雨随手拿给他的第一本书，就是自己想要的《眨眼剑谱》。

"别慌，再来看看这几本书。"厉飞雨紧接着又一连抛来数本秘籍。

韩立接了过来，打开迅速浏览了一遍，整个人惊呆了——这些书的第一页，都明明白白地写着"眨眼剑谱"这几个黑字。

韩立抬起头，指了指地面上的那一大堆秘籍，结结巴巴地说道："你……你千万别告诉我，这……这些，全部都是《眨眼剑谱》！"

"很遗憾，韩师弟，你猜中了。"厉飞雨耸了耸肩，两手一摊，做出一副无可奈何的样子，只是他微微翘起的嘴角和幸灾乐祸的语气，完全看不到他的"遗憾"。

"这不可能，这里应该有近百本书吧？怎么可能都是《眨眼剑谱》？"韩立问道。

"你问我，我问谁去？我在书库的角落里，猛然见到这么多同名的秘籍，我还吃惊不小呢！"厉飞雨翻了个白眼，口中嘟囔道。

过了片刻，韩立终于清醒过来。他紧抓着那几本书，低着头思忖了一小会儿，然后仰起头，不紧不慢地开口道："你清点过这些书没？一共有多少本？"

"我当然清点过，还不止一遍，一共七十四本名字一样的秘籍。"厉飞雨毫不迟疑地报出了准确的数字，"不弄清这些书的准确数量，万一还回去时遗漏了一两本，要出大问题。"

手指轻轻捏着有些发黄的书页，韩立缓缓翻动起来，仔细地浏览起手上的一本秘籍来。

翻动纸页的唰唰声，清脆又好听。可厉飞雨对这种声音很是讨厌。他不再理会埋头苦读的韩立，跑回水潭边，拔出插在泥土里的长刀，自顾自地耍了起来。

韩立斜瞥了他一眼，看他精力如此旺盛，便不再理会他的举动，把心神又放回手中之物上。

一目十行，一本厚厚的书，很快就被他浏览完毕。他低着脑袋，头也不抬，随手抓起另外一本书，继续翻看不停。看书的过程中，他时不时地露出若有所思的表情，脑袋随着目光的移动而来回摆动，颇有几分读书人摇头晃脑的风采。

时间过得飞快，韩立看完第十一本秘籍后，突然停了下来，那本刚刚看完的秘籍，也被他丢回包裹里。他闭上双眼养了一下神。

等精神稍微恢复了一些后，他就在原地盘腿坐下，运起长春功，把刚刚看完的十余本书中的内容，在脑海里回放了起来。

不一会儿，韩立的脸上就变得丰富多彩起来，时而兴奋不已，时而皱眉沉思，时而苦脸沮丧。不知过了多久，韩立终于睁开了双眼，却被眼前的东西吓了一大跳——厉飞雨的脑袋瓜，不知什么时候出现在他的眼皮子底下，几乎到了鼻尖碰鼻尖的地步。

"你在干吗？你不是正在练刀法吗？"

"韩师弟，都什么时候了，你还问这样的傻问题。"厉飞雨把身子缩了回去，撇了撇嘴。

韩立这才发现，四周的光线变得昏暗起来，他抬首望了一下天空，已到了傍晚时分。

"咳！时间过得还真快，我一点都没注意到过了这么长时间。"韩立站了起来，活动活动自己的手脚。

"怎么样？从书上找到什么有趣的东西了吗？"厉飞雨用热切的眼神注视着韩立。

"嗯，还不错，很适合我。"

"什么叫还不错？说来听听。"厉飞雨有些不满地说。

"具体来说，这些秘籍是一个大杂烩，没有什么成套系的东西，都是东拼西凑而成的。"韩立缓缓地说道。

"那眨眼剑法是什么意思？真的有这种剑法吗？为什么叫这个怪名字？"厉飞雨继续追问。

"眨眼剑法确实存在，只不过它是这些大杂烩的一部分，在这些书中只占了很小的一部分。"韩立很有耐心地说，"至于为什么取这个名字，自然有它的道理。"

"有什么道理？你就不能一口气全说出来，别老是这么一句一句蹦出来，跟我们镇上老夫子说话一个模样。"厉飞雨瞪了韩立一眼。

韩立实在是拿他没辙，只好稍稍加快了解释的节奏："据书上所说，这种剑法是利用各种光线和人的视觉偏差来克敌制胜，往往让人眨眼之间就失去性命，所以才叫眨眼剑法。"

"竟然有这么怪异的剑法？世上的奇人还真是不少啊！"厉飞雨听了之后，大感兴趣，但随即就因为韩立的下一句话而偃旗息鼓。

"这种剑法有三不能练：真气略有小成者不能练，无大毅力者不能练，无天赋者不能练。"

厉飞雨听到第一个条件后，就立刻放弃了对它的窥视，他的内家真气已有了不浅的火候，总不能自废功力，去学这个还不知威力如何的功夫吧？

厉飞雨对这些秘籍完全丧失了兴趣，不愿在此地再待下去了。他起身告辞。临走之前，他叮嘱韩立：尽快把这些秘籍抄录下来，在下次会面时，他会把原书都带回去。要知道这些秘籍，虽然不受人重视，但这么一大堆东西消失久了，还是会惹人注意的。

厉飞雨离开后不久，韩立也离开了此地。

整片山脉都披着一层薄薄的雾气，显得有些黯淡，狭窄的山路两边生长着成片的针叶林，一阵山风吹过林子，发出哗啦啦的声响，树枝也随之张牙舞爪地摆动起来。

韩立急匆匆地往神手谷的方向赶去。因为动身的时间太晚，走到半路的时候，天色就完全黑了下来。

要不是自恃长春功在身，在夜晚双目反而更加敏锐，韩立绝不会在如此昏暗的环境下赶路。要知道这条小路并不好走，一路上险要之处很多，一不小心就会发生意外。

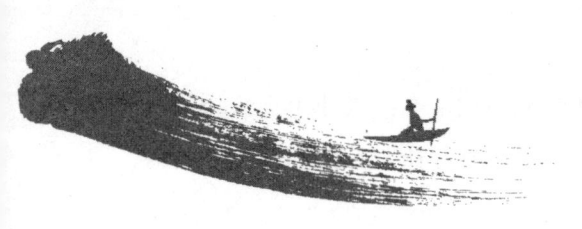

第五章
夜遇奸细

走在黑乎乎的密林里,韩立警惕地看向四周,在普通人眼中已模糊不清的山路,对他而言却清晰可见。

他如此谨慎,不是在提防山林里的野兽,而是一种本能。

要知道,自从七玄门搬至彩霞山脉,山林中本就不多的大小动物早就被清扫一空,不要说凶猛的兽类,就是各种毒蛇,也大多成了众多弟子的腹中之物。

这种在不明环境下,小心翼翼、随时保持耳聪目明的习惯,是他上次从墨大夫手中脱身之后,经过再三考虑,特意养成的。这种良好的习惯,会让他在以后的种种行动中,避免意外发生,把危险系数降到最低。

山风越刮越大,一阵阵呜呜声响起,让人毛骨悚然。

韩立感到自己快到林子的边缘了。他轻轻地舒了一口气,在这乌黑的密林里独自行走,着实压抑。韩立加快了步伐,想要尽快走出这片树林。

突然,一阵猛烈的山风迎面吹来。韩立猛然停下了脚步,皱了下眉头,然后歪着脖子,侧耳倾听了起来。

片刻后,韩立的神色慢慢地凝重起来,耳边传来了隐隐约约的脚步声,两个人正朝他迎面走来。

身子轻轻一闪，韩立灵猫般地躲进路旁的密林中，敏捷而悄然无声。在离小路十几丈远的一棵大树后，他的身影停了下来，整个身子蜷成一小团，躲藏在树干后。

找好藏身之所后，韩立才放下了心。不是他太敏感，而是在这样偏僻的地方，在这种月黑风高的时候，有两人来到此地，实在不合常理，十有八九是做见不得人的事情。他可不希望因撞破别人的隐私而引来杀身之祸。

"……下山的……安排好……时间……人……帮主……"一阵压低嗓音的话语，断断续续地从远处传来。

韩立愕然，没想到还真偷听到不得了的秘密，在这方圆数百里内，能被称为帮主的，就只有野狼帮的帮主"金狼"贾天龙。

贾天龙此人，在七玄门弟子的心目中，是个不折不扣的嗜血大魔头。传闻中，他膀大腰圆，青面獠牙，性情暴虐，一天三顿要生吃人肉，喝人血，着实吓煞了门内不少年轻弟子。

不过，据厉飞雨所说，实际情况并非如此。这个贾天龙，不但长得并不高大吓人，还很瘦弱俊秀，年龄也不大，才三十出头。但他动不动就杀人的铁血性格，却和传说中一样，否则凭他的样貌，如何镇得住马贼出身的野狼帮帮众。

韩立回想了一下有关贾天龙的记忆，不禁倒吸了一口凉气，连忙把身子蜷缩得更厉害些。

"……这一次……偷……名单要……下手的……"又一阵低语声传来，比刚才清晰了许多，这时两个人应该离韩立更近了。

韩立大气不敢出，知道自己如果被发现了，只有死路一条，这俩人肯定是野狼帮派来的奸细，绝不会让其他人知道他们的秘密。

"……计划……要……没……快……"这俩人交谈的声音更轻了，看样子谈到了关键之处。

再过一小会儿，声音又放大了一些，但接着就再也听不清楚了，只听到呼呼的风声，他们已走过韩立面前的这段山路，渐渐远去了。

韩立仍躲在树后不敢乱动，直到用长春功确定数十丈内的确没有第二个人以后，才缓缓地站了起来。

这次，他算是捡回了一条小命，幸亏提前发现了两名奸细的动静。若是迎面碰上，自己肯定会被灭口。

韩立站在原地没有动，轻轻抚摸着下巴，凝望着两名奸细消失的方向，若有所思。

从他们不完整的交谈内容判断，对方好像在近期内要采取对七玄门不利的行动，而这个行动和某份名单有着不小的关系。

更令韩立意外的是，即使没有看到这两人的身形、样貌，但其中一人的声音被他听了出来。

虽然只打过一两次交道，但凭借着超常的记忆力，他还是把交谈中的某人与山上大厨房那个不起眼的管事，联系到了一起。这个卖过兔子给他、爱占小便宜、留着八字胡、一脸市侩形象的人，怎会是野狼帮派来的奸细？

不过细想一下，也只有拥有这样的身份，才能经常往返山上山下传递消息，不会引起他人的怀疑。

另外一名奸细的声音，韩立感到很陌生，应该从未见过此人，从声音来判断，年纪比较轻，大约二十几岁的模样。

可惜韩立为了保险起见，没敢偷偷瞅上一眼，生怕这俩人功力精纯，能感应到自己的窥视。

之后的路途非常平静。韩立在晚饭时间过去好久后，终于回到住处。

像往常一样，墨大夫对回到谷中的韩立，连看一眼的兴趣都没有，他对韩立的一切行为举止完全是放任自流。

若不是见到墨大夫送来的药物，都是由名贵药材配制而成的，韩立还以为对方已放弃他了，另有什么歹毒的诡计。

现在的韩立对墨大夫送来的珍贵药物，完全看不上，但为了不使对方起疑，还是会捏着鼻子吃下去。他倒不怕送来的药有毒，墨大夫现在害了他，等同于害了自己。

对于半路上碰见的野狼帮奸细，韩立在回来的路上就想到了应对的好办法。

虽然他对七玄门没有太深的感情，但好歹也是半个内门弟子，怎么也不能对眼皮底下发生的危害七玄门的事情丝毫不管不问。他想到了替自己处理此事的最佳人选——厉飞雨，厉大师兄。

据韩立观察，也许是服食了抽髓丸的缘故，厉飞雨的名利之心比常人重了许多，厉飞雨一直梦想着进入七玄门的高层，成为更引人瞩目的焦点。

韩立猜想，厉飞雨大概是想在最后的时间里，让自己更加风光吧。

自己将这样一件大功劳送上门去，想必会让他雀跃不已，这也算还了他为自己偷取剑谱的大人情。

一想到《眨眼剑谱》，韩立就激动不已。

关于《眨眼剑谱》的事，他对好友并没有撒谎，这剑谱的确不适合厉飞雨修习，但还有不少细节，韩立并没有透露。

在任何人面前都要有所保留，是他生存的不二法则。即使对方看起来和自己亲密无间，也毫不例外。

《眨眼剑谱》上记载的东西，和普通的武学大不相同。

在韩立看来，与其说《眨眼剑谱》是剑法，倒不如称之为剑技，它完全是一种综合天时、地利、人和等因素的刺杀秘术。

书中描述了在不同的环境下，在不同时分，利用诡秘剑技，对敌人一剑必杀的种种技巧。习此剑技之人，要借用所处地势的一草一木，根据光线强弱，给对手造成视觉上的偏差，在一瞬间抓住敌人的弱点，看穿对方的破绽，快速将其击杀。

这是一种非常讲究技巧的秘技，没有一点天赋，是不可能领悟贯通此剑法的。因此练此秘技的人必须五感过人，才有希望有所成就。

它还有更加苛刻的条件，修习此秘技之人，不能有精纯内力在身，否则会与此秘技的运劲发力技巧相抵触。即使侥幸习得，也会因体内拥有真气，剑招会不知不觉地产生变形，给对手留下不小的破绽。

对习武之人来说，不修炼内功是天大的忌讳，为了这莫名的剑法而放弃内功，那可真是成了江湖上的大笑柄。

即便有寥寥数人，既有天赋，真气方面也没问题，那么还有最后一道关卡，彻底打消了他们继续纠缠的念头，那就是这种剑技过于庞杂，过于烦琐。

看着包裹里那一大堆厚厚的剑谱，一般人就会望而生畏。

每本剑谱上只有一招剑式，而每个剑招又被拆分为上百个分剑式，每个分剑式还要讲究在不同环境和不同天时下的种种技巧。

如此庞大繁杂的剑技，就是看看也会让人头疼不已，更不用说还须将其全部记住，再自行领悟实践。

以上变态的修习条件，不知阻碍了多少有心学此剑法的弟子，让他们对创立此绝技的长老暗骂不已。

随着时间的流逝，七玄门上下渐渐对这个剑法失去了兴趣，大家都认为不可能有人能练成这门武功。这门武学大概是那位长老临死前胡乱捏造而成，否则怎么会有如此离谱的修习条件呢？于是这些秘籍就被束之高阁，再也无人问津。

这些抱怨的人并不知道，创立此剑技的那位长老，原有的高深内功在其壮年时的一次江湖厮杀中，被对手废掉，从此他再也无法修习内功。

害怕自己在门中的地位大跌，此长老并未向其他人透露此事，反而故意做出高深莫测的举动，瞒过了门中众人。他失去了自保之力，便一直深居简出。

那正是七玄门称霸镜州的全盛时期。

这位长老在发觉功力确实无法恢复后，绝望之下，竟利用手中的权力，悄悄瞒着其他掌权者，派手下偷袭了许多隐秘的小门派。从这些门派中，他抢夺了许多武学秘籍，试图找出一种不动用内力便可运用的绝顶武功。

经过数年搜刮，他的确找到了许多不可思议的秘技，可其中并没有适合他的武技。他大失所望。

这位长老，也是一名才高八斗、心智绝顶之辈。在心灰意冷之际，他竟然想到利用手中众多秘技，创建一门为自己量身打造的绝学。

从此他就一发而不可收，一心扑在此事上，研究实践自己的各种想法。为了怕俗事缠身，他甚至闭关，对门派之争不再过问。

创立这前所未有的武技，过程之艰辛，远远超出了他的想象，但他是一个有强大毅力的人，经过近半辈子的呕心沥血，终于写成了这本《眨眼剑谱》。

这位长老兴奋万分，准备向门内众人报喜时，却意外发现，七玄门已经衰败。整个门派，正被众多大小帮派围攻，随时都有灭门的危险。

长老又惊又怒，在此危急时刻，他利用自己刚刚练成的诡异剑技大发神威，一连击杀了众多强敌，硬是让七玄门从重重包围之中，杀出了一条血路，为七玄门的延续立下了大功。

可惜的是，七玄门刚刚脱险，长老便大限已至，只留下将他半生心血所成的剑谱放入七绝堂的遗命，便撒手而去。

更令人遗憾的是，后世竟没有一人练成此功，明珠蒙尘，不见天日。

韩立对以往发生的这些事情完全不知情，其实就算知道，也不会有任何触动。对他来说，这门剑技适合他修习，有可能让他在墨大夫手下保住小命，这就行了。至于它有什么来历，是谁所创，韩立是一点兴趣也没有。他是个很现实的人，没有丝毫益处的事，他是不会费心去了解的。

在自己的屋内，韩立点起了油灯，趴在木桌前，在昏暗的灯光下，继续翻看一本本秘籍。

他不打算誊抄秘籍，而是凭借自己超常的记忆力，把它们全部记在脑海里，这样一来，既不怕遗失，也不用担心走漏风声。

橘黄色的灯焰噗的一声爆出一个小小的灯花，这提醒韩立，时间已经过了很久，应该早些安歇了。

可韩立整个人已陷进了秘籍中的世界，书中一个个诡异的技巧，吸引了他的全部心神。

随着灯花一个接一个地爆开，墙壁上的人影晃动不已，大小不定。而韩立一直坐在那里，纹丝不动，这一动一静，却有一种无比和谐的异样感觉。

时间悄然流逝，韩立的影子由清晰逐渐变得模糊，又慢慢消失，外面的天色已大亮了。

韩立不知不觉地痴读了整个晚上。

啪的一声，最后一个灯花爆开，油灯也随之完全熄灭，韩立终于惊醒。他抬头看了下油灯，又瞅了眼窗外的亮光，苦笑不已。

没想到，自己竟然会有一天对杀人的技巧如此痴迷。自己和以前真的是大不一样了。

韩立站起身来，扭扭脖子，活动活动手脚，然后转身推门，走到屋外，从附近的深井中打了一盆凉水，好好洗了把脸，使自己精神一振，再运起长春功，使能量在体内走了一个周天，一晚上的倦意就消失得无影无踪了。

经过整晚的阅读和研究，韩立已经知道，要把这门武学彻底融会贯通，没有个十年八年的苦练，那是想也别想。即使自己在这方面天赋过人，也要两三年才能略有小成。

韩立可没有这么长的时间了，还有四五个月，墨大夫就会和他彻底摊牌，他必须在此之前拥有一定的自保能力。

因此他决定，只修习其中几种简单易成的秘技，其他的暂时先放到一边，等自己这次虎口脱险后，再去修习也不迟。

其实韩立心中很清楚，即使自己把这些秘技一个不落地全部练成，也不见得是墨大夫的对手。

假如墨大夫上次没有说谎，那他不知还有多少厉害毒辣的手段，上次冲突中他所展现的身手，恐怕只是冰山一角。

他对墨大夫能形成的威胁很小，可忽略不计，但束手就擒、任人摆布的蠢事，自己也是万万不会做的。

韩立知道，如果再和墨大夫动起手来，只有在对方大意之时，出其不意地出手，才有可能获得一线生机。

在接下来的日子里，韩立把所有的《眨眼剑谱》默记完毕，并从中挑选出数种秘技开始研究，想琢磨出一条速成的修习途径。

之后，他把《眨眼剑谱》全部还给了厉飞雨，并顺便将遇到野狼帮奸细，识破厨房管事身份的事告诉了厉飞雨。

厉飞雨听了以后，果然又惊又喜，一把搂住了他的肩头，连声说"好兄弟"，对韩立把这么一件大功白白送给他而大为感动。

厉飞雨并不知道，韩立正为自己的小命忙碌着，哪有什么心思去抓奸细，能不用自己费心费力，又能做个顺水人情，何乐而不为呢？

忙完了厉飞雨那头的事，韩立又去找了门内手艺好的几位铁匠师傅，分别定做了几把式样不一的带鞘短剑，并要求在上面做一些小小的改动。除此之外，还定制了一些包括几个小巧玲珑的铁铃铛在内的其他铁器，也要求在最短时间内打造完成。为此韩立花费了不菲的银两，他颇为肉痛。

数日后，韩立从铁匠那里得到了自己定做的物品。看到明晃晃的短剑和小巧精致的铁铃铛，他很是满意，对铁匠的手艺称赞不已，觉得自己的银子没白花。

当天夜里，韩立从自己的住处消失得无影无踪，只在床头留下了一张纸条，上面写道："墨老，您不必着急上火，我不是逃走，只是觉得和您在同一个山谷中，压力太大，不利于长春功的修炼。弟子决定在山上另找一处僻静之所，闭关修行。您尽管放心，在四个月后，我会准时回来和您见面。韩立拜上。"

背靠着太师椅，墨大夫左手拿着纸条，脸上阴云密布。一旁的桌上，还放有另外一张便条，上面记录着前不久韩立交与铁匠的订货目录。

墨大夫突然冷哼一声，手中的纸条被其捏成碎末，飘散了一地。

他烦躁地站起身来，在屋内踱了几步，皱着眉头思量着什么。走了几个来回后，他停下了脚步，自言自语道："小兔崽子，虽然不知道你在打什么鬼主意，但不论你想玩什么花样，都逃不出我的手掌心，你这个人我是要定了。"

说完之后，墨大夫猛然一转身，走到窗前，一声低长的口哨声在他口中响起，随即一只黄羽毛的无名小鸟从窗外飞了进来，在房内盘旋了几圈，落在他的肩头。这只小鸟一站稳，就亲热地用嘴在他脸上不停地摩擦，还发出咕噜噜的叫声。

"好了，我知道你饿了。给，这是你最爱吃的黄栗丸。"墨大夫一见到此鸟，阴沉的脸上现出几丝笑容，露出了宠溺的目光。他从衣袋内取出一粒黄色鸟粮，塞进了小鸟的嘴中。

"去吧，像以前一样，好好跟着那个人，他只要一离开此山脉，立刻飞回来告诉我。"墨大夫嘱咐道。

小鸟吃完食物，兴奋地在房内飞了起来，听了他的话语后，盘旋了一圈，从窗口飞了出去，消失在天空中。

"哼！在号称比强弓射出的利箭飞得还要快的云翅鸟的监视下，我看你能玩出什么花样来。"他阴森地自言自语道，"四个月吗？看样子计划就要成功了！现在谁敢挡在我的前面，阻碍计划的实施，我就杀了谁。神挡杀神，佛挡杀佛！"墨大夫忘形地狂笑起来，眼中满是疯狂。

"你太得意忘形了，这小子精明得很，不是个省油的灯。你别功亏一篑，栽在这个小子手里。"突然，一个年轻男子的声音在墨大夫脑中响起。

墨大夫脸色一变，脸上挂上了寒霜，冷冷地训斥道："余子童，我的事你少插嘴，我还不用你来教训。如果我能够成功，你自然会有好处。倒是你给我的功法似有不妥，你是希望我到时出现意外吧！"

这个年轻男子似乎很害怕墨大夫，急忙解释："怎么可能有错？你不是用动物试过了吗？其中一只死去，也只是你功法不熟的缘故，不会妨碍你的计划啊。"

"哼！最好如此。"墨大夫听了这年轻男子的话，又想了想上次所做的试验，心中最后一丝怀疑也消失了。

夜遇奸细

他说完这句话后,那个年轻男子好像吸取了刚才的教训,不再开口接话,只剩下墨大夫一人神经质般地自言自语,整个房内的气氛特别诡异。

而此时的韩立,正身处一个不起眼的山沟里,这里比和厉飞雨会面的地方还要来得偏僻和隐秘。

此处的地势呈长条状,被两座陡峭的小山峰夹成了一个"一"字形,山沟的两端被灌木丛堵得严严实实,根本无法通行。除了从较矮的那座山峰顶上垂下的一条绳索外,就再也没有其他出路。

这里生长着密密麻麻的荆棘,只有一小片空地,可以让韩立立足。在山沟的顶部,有数不清的藤蔓交织在一起,形成了一块天然的绿色天幕,让韩立不用担心有人窥探。

韩立把身上的物品放到了一个巨大的山石下,就回到空地中央,闭上双目思量了一下,然后睁开双眼,露出坚毅的神情,轻声说道:"就从最难练的软骨功开始吧。"

就这样,韩立开始了他的独自修行。他并不知道,在离他不远处,有一只黄色小鸟蹲在枝头注视着他。

时间过得飞快,四个月的时间,转眼就过去了一半。

不起眼的山沟内,原本在此的韩立不见了踪影,只有那只小黄鸟,仍不急不躁地待在原地,用嘴巴慢慢梳理着羽毛,对监视目标的消失视若无睹,似乎已将它的任务抛到了九霄云外。

突然,有一只灰色小鸟穿过上面的绿蔓,飞进了山沟内,在上方转了几圈后,落在了空地边的一个黄木桩上,看样子打算歇息一下。

小黄鸟转过头,用高傲的眼神看着灰鸟,露出像人一样的讥讽神情,似乎不屑一顾。

灰色小鸟单腿站立着,环顾了一下四周,终于发现了它的同类。它舒展了一下翅膀,想要飞过去。猛然间,一只枯黄色的手掌从天而降,一把抓住了灰鸟。这个变故令它惊恐万分，它拼命挣扎着，可是根本挣不脱。

这时灰鸟才发现，自己脚下的木桩，不知何时变成了一个身穿黄衫的少年。这个少年一身黝黑的皮肤，长得普普通通，浓眉大眼，眼神清澈。

少年微笑着，看着灰鸟在手中不停挣扎，等它快没劲了的时候，才把手一松，温柔地说道："去吧，下次别这么傻了，看清楚点再落脚啊！"

灰鸟一下子获得了自由，顾不上那只它的同类，慌乱地扇动双翅，头也不回地飞出了山沟。

目送小鸟飞走后，韩立站在那里没有动，过了好一会儿，才自言自语道："看来我的敛息功和伪匿术都有了一定的火候，下面该去练习密室刺杀技了。"

说完韩立向附近新建成的小木屋走去，路过小黄鸟站立的那棵树时，他不禁抬头看了一眼。

这只古怪的小鸟，韩立在大半个月前就发现了。它一直待在附近的枝头，时刻注视着自己，似乎极有灵性。

第一眼看见它时，韩立就被它迷住，对这小黄鸟喜爱极了。他试图拐走它，可无论采用什么方式，诱骗，勾引，设陷阱，都不好用，这只小鸟丝毫没有上当的意思，还不时用一种看傻瓜的眼神斜睨着他，让韩立有些哭笑不得。

后来一生气，他想直接捕捉，可还没等靠近，它就立刻展翅飞上天空；韩立一离开，它又马上飞回来落在原处。韩立只好干瞪眼看着。

想到这里，韩立悻悻地回过头，不再理会它。其实他已经隐约猜到，这只小鸟恐怕和墨大夫有关，很可能是他派来监视自己的耳目。

不过韩立不在乎，只要不是墨大夫亲自来监视，一只小鸟又能告诉墨大夫什么呢？况且自己实在喜爱这只小家伙，不忍用毒辣的手段对付它。

此时，墨大夫正在一间石室里，用野兽骨粉画着一个奇怪的阵法。他一边画着，一边同脑中的另一人讨论着什么，完全不知道韩立已经识破他监视的手段。

在这段时间内，七玄门发生了一件不得了的大事。

年轻弟子的偶像厉师兄机警过人，当场识破了野狼帮卧底在七玄门的两名奸细企图盗取下山历练弟子名单的阴谋，并和十几名同门一举将他们生擒，立下了一份不小的功劳。

几天后，王门主当着众多弟子的面，授予了厉飞雨护法的职位，使他正式迈进了七玄门的中层，引起了不小的轰动，厉飞雨的名声变得更加响亮了。

韩立对此一无所知。他正在封闭的木屋内进行特训。除了偶尔去厨房取些食物外，他已好些日子没有同其他人接触了。

夏去秋来，光阴似箭，距离韩立与墨大夫约定的日期还有最后一天。

不起眼的山沟，一个诡异无比的身影，在长满锐利尖刺的荆棘丛中时隐时现。那一根根尖刺，无法对他产生丝毫阻碍，他犹如轻烟一般，一会儿出现在近处，一会儿又从远处冒出来，整个过程悄然无声，仿佛不是血肉之躯，而是无形之体。

最后，这个身影在一棵树上停了下来，直直地站在枝头眺望远处，正是修行略有所成的韩立。

此时的他，身上的衣衫早已被划得破破烂烂，里面的皮肉都露了出来，头发也披散着，脸上更是黑一道白一道的，已看不出本来的面目。最令人惊讶的是，他的脖子、手臂、腰间、大腿、脚脖等部位，分别悬挂着一只小巧的铁铃铛。

韩立一动不动，望着神手谷的方向，喃喃自语道："时间刚刚好，终于赶在最后一天练成了罗烟步。有了它，就多了一分自保的把握。"他眼中洋溢着喜悦之色。经过数月的研究和苦练，韩立已掌握了几种威力不小的秘技。

一阵微风吹来，韩立感到身上有些凉意，他低头看了看身上的"洞洞装"不禁苦笑。

回想起练习罗烟步的情形，他还是心有余悸，在荆棘丛中修炼身法，还真是一件要命的事，刚开始时被枝条上的硬刺刮得遍体鳞伤，鲜血淋漓。

幸亏有养精丹在身，它不但可治内伤，对外伤也有奇效。韩立吃下一粒后，不但马上止血结疤，到了第二天，就连疤痕也消失无踪。

对此，韩立啧啧称奇，这药可比普通的刀伤药强太多了，只是不知这药为什么起了个"养精丹"的名字，在他看来叫"去疤丹""止血丹"之类的更贴切。

正因为在如此危险的环境下练习，韩立才能激发全部潜力，在短短时间内就使罗烟步有了几成火候，可以派上用场。

而且，韩立的长春功刚刚在几日前不出意外地练至第六层，这是墨大夫给他的口诀的最高一层。若没有那十几瓶灵药的辅助，他就算使出吃奶的力气，也不见得在有生之年能练成。

经过几年的修炼，韩立对长春功有了不少心得体会，此功法非常奇特，不论在修炼方法上，还是在功效上，都和一般的内功大不相同。

韩立认为能否修炼此功、修行速度快慢，主要看修炼者的资质好坏。资质上佳者自然可以一路平坦，畅通无阻，即使没有外力的帮助，也可凭借苦练达到较高的层次。而资质不佳者，练到了一定层次，若没有灵药的帮助，会变得寸步难行，这辈子可能就到此为止了。比如他，前三层修炼得非常顺利，到了第四层就突然艰难无比，毫无进展。

如果有灵丹妙药的话，就可以突破资质的限制，更进一层。由此可知，这功法对药力的依赖有多么大！

像他这样把灵药当零食一样一天一两颗的吃法，估计全天下也没有几人，因此更加难练的第五层、第六层，他毫不费力地就练成了，完全没有第四层时的艰难体会。

而第六层大成的长春功，除了让韩立觉得精力更加旺盛、脑子更加好使之外，韩立暂时还没有发现其他妙用。说来也奇怪，这长春功自修炼以来，只是加强了精神、头脑、五感，对身体的加强却微乎其微，只是让他身体强健，脚步轻快。它所形成的能量流——韩立称之为伪真气,虽然也可像普通真气一样在经脉内运行,但没有任何威力。

长春功第六层之后,一定还有口诀,也许这长春功的妙用都在最后几层上面。想到这里,他有点无奈地摇摇头,叹了口气,凭他现在和墨大夫的关系,后几层的功法,那是想也别想。

韩立纵身一跃,轻轻地落在地面上,一点声响也没发出,向小木屋大踏步走去。

明天就要和墨大夫碰面,在此之前,他要充分利用自己的天赋,提前在脑海中规划,仔细琢磨可能发生的每个细微环节,对有可能发生的各种危险,拟定最佳应对方案。

太阳高高挂在天空,即使已是秋日,空气中仍然残留着一丝炎热。

墨大夫在自己的房内坐卧不宁,虽说他对自己的手段很有信心,但到了约定的日子还是有些患得患失。

突然,一阵脚步声从远处传过来。听到这熟悉的脚步声,墨大夫喜出望外,急忙一个箭步跑到门前,一伸手把屋门推开——不远处有个人慢慢走来,正是他期盼已久的韩立。

墨大夫压下心中的兴奋,脸上硬生生地挤出一丝笑容来:"不错,你很守时,看到你没有打算逃跑,我很高兴。进屋吧,我们要好好谈谈。"墨大夫此时的表情慈祥得像邻居家的长辈,脸上灿烂得像一朵绽开的花朵。

"你放心,屋内没有做手脚,不是龙潭虎穴。"墨大夫看到韩立望向屋内的目光有些警觉,忙开口解释了一下。

"我既然来了,还会怕进你的屋子吗?"韩立轻哼了一声,开口说道。然后,他昂首阔步走了进去。

墨大夫急忙笑眯眯地让出了进屋的通道,见韩立走了进来,他随手就想把门关上,韩立头也不回地说:"你如果把门给关上,我就会认为你是要玩瓮中捉鳖的鬼把戏，不会和你谈下去。"

墨大夫一愣，踌躇了片刻，把手从门上挪开，满不在乎地说："我是真心和你商量事情，不会对你不利，你说不关门，那就不关吧。"

随即墨大夫照旧躺到太师椅上，韩立也不客气，一把拽过一个凳子，在他对面大模大样地坐了下来。两人近半年没见面，互相打量了对方一会儿。

韩立见墨大夫明显苍老了许多，像一个七十来岁的老翁，心中暗自嘀咕："难道他以前所说是真的，只是想要我给他恢复精元，没有打什么歪主意？是我想得太多了吗？"

韩立扫视了一下四周，猛然间瞳孔收缩了一下，那个高大的神秘男子正一声不吭地站在角落里，犹如一个死物。

墨大夫打量完韩立，对他的状态很满意，温和地说道："看到你现在的样子，让我想起了你刚进门的情形，那时你只是个孩童，只有这么高，现在嘛，你都长这么高大了，时间过得真快啊！"

墨大夫突然亲昵的态度，让韩立有些摸不着头脑，不知他是什么用意，但心里立刻提高了警惕，对自己暗自提醒道："对方可是个老狐狸，吃过的盐比自己吃过的饭还要多，可别一不小心落入了他的圈套。"

"墨老，您对我的照顾，我也一直铭记在心，不敢稍忘。若有什么差遣，请您老尽管吩咐。"韩立神色缓和了下来，用上了尊称，似乎也变回了以前的那个乖徒弟。

"好！好！有你这句话，我也没白在你身上投入了那么多心血。来，让我先看看你的长春功进度。"墨大夫站起身子走过来，就要给韩立把脉。

"老狐狸！还真的是厚脸皮。"韩立暗骂一句，急忙侧身躲过对方的一抓。

"墨老别急，我可以很明确地告诉您老，我的确练成了第四层的长春功，不过您是不是先把尸虫丸的解药赐下，让我解除了后顾之忧，再安心让您查看功力呢？"韩立微笑着，用诚恳的语气对墨大夫说道。

"哦！真是的，你瞧瞧我这脑子，人变老了，记性也不行了，我本来就打算你一进屋就把解药给你。"墨大夫好像才想起来这茬。

墨大夫从自己的衣袖中摸出一个银瓶，从中倒出一颗黑乎乎的丹药来，抛向韩立。

韩立装作手忙脚乱的模样，接住了丹药，放到鼻子下面闻了闻，一股辛辣的气味直冲天灵盖，他抬头看了一下墨大夫，对方正似笑非笑地看着他。

他犹豫了下，有些怀疑此药的真假，但不吃又不行，尸虫丸马上就要发作，倘若不吃，就要一命呜呼了！他自忖对方还有用到自己的地方，应该不是假药，便神色凝重地把药丸吞下，然后静等药力发作。

墨大夫这会儿反倒不急了，又慢吞吞地躺回原处，有一句没一句地和韩立闲聊起来，似乎忘记了找韩立来的目的。

没过多久，韩立感到腹中疼痛，但马上就消失了，他急忙检查了下身体，发现尸虫丸已一点不剩，心中不禁大喜，脸上也露出了一丝笑容。

韩立的这些变化自然没逃过墨大夫的眼睛，他等韩立检查完药性后，冲韩立笑眯眯地说道："韩立啊，我让你服用尸虫丸，那也是不得已而为之，若没有它时刻提醒你，恐怕你也不能那么快练成第四层啊！"

"多谢墨老的美意。"韩立解除了心腹大患，心情好转了许多，略微相信了墨大夫的诚意，也就不再针锋相对。

"现在，可以让老夫给你把把脉了吧？"韩立有些为难，谁知道墨大夫会不会趁此机会制住自己。

韩立低头思量了一下："看来不让墨大夫检测下自己的功力，是不行了。墨大夫毫不犹豫就把尸虫丸的解药给了自己，已经向自己表明了诚意，如果自己再推三阻四，反而使对方起了疑心，以为自己没练成第四层长春功，而是用假话欺他。这样一来，说不定会再起波澜。

"而且，自己已预料到这一步，提前做了一些准备，即使墨大夫把完脉立刻翻脸，自己也有应对之策。"

想到这里，韩立抬头直视墨大夫的双眼，缓缓说道："墨老，看在您爽快给解药的分上，这是我最后一次信任您，希望您不会让我失望。"

说完，他把自己的右手腕递了过去，注意着对方的一举一动，万一有什么不对头，他会马上缩回来。

墨大夫一直保持着假笑，根本看不出变化，只是在听到韩立同意的话语后，眉毛稍稍耸动了一下，但随即就恢复了正常。

墨大夫伸出干枯的左手，轻轻地搭在韩立的手腕上，笑容渐渐收敛，变得庄重肃然，似乎正在干一件神圣无比的大事。

韩立暗暗使自己的功力维持在第四层，见到墨大夫的表情，马上无比警觉，左手悄悄地按在腰间，那里有一柄定制的带鞘短剑。

墨大夫面上现出了惊喜的神情，他已察觉到韩立经脉里绵绵不绝的奇异能量。这能量的强度，远远超出了他的要求。即使他心机再深，见谋划许久的大事终于有望成功，脸上也忍不住绽开了花，由内而外地喜形于色。

"太好了，真的是第四层的长春功！哈！哈！实在是太好了！哈哈！哈哈！……"墨大夫毫不掩饰地在韩立面前放声大笑起来，但他的手始终没有从韩立的手腕上松开，一直抓着不放。

"墨老，您这是干什么？是不是该放手了？"韩立脸色阴沉了下来。他知道事情不妙，想使劲抽回自己的右手，却被对方抓得结结实实，纹丝不动。

"放手？好，我放！"墨大夫换上了一脸狞狰。他猛然间大吼一声："呔！"

韩立觉得两耳轰鸣，两眼发黑，天昏地暗，身体失去了平衡，站立不住，倒在了地上，放在剑柄上的左手，也无力地滑落下来。

"坏了！"韩立身体虽然不听使唤，脑子却很清醒，知道自己有些疏忽，竟然被对方抢先下了狠手，一时之间束手无策。

"小子，你还是嫩了点，现在你什么花样也使不出了吧！"墨大夫见一举得手，忍不住有几分得意。

"你过来吧！"墨大夫左手用力一拽，把韩立从地上直接扯到了他的脚边，接着俯下身子，伸出右手食指，直直地点向韩立胸前的穴道。

砰的一声，墨大夫的手指仿佛戳到了铁板上，发出沉闷的撞击声，手指隐隐作痛，点穴自然也没成功。

"怎么回事？"墨大夫吃了一惊，"难道他衣衫下还穿了一件铁甲？"

他的目光不由自主地在韩立的衣衫上扫视了一遍，可那单薄的样子，实在不像内藏暗甲的模样。在墨大夫走神的一瞬间，韩立恢复了对身体的控制，他的恢复能力比墨大夫预想的要强得多。

墨大夫想换一种手段制住韩立，却突然觉得韩立的手腕一下子变得光滑柔韧，根本无法掌控。

嗖的一下，韩立的手如同泥鳅一般，从墨大夫的手指之间滑溜了出去。韩立出其不意地一个打滚，从对方身边麻利地滚到屋子一角，这才慢慢地站起身来。

韩立面无表情，冷冷地望向墨大夫。他不再说什么废话，虽然不知道墨大夫想抓自己的原因，但墨大夫对自己绝对没安好心。看来墨大夫以前所说的靠长春功刺激秘穴的话，也是弥天大谎，根本不可信。

为了自己，也为了家中亲人的安危，韩立左手从腰间缓缓地拔出了短剑。这把剑只有一尺来长，青光闪闪，锋利无比。

"今天，不是你死就是我亡，我们只能有一人活着走出这间屋子。"韩立头一次在墨大夫面前露出了自己的獠牙。

墨大夫有些讶然地看了下左手，又看向韩立，轻蔑地开口道："有意思，看来这一年来，你还真的没有闲着，竟然练成了这么古怪的功夫。不过你真以为，凭这几手三脚猫的功夫，就能是我的对手吗？

"好吧！我也好长一段时间没动过手了，下场活动下手脚也不错。我让你先出手吧！"

韩立没理会墨大夫对自己言语上的打击，他已决定先发制人，抢占先机。

他左手的短剑在身前一横，吸引了对方的视线，而右边的袖口内悄然滑下一个白纸包，落在了右手手心中，然后抬手一扬，一大片白色粉末从纸包中撒出，眨眼间就化作一股浓浓的白烟，笼罩住韩立全身，使他的身形变得模糊不清。这烟雾还很快就扩散到全屋，使整个房间都成了白茫茫的一片，伸手不见五指，韩立诡异地消失在烟雾之中。

墨大夫皱了下眉头，不以为意，这种下三烂的手段，他有的是破解的办法。为了怕烟雾有毒，他屏住了呼吸，以他深厚的功力，三五刻不换气，完全没有问题。

"雕虫小技，也敢在我面前卖弄？"墨大夫冷哼了一声，右掌一挥，面前白雾如同被巨棒搅动一般，立刻翻腾起来，露出了一个大洞。

没有看见韩立的身影，墨大夫也不停手，左右开弓，一连十几下劈空掌，把屋内的烟雾驱散得一干二净，只是仍不见韩立。

"奇怪，这小子还真有几分门道，竟然能在我面前把自己变没了。"墨大夫有些惊讶，但丝毫不慌。他一直守在门口，就算有只蚊子飞过，也逃不出他的掌心。

他仔细扫视了全屋，一切如常，没有什么不同寻常的地方，韩立这么一个大活人，在这么一个封闭的空间内，怎么说没就没了呢？

墨大夫神色未变，心里却有些嘀咕，但他艺高人胆大，咳嗽了几声，就晃悠悠地走向韩立消失的屋角，想仔细察看一番。在走到离屋角一丈远时，他停住了，眯起了双眼，他已感受到一丝若有若无的杀机。

墨大夫眼中精光四射，仔细观察，仍没有发觉异常。他心中开始烦躁起来，难道韩立能上天入地不成？

"上天入地"，他心中一动，觉得自己好像抓住了要点，正想深思下去，却突然听到头顶传来当的一声。

"不好！"墨大夫顾不得抬头，扬手往上就是一记凌厉的劈空掌，想把躲藏在上头的韩立，一掌给震晕。

墨大夫抬头往上细看，整个人一怔，只见头顶上空空如也，一个鬼影都没有，只有一只挂在房梁上的黑色铁铃，被他的掌风激得摇晃不止，那叮当的响声正是从它那里传来的,哪里有韩立的半个人影?!

正在墨大夫抬头仰望之际,一缕寒光以迅雷不及掩耳之势从他脚下悄然蹿出,电光石火般刺向他的小腹。直至剑芒就要触及衣衫时,墨大夫才愕然发觉。

墨大夫大惊失色,急中生智,突然来了个铁板桥,整个身子像没了脊椎骨一般,弯折成一个常人做不到的角度,险险地避过此剑。短剑紧贴着他的肚皮滑了过去,把腹部的衣衫划开了一条细长的口子。

避过此剑后,墨大夫不敢松懈,身子未动,整个人却向后滑了几丈,这才敢直起身来,又惊又怒地望向前方。

只见他刚才站立处的地面慢慢地鼓了起来,最后竟形成了一个黄色人影,正是把软骨功、敛息功和伪匿术结合在一起使用的韩立。

此时的他换上了一身同地板颜色完全一样的土黄色衣衫,左手提着那把差点立功的短剑,眼中正流露着懊恼的神色。

墨大夫原本焦黄的面容此刻却有些发青,他的心中怦怦直跳,后怕不已。他不是没有经历过大风大浪的江湖新手,但离死神如此之近,在他的人生中,也只有寥寥数次而已,更何况这一回是他一向轻视的韩立所造成的。

他深呼吸了一口气,神情终于恢复了平静,嗓音有些干涩地说道:"看来,我是真的有些小瞧你了,我亲爱的徒弟!你这一手耍得很不错,值得我认真对待了。"

墨大夫缓缓举起双手,平放在眼前,温柔地盯着自己的双手,就像看着热恋中的情人,似乎把韩立完全抛在了脑后。

韩立双眉往上一挑,冷笑一下,抓紧短剑,迈起小方步,慢慢地向墨大夫靠去。

"魔银手!"墨大夫口中缓缓吐出三个字,低沉的声音仿佛是从天外悠悠传来,带有不可思议的魔力。韩立不禁怔了下,停下了向前的脚步。

话音刚落,墨大夫身上猛然爆发出一股冲天的煞气,如同疾风骤雨一般向四周席卷,充斥着整个房间。

韩立被这股煞气所逼，一连倒退了好几步才稳住身形。韩立脸色大变，心中骇然，知道对方拿出了真正的绝招来对付自己，看来刚才那一剑给墨大夫的刺激不小。

"嘿嘿！小子，能见识到老夫的成名绝技魔银手，你也算是三生有幸。"

一连两次听到墨大夫傲然地提及"魔银手"这个名称，韩立不由得望向对方的双手。这一看让韩立眼中充满了震惊之色，原本紧闭的嘴唇不禁张开。

只见墨大夫的双手自手肘往上，原本枯瘦的手臂一下子就像充足了气一样膨胀起来。更令人吃惊的是，原本干黄的皮肤变成了银白色，在阳光的照射之下，反射出冰冷的金属光泽，似乎坚不可摧。

"这就是墨大夫真正的实力？"韩立的心沉了下去。

不过，韩立表面上还是装作若无其事，他平静的面容没有丝毫露怯。

墨大夫有些不爽，他虽然对韩立已刮目相看，但还是觉得对一名十几岁的少年使出压箱绝活，实在是有些杀鸡焉用牛刀的感觉。他希望能看到韩立吓破胆、手足无措的模样，这才对得起他的大发神威。

"你知不知道，你这种神情让我很讨厌，一个乳臭未干的小毛孩，偏偏整天装作一副胸有成竹、一切事情都在你掌握之中的模样。"墨大夫冷厉地说道，毫不掩饰对韩立的憎恶之情。

"哦，是吗？能让我们墨老感到厌恶，那是我的荣幸，我一定会把这个优点继续发扬光大。"韩立反唇相讥。

墨大夫没继续说话，他身形一晃，来到了半空中，挥动银色巨掌，整个人化作一股狂风，以泰山压顶之势，向韩立扑来。

看来墨大夫不打算再磨蹭下去，而想倚仗神功，一举将韩立拿下。

韩立全神贯注地盯着对方，眼看对方已跃到自己的头顶，这才把短剑举起，直插向对方的要害——咽喉。

墨大夫见韩立如此托大，竟不回避自己的攻势，心中一喜，狞笑道："去死吧！"他的一只银手直接抓向韩立的短剑，另一只手则对准韩立的肩头，猛劈了下去。

他劈向韩立肩头的这一掌看起来气势汹汹，其实只用了一成功力，与他放出的狠话一点也不相符，反而生怕重伤了韩立。

韩立自然不知其中的虚实，他握剑的手腕轻轻一抖，手中的短剑突然横了过来，他将短剑舞成一个车轮大小的银团，护住了自己的上半身。

墨大夫露出嘲讽之色，两只手掌的去势不变，硬生生地先后抢入剑光之中，没有一点想要避开的念头。

韩立的短剑砍到银色巨掌之上，发出当的一声脆响，迸出了几丝火星，不但没伤到对方，反倒被弹得老高。

墨大夫趁此机会，将手掌一翻，伸出一根手指，在剑刃上轻轻一弹。韩立觉得虎口一热，手中短剑嗖的一声斜飞了出去，深深地插在墙壁之上。

紧随其后的另一只银手，也忽然间改掌为爪，抓向韩立的琵琶骨，想封住韩立的行动能力，生擒他。

眼看形势急转直下，已深陷危局，韩立没露出丝毫慌乱，肩头微微一晃，竟在墨大夫眼皮底下化成了一缕轻烟，向着正前方冲了过去。

墨大夫见到这种鬼魅的身法吃惊不小，他借着下落之势，把双手舞成一道厚厚的银幕，将轻烟全部笼罩，没有一丝放韩立离去的意思。

可这轻烟实在邪门，它往四下一兜，以一个诡异的角度从银幕之下穿了出去，然后一个急转弯，奔到了墨大夫左侧的墙角，这才停了下来，逐渐露出韩立的本来面目。

第六章
套中套

墨大夫轻轻落地，没有丝毫停顿，幽灵一般地转过身子，把面孔朝向韩立，脸上原本的傲然之色已完全褪去，只剩下一脸木然，眼中露出一丝不易察觉的异样。

韩立的情况并不妙，他不停地喘着粗气，脸色有些苍白，额上渗出冷汗，面颊上有一道红晕。

种种情形已说明，韩立刚才的保命手段已透支了他的体力，很可能再也无法使出相同的技巧。

深呼吸了一口气，韩立让身体尽量放松。如今的他，只能抓紧一切机会让自己多恢复一些体力，好在下一轮搏斗中，多几分获胜的希望。

韩立又低头看了一眼还在微微颤抖的左手，这只手到现在还没有恢复知觉，根本无法提剑，看来自己刻意苦练的左手剑法暂时用不上了，只能用右手来战斗。

想到这里，他苦笑了一下，现如今他丧失了大半体力，无法再使出玄妙的罗烟步，更糟糕的是，还只能单手作战，看来只有动用秘藏的最后一招了。

韩立望了望屋外的太阳，估计了一下，觉得时候应该差不多，正适合施展此招。

他又瞅了一眼插在墙上的短剑，这把武器看来是没有机会取回了，对方不会让自己大摇大摆地拔回短剑。

韩立沉吟了一下，从怀中取出了一件武器。这同样是把半尺长的带鞘短剑，很像匕首，只是看起来比普通的匕首宽厚了许多，而且明亮无比，很锋利的样子。

韩立把剑鞘扔在一旁，换成右手持剑，把手臂伸展开来，用剑尖斜指向墨大夫，摆了个进攻的姿势。

墨大夫没有急着上前抢攻，他双手负后，神色忽然变得和蔼起来，用温和的声音劝道："韩立，你三番两次地躲了过去，的确出乎我的意料。不过你认为还能像上一次那么走运，再次从我的掌下逃脱吗？你刚才使用的步法很神奇，但看起来有不小的限制，恐怕你已没有体力再施展了吧？还是乖乖地投降吧！你应该看得出来，我没有重伤你的意思，顺从我的话，也许不像你想象的那么糟糕。"

墨大夫如同变色龙一般态度大变，让韩立起了一身的鸡皮疙瘩。一会儿扮慈师，一会儿冷酷无情，现在又语重心长地劝自己束手待毙，韩立不知说些什么好，墨大夫真以为自己这时会晕头上当？

韩立叹了口气，轻轻地摇了摇头，没言语一句，只用手中的短剑往对方身上比画了几下，就把一切意思都表明了。

墨大夫额上的青筋突突地跳了几下，他再也压不住心中的怒火。

"不知好歹！"他猛然向前跨了一大步，口中又接着狠狠说道，"咫尺天涯！"然后整个人忽然轻飘飘地来到离韩立只有数步远的地方，如同缩地一般，让人惊叹不已。

韩立一脸的惊慌之色，急忙倒退了两步，和对方拉开了一段距离，又把手中的短剑横在身前，舞成了一小团寒光，似乎已完全忘却上次交手时所吃的苦头。

墨大夫暗自冷笑了一声，他把双掌一分，兵分两路地朝韩立袭来，对短剑视若无睹。

眼看两只银手即将伸入剑光之中，韩立发出一声轻笑，好似猎人见到猎物踏进陷阱时那般得意。

墨大夫心中一凛，不觉放慢了攻势，身形呆滞了几分，接着他又听到一句冷冰冰的话语："现在的你，才是真的上了大当。你看看我手中的短剑！"

听到此话，墨大夫向短剑望去，只见对方不知什么时候已停止舞动短剑，摆出了一个奇怪的姿势——上半身微微后仰，单手持短剑平放于腰间，下半身则是绷紧的弓步，整个人成了一副挽弓搭箭的怪模样。短剑上除了青光闪闪之外，没有丝毫异常之处。

墨大夫有些好笑，想开口嘲笑对方几句，却忽见韩立整个人往前冲，如同被强弓射出一般，化为一支利箭，其来势之快令墨大夫也不禁脸色一变。

墨大夫急忙把分开的双手往中间一合，打算用手掌夹住对方的剑刃，却见韩立的短剑轻轻一晃，化成了十几柄一模一样的利刃，从不同方位直刺过来。

墨大夫哼了一声，心中对韩立的评价又低了几分，在他这样的高手面前，使用这样华而不实的招式，不是找死吗？他一眼就看出真正短剑所在。

他瞪大了双目，双手姿势不变，企图一举夹住这把利刃，让对方只能束手就擒。

眼看双方就要接触，韩立却把手中的剑刃稍稍扭动了一下，将角度倾斜了一点点，但在墨大夫的眼中，形势却发生了天翻地覆的巨变。

墨大夫只觉眼前一亮，忽然十几团耀眼至极的白光升起。墨大夫心中暗叫"不好"，急忙往后退，并马上闭上眼睛，但已迟了，白光已涌入他的眼帘之中，没给他留下一丝反应时间。

墨大夫感到眼中一热，随即眼球酸痛不已，泪水汩汩地往外冒个不停。他顾不及擦拭泪水，强忍着不适努力睁开双眼往外看去，却只见白茫茫的一片，所有事物都变得模糊不清，幻影重重。

他心中又惊又怒，对自己一不小心再次中了对方的诡计很是懊悔。

不过，墨大夫毕竟行走江湖多年，经验丰富。他一面不停地往后倒退，和对方拉开距离，想要拖延些时间，一面把双掌收回，在身前挥舞个不停，用刀枪不入的魔银手挡住了上半身的要害。他心中已打定主意，在双眼恢复正常之前，绝不再主动出击。

现如今，墨大夫早已把原先的轻视之心抛得无影无踪，与韩立的这番争斗，其危险程度丝毫不下于早年与劲敌的几次生死较量。

墨大夫竖起了双耳，凝神细听，想从声音上判断对方的下一步行动。

他模糊地看到，一个人影在他的身前晃了一晃，紧接着一股尖锐的声响夹带着一股寒风，从正前方向他袭来。

对于韩立的刺杀，墨大夫心中不但不慌，反而一喜。

对方的手段果然还是有些幼稚，如果一声不响地躲在一旁偷袭，他还真的有些惧怕，但这般大摇大摆地从正面进攻，有什么可怕？要知道闻风辨音的功夫他早就练得炉火纯青，不要说是短剑的直刺，就是一枚纤细的绣花针袭来，他也能听得一清二楚。

墨大夫故意卖了一个小小的破绽，果然那柄短剑立刻转向，从那个空当处钻了进来，直奔他的咽喉。

墨大夫狞笑了一下，等候多时的右手突然出击，闪电般地一把抓住了剑刃，扣得死死的，毫不畏惧短剑的锐利刃口。

韩立知道不妙，用力将短剑往回扯了几下，但在魔银手的控制之下，哪能动弹分毫？只是白费力气罢了。

墨大夫心中有几分得意，怕韩立醒悟过来，松手跑掉。他顾不得双眼还未恢复正常，抓住短剑的手猛然使出十成功力，把短剑往身边一拉，想把韩立拽过来，然后制住，却觉得手中轻飘飘的，恍若无物。

墨大夫大吃一惊，还没想明白是怎么回事，就听到咽喉前数寸处突然爆发出撕裂空气的尖锐之声，似乎有一个尖细的物体以超乎寻常的速度向他刺来。

他来不及多想，下意识地做出回避动作，他的头颅一下子倒向一边，拼命地倾斜，脖子弯成一个不可思议的角度，企图避过这致命的一击。

多年苦练出来的深厚功底终于在此刻发挥了作用，墨大夫只觉得脖子上一凉，那尖锐的物体擦着脖颈滑了过去，只是略微擦伤了皮肤，没有对他造成多大的伤害。

墨大夫唯恐对方还有后招，竟然学韩立刚才的逃命招数，身体往地上一倒，也来了个驴打滚，远远地离开了韩立，才敢站起身来。

墨大夫站直以后，感到脖子上火辣辣的痛，他摸了摸伤口，手上湿漉漉的，看来流出了不少鲜血。

他这时才后怕起来，刚才那一下躲得万分惊险，自己是超常发挥，才鬼使神差地逃过一劫。

想到这里，墨大夫不禁抬头看了一眼韩立，这时才发觉，眼中的事物已清晰可见，视力不知何时恢复了正常。

韩立正一脸不甘地瞪着墨大夫。他手中提着一个寸许长的尖锥形兵器，其把柄却还是原来的剑柄，上面还沾着血迹，正是伤到了墨大夫的怪兵刃。

墨大夫神色阴冷，眼中充满了怒火，他已忍无可忍，正想再度进攻，却忽然发觉右手还抓着什么。

他低头一看，是一个无柄剑刃，轻飘飘的，拿起来仔细一瞧，才恍然大悟，原来这个剑刃是空心的，看空洞的大小，藏在其中的正是那个尖锥形兵器，这个剑刃只不过是套在锥子之上，掩人耳目而已。

顿时，他满腔的怒火被这个意外发现，浇灭得一干二净。

这时墨大夫想到了一开始进屋时，韩立执意不肯让他关闭屋门，看来那时韩立就已经埋下了借助阳光反射的伏笔。小小年纪，竟能考虑得如此周全，设下如此缜密毒辣的连环套，让他这个老江湖几乎栽在韩立手上。此人心计之深沉，实在与他的年龄、阅历不相符，难道这人真的是天纵奇才、神童转世吗？

墨大夫思前想后，越细想越觉得后怕，浑身上下冷汗冒个不停。经此挫折后，他对韩立戒惧之心更盛，他小心翼翼地面对着韩立，一时之间竟不敢再贸然出手。

而韩立不知为何也只是瞪着墨大夫，没有丝毫进攻的意图。双方竟一时偃旗息鼓，大眼瞪小眼起来。

过了片刻，在尴尬的气氛中，韩立忽然开口说了一句话，让墨大夫目瞪口呆："墨老，我们讲和吧。要不我投降，您看怎么样？"

说完此话后，韩立一甩手，干脆地把手中武器丢在脚下，露出一副洁白的牙齿，望着墨大夫展颜一笑，整个一副乡村少年的憨厚模样。

"投降？"墨大夫一开始以为自己耳朵出了毛病，听错了对方的话语，他望了望被韩立丢掉的尖锥，心中丝毫不信，恶狠狠地反问道，"你打的什么鬼主意？不要以为我会信你的鬼话。要投降，你一开始就不会反抗了，何必等到拼得你死我活，再来这么一手？"

韩立微笑着望着墨大夫不语，俩人一时又陷入了对峙的局面。

过了一小会儿，墨大夫似乎想到了极为可笑之事，他突然弯下身子，用双手紧抱着腹部，放声大笑起来，连眼泪都从眼角溢出。

"哈哈！哈！哈哈！真……真有意思，我竟然忘了这么重要的事情，竟然真和你……和你明刀明枪地过起招来。"墨大夫含糊不清地说着。

韩立皱了下眉头，他向窗外望了一眼，嘴角的笑意浓了起来，不慌不忙地开口说道："墨老，您不觉得我们之间耽搁的时间太久了吗？是该到结束的时候了。"

墨大夫微微一愣，停住了大笑。他缓缓直起身子，板住了面孔，面无表情地望着韩立，半晌后，才冷冰冰地回答道："我也觉得，是该结束这一切了。"

"墨老，您知不知道，您的性命已掌握在我的手中。"韩立缓缓开口。

"我的性命掌握在你的手中？"墨大夫冷笑不已，脸上满是不信。

"您不觉得您的伤口处有些异样吗？"

"胡说，我明明看得仔细，你的短剑上根本就没有……"墨大夫反驳道，但说了一半，脸色大变，想起伤到自己的并不是短剑，而是那把暗藏的尖锥。

"看来不用我多说，墨老已经明白我的意思了。"韩立笑嘻嘻地望着对方。

"就算中毒又能怎样？你别忘了，你的解毒之术都是我教你的，有什么毒是我解不了的？"墨大夫镇定地说道。

"哈哈！我忘了说了，我用的是缠香丝。"

"缠香丝?!"墨大夫低声惊呼。

"不错，墨老想必也知道这药物的厉害之处吧！"韩立慢悠悠地调侃道。

"胡说，你怎么会配制这种毒药？我分明没泄露过这个配方。"墨大夫表面上不信，但从伤口处的异样感觉来看，他心中已确认了八九分。

看到墨大夫还不肯服软，韩立叹了一口气，只好解释了一通："您老别忘了，当初您的医书可是完全对我敞开的。这个配方夹在一本不起眼的医书之中，若不是我看得仔细，还真就错过了。"

墨大夫这才回想起当初得到这药方之时，因为配制所需的药材种类太多，步骤也很烦琐，生怕以后忘掉，便把它的制作之法、所需药材都详细地抄在了一张纸条上，随手夹在了某本医书中。后来他把这张纸条忘得一干二净，没想到如今便宜了韩立，给自己带来了这么大的麻烦。

"我们还是坐下来好好商谈一下握手言和之事吧！"韩立自信地说道。

哼了一声，墨大夫没理会韩立，脑中努力回想缠香丝的制作之法和药效。

缠香丝这个名字，听起来一点都不可怕，甚至还让人浮想联翩。确实它的药力正如同痴情女子的相思之情一样，丝丝入骨。一旦中了缠香丝的毒，它的毒性便会通过流动的血液，逐渐遍布全身。

中了此毒的若是普通人倒还好，没有什么太大的危险，但对于武人则有致命的威胁，中毒之人若是动用内家真气，就会促使毒性快速发作，使全身血液逆流，痛苦不堪。

即使挺过一时，每日也必须服用解药，抑制毒性，否则全身骨骼会慢慢产生异变，全身萎缩，最后如同烂泥一般缩成一团，瘫在地上动弹不得。

更令人望而生畏的是，因毒性深入骨髓，竟没有办法彻底祛除，只能靠长久服食对症药物，使之暂不发作。这样一来，毒性便如同情丝缠身一样，相伴终生，不离不弃。

而配制此毒药的材料五花八门，有许多都是可替换的，具体毒性则因材料的不同而各异，变得诡异莫测。解药自然也就各不相同，只有配制此毒的人才能对症下药，抑制毒性。这样一来，中毒之人的性命就掌握在下毒之人的手中，只能唯命是从，不敢反抗。

墨大夫把脑中有关缠香丝的信息回想了一遍，心中明白了韩立有恃无恐的原因。他心中冷笑了一下，脸色没有什么变化，淡然地说道："这就是你最后的手段？小子，你若没有其他后招，就乖乖地束手就擒吧！"

韩立的心猛然沉了下去，他看得出，墨大夫是真的不把此毒放在心上。

看到韩立默然无语，墨大夫嘿嘿一笑，眼中奸诈之色一闪而过，大喝一声："铁奴，去把他给我拿下。"

一听到此话，韩立马上想起自己进屋以后，似乎完全忘掉了某个重要的人物，来不及细想，他用脚尖一钩脚边的兵刃，那铁锥便跃入了他的手中。

就在此时，一个巨大的黑影带着一股旋风，从屋子的一角蹿了出来，一下子来到韩立的面前，其速度之快令韩立根本无法躲闪。

无奈之下，韩立只好把手中的尖锥直刺黑影的小腹，希望能稍稍阻挡一下，让自己有个喘息之机。

韩立觉得自己似乎和某个非人怪兽撞在一起，持尖锥之手的手腕直接脱臼，身子一连倒退了好几步，而手中的铁锥如同刺到了石头一般被弹飞了出去，不见了踪影。

韩立惊怒不已，勉强稳住身形，就感到身前一暗，紧接着双肩一阵剧痛，肩胛骨被两只巨手死死地抓住。

韩立拼命挣扎了几下，却如同被大山压顶一样，根本动弹不得。情急之下，他也顾不得许多，抬起膝盖，狠狠顶向巨影两腿间的要害。

韩立发出哎哟一声，疼得冷汗直流，对方那个要害竟然也是坚硬无比，他觉得膝盖骨仿佛碎成了好几块。

他的这个举动似乎触怒了对方，肩头上的巨手忽然加重了力道，让韩立疼得几乎昏过去，整个人也瘫软到地上。

"轻点，铁奴。这个人，我还有大用。"就在这要命的关头，传来了墨大夫的呵斥声。

墨大夫话音一落，韩立觉得双肩一轻，痛楚大减。他心中不禁松了一口气，头一次觉得墨大夫的声音如此亲切。

从一开始韩立就发觉，墨大夫一到关键之处，就会对他手下留情，生怕伤害到他。他自然不会认为对方是善心大发，手下留情。其中一定有隐情，让对方投鼠忌器，不敢放开手脚，否则也不会和他纠缠至今。

他暗自拿定了主意，要充分利用这一点和对方讨价还价，再设法逃出对方的魔掌。

墨大夫走到韩立的面前，似乎看出了他心中所想，讥笑的神色在脸上一闪而过。他先在韩立的胸口处摸索了一下，取出一面护心镜，他不禁有些哑然，原来是此物挡住了他的点穴之指。

他摇摇头，没说什么，随后从怀里取出一个长方形的黄木盒。这盒子精致无比，上面雕龙画凤，一看就是名贵之物。

墨大夫当着韩立的面，郑重地打开了盒盖，里面放着几把一模一样的银刃。这银刃形状古怪，似刀非刀，似剑非剑，刃身弯曲，呈半月状，大小又与匕首相仿，很是奇特。

当墨大夫从盒内取出一把银刃后，韩立这才发现，这怪刃还奇薄无比，如同纸片一般，寒光在其上流动闪烁。想必用它来切割血肉之躯，一定如同裁剪衣服一样容易。更奇异的是，在银刃的把柄末端，还镶嵌着一个紧闭双眼的鬼头，这鬼头青面獠牙，头长双角，狰狞至极。

墨大夫拿着这把怪刃，意味深长地睨了韩立一眼。

这个举动让韩立毛骨悚然，难道真让他这张乌鸦嘴给说中了，墨大夫要用这把怪刃切割他不成？

韩立的脸色发青，眼睁睁看着墨大夫高高举起了怪刃。在阳光的照射之下，刃口闪闪发光，更显得它锋利无比。

他心中不由得有几分惊慌，但理智告诉他，对方费了这么大的功夫生擒他，绝不会二话不说就取了他的性命，说不定只是在恐吓他。

因此见利刃缓缓地从空中落下，直往他身上插来，他仍是一声不吭，勉强保持镇定之色。

直到怪刃的刃口离他的头颅只有半寸，头发梢都已感到阵阵寒意时，他才缓缓闭上双目，心头闪过了一丝后悔。

"墨大夫真的要下毒手吗？早知如此，就开口求饶了，也许还有一线生机。我还很年轻，真的不想就这样死去。家中的父母知道我的死讯，不知会不会难过，会后悔把我送到七玄门来吗……"在这生死一线的关头，韩立心中杂念丛生，各种思绪纷纷涌上心头，似乎在这一瞬间把人生的悲欢离合经历了个遍。

扑哧，利刃扎到人体的声响传了过来。韩立微微一颤，随即惊讶地睁开双眼，他并未感到任何痛楚。

"这是怎么回事？"

韩立惊呆了。他意外地看到，那把怪刃竟插在了墨大夫的肩头，只留下微微颤抖的把柄露在外头。竟没有一滴鲜血流出来，显得诡异至极。

墨大夫一反常态地开口称赞韩立："啧啧！小子，你还真有几分胆色，刀刃都架到脖子上了，竟然还不开口求饶，真有你的！老夫当年行走江湖，见过不少在人前自称不怕死的英雄好汉，一旦落入我的手中，稍加威胁，就一个个变成了狗熊，跪地求饶，一副贪生怕死的模样。"

韩立张口结舌，不知如何应答才好。他刚才其实差点出丑，只是到了最后还有一丝侥幸心理，认为对方不可能真对他下手。况且他脸皮实在太薄，不好意思转变嘴脸，奴颜求饶。

就在韩立思绪万千的时候，墨大夫已飞快地把其余几柄怪刃插在了身上，只有带鬼头的把柄露在外面。

韩立骇然发现，一共七把利刃，分别插在墨大夫的双肩、双腿、小腹、胸前等几个部位之上。

墨大夫插完怪刃后，就不再开口说话，反而俯下身子，盘腿坐在韩立对面，然后闭起双目，对身外的事物不再分心过问。

韩立心中一动，觉得这是个难得的逃生机会，他想活动下手脚，身子才动了一下，就猛然感到肩头一沉，立刻又动弹不得了。

韩立苦笑了一下："怎么又忘掉了这个巨汉，有他在一旁寸步不离地盯着，自己怎么可能有机会呢？"

这名叫"铁奴"的巨汉也不知是何方怪物，竟然和墨大夫的魔银手一样，全身上下刀枪不入。他今天算是栽在了此人手上。

韩立正在腹诽巨汉，面前的墨大夫却产生了妖异的变化。

墨大夫的脸开始一下一下地抽搐起来，全身上下抖动个不停，脸庞也因肌肉的扭曲而变了形，似乎在忍受着莫大的痛楚，加上身上插着几把利刃，阴森可怖，仿佛有一股阴寒之气在屋内缓缓升起。

忽然，墨大夫停止了抽搐和颤抖，发出一阵低沉的吼声，吼声中充满了原始的兽性。此时的墨大夫仿佛不再是个老人，而是一头刚从山林中窜出的猛兽。

接着，更恐怖的事发生了，一年以前曾在墨大夫脸上出现过的鬼雾，如今又浮现了出来。

这鬼雾和以前相比浓厚得多，也要黑得多，罩在墨大夫的脸上，如同一个乌黑的面具，遮住了他的本来面目。

从鬼雾上不时幻化出的触角也有了翻天覆地的变化，触角上流动的黑雾光滑黑亮，质感十足。触角犹如实体，在墨大夫脸上伸缩不定，不断狂舞。

墨大夫双手手指呈莲花状，掐了一个奇怪的手势，嘴唇微动，念念有词，只是声音太轻，韩立听不真切。

随着墨大夫这番莫名的举动，他脸上的鬼雾，犹如热油之中倒入凉水，开始翻滚沸腾起来，从其中伸出更多细小触角，张牙舞爪地示着威，似乎想阻止墨大夫进一步的行动。

就在此时，墨大夫睁开了双目，透过厚厚的黑雾，韩立仍能看到他眼中的神光。

"七鬼噬魂！"墨大夫大喝一声。

韩立一听，心中一凛，接着发生的一幕，对他造成了巨大冲击，让他认识到，世上他不知道的事情还有很多很多。

随着墨大夫的大喝，插在他身上的七把怪刃全部摇动起来，鬼头中发出嗡嗡声，并且越来越响，越来越尖锐。那鬼头似乎活过来了，想要从他身上挣脱。

墨大夫看到怪刃不听使唤，有些气急败坏，他低声嘟囔了一句，韩立没有听清。

墨大夫站起身来，围着屋子转了一圈，跺了跺脚，还是无可奈何地伸出了一根食指，塞进了一个鬼头的大嘴之中。

不可思议的事发生了，那本是死物的鬼头，竟然自己合上了嘴巴，用嘴里粗大的獠牙，狠狠咬住了送上门的美味，并轻轻吮吸起来。

墨大夫的身体轻轻颤抖着，好像在强忍着巨大的痛苦，因为黑雾遮住了他的面孔，韩立看不清他此时的表情，想必脸色一定很难看。

一盏茶的工夫后，鬼头终于吃饱了，它满意地松开了大嘴，嗡嗡之声跟着消失不见。

接下来，墨大夫如法炮制了一番，把每个鬼头都喂养了一遍，才不甘心地收回了手指。

做完这些事后，墨大夫又掐了之前的手势，嘴里又念念有词起来。

这一次，那七把怪刃没再抖动，更没有发出异响，把柄上的鬼头同时睁开了双目，露出了血红的眼珠，嘴巴也同时咧得更大，并鼓起腮帮，大口大口地从空中吸着什么。

墨大夫脸上的鬼雾似乎知道大难临头了，波涛汹涌，从中伸出的触角也挥舞得更加狂暴，但无济于事。七道细细的黑线，还是从鬼雾上被扯了出来，在半空中画出几道漂亮的弧线，然后准确无误地钻入七个等候多时的鬼头的口中，被鬼头一点一点地吞吃了。

韩立惊呆了。因为墨大夫就盘腿坐在他的对面，所以发生的事情，全部真切地落入他的眼中，就连鬼头上的每一根牙齿，都看得无比清楚。

首次接触到另一个世界的韩立，被这种神奇的力量给彻底震住了。那古怪的银刃、诡异的鬼头，再加上浮现在墨大夫脸上的妖异黑雾，这种种无法用常理解释的现象，无一不颠覆了他以往的认知。要知道，韩立对鬼神之事从来不信。

一时之间，韩立的脑中乱成了一团，面对这种非人的力量，作为阶下之囚的他，实在不知该如何应对。

渐渐地，墨大夫脸上的鬼雾由厚变薄，由浓变稀，被鬼头吞吃得差不多了，就只剩下最后淡淡的一层。

这时，墨大夫的面孔已经隐约可见，韩立一看到对方露出的真容，把嘴张得老大，半晌合不到一块去。

今天让韩立吃惊的事太多了，可都没有现在看到的那般匪夷所思，让他如此失态。

墨大夫的脸孔，竟是一副三十来岁、正当盛年的精壮男子模样，从那熟悉的眉眼来看，的确是墨大夫本人不假。

那坚毅有型的脸庞，不怒自威的眼神，带着冷笑的嘴角，怎么看也是一张极具魅力的大帅哥面孔。

眼看墨大夫脸上残余的最后一点黑雾也被吸入鬼头口中，韩立这才想到，墨大夫曾经对自己提过，他原本就只是三十几岁，只是在疗伤时出了意外，被邪气长时间抽取精元，才变得如此苍老不堪。

这样看来，在这一点上，墨大夫似乎没有欺骗自己。现在的模样才是墨大夫的真容，只是他恢复容貌的手段，也太不可思议了。

此时，韩立才发觉，墨大夫恢复的不仅仅是容貌，连他的身体也发生了变化——那乌黑的头发，挺拔的身躯，无一不表明他正处在人生之中的黄金时期，体力精力达到了巅峰。

"墨大夫既然有办法恢复原貌，那又何必对我大动干戈呢?"韩立有些疑惑，他从震惊中清醒了过来，意识到自己仍处在危险之中，脑袋瓜子开始飞快地转动，不停地分析着，试图在眼前的局面中，找出一条脱身之策来。

墨大夫有些恍惚，他呆呆地站在原地，一言不发。许久之后，他才抬起一只手掌，用一种注视已失去好久的宝贝的眼神，仔细打量着手背上光滑的皮肤，然后闭上双目，把手掌紧贴在脸颊之上，轻轻地摩挲起来，似乎在重新品味青春的活力。

墨大夫这种自恋的表情，让一旁的韩立有些受不了了："墨老，您看起来好像已恢复了正常，是不是用不上弟子了? 能否放过弟子，让弟子以后也能为您鞍前马后。"

韩立还是没沉住气，他到现在还不知道，对方要如何处理他。明知对方不可能就这样放过自己，他还是装疯卖傻地试探了一句。

"韩立，你还真是能屈能伸。不过，放过你，你觉得有可能吗?"墨大夫微微一笑，那阳光灿烂的笑容，足以让万千女性为之疯狂。他的声音有一种独特的吸引力，让人无比舒畅，与之前干巴巴的苦涩之感完全不同，看来与他的外貌相比，他的嗓音也毫不逊色。

从外表上看，如今的墨大夫还真是没有丝毫瑕疵，连一举一动都显得优雅无比，哪还有一点以前的糟老头模样。不知当年墨大夫凭借这副面孔，迷倒了多少江湖侠女。

"你到底想把我怎么样，给一句明白话吧。"既然对方话里没有丝毫放过他的意思，那就更没必要给对方好脸色看了。

"怎么样？嘿嘿！"墨大夫活动了一下重新变得孔武有力的四肢，伸了伸修长的懒腰，笑而不语，从怀里又掏出了一样东西。

这是一个丝绸小包，颜色鲜艳照人，上面的一针一线都格外精致，看来也不是寻常之物。

墨大夫三下五除二就把小包解开了，小心翼翼地从中取出一张皱巴巴的黄纸。

韩立心中一凛，打起了十二分精神，因为他深知越是不起眼的东西，越可能有着想象不到的用途。

墨大夫用两根手指轻轻夹起黄纸，慎重地将它捋平。这张黄纸只有巴掌大小，被裁剪成长条状，有些陈旧，似乎有着不少年头。

最引人注意的是，上面用银漆画着几个符号。这些符号形状奇特，韩立从未见过。这些符号刚一进入眼帘，他体内的长春功真气就不受控制地蠢蠢欲动，仿佛被这些符号惊醒了一般，这让韩立惊愕万分。

韩立知道有些不对劲，连忙全神贯注地盯着这几个符号，想从中找出一些线索来。

只见这些符号弯弯曲曲，歪七扭八，但又遵循某种规律，从排列到形状，都蕴藏着某种深奥的东西。

墨大夫瞬间就来到韩立的眼前，他看到韩立神色古怪地盯着自己手上的黄纸不放，一副痴迷的样子，眼中露出一闪而逝的怜悯之色。

他把头颅轻轻低下，嘴巴紧贴着韩立的耳朵，用极轻的声音缓缓说道："韩立，不要怪我，我也是没有办法，你早日投胎转世吧！这具躯体，我要接收了。"

"你说什么?！你这话是什么意思?！"韩立被墨大夫的这句话猛然惊醒，吓得魂飞天外，他知道自己小命难保了。

他顾不得身后巨汉的威胁，开始晃动身子，拼命挣扎起来。他身上还有几件小东西，如果能取出，或许能造成混乱，还有逃生的机会。

"铁奴，按住他，不要让他乱动。"

随着墨大夫下达了这个冰冷的命令，韩立最后的反抗也被制止了。铁奴两只硕大的手掌如同两座小山，紧紧地压在他的肩头，让他动弹不得。

韩立脸上，一滴滴黄豆大小的汗珠顺着鬓角流了下来，他睁大双眼，死死咬住嘴唇，眼睁睁地看着对方在他跟前念念有词。

墨大夫手指夹着的黄纸，随着咒语声，开始无风飘动起来。上面的银色符号，一个接一个地慢慢亮起，发出神秘的银光。

韩立心里明白，等所有的符号都亮起时，墨大夫就会对自己下手。

墨大夫肃然地盯着黄纸，等到最后一个符号也发出银光之后，不禁一喜，接着就做出某种特殊手势，夹着黄纸凭空挥舞了几下，然后一个"定"字脱口而出，如同春雷炸响。黄纸被狠狠地按在了韩立的脑门上，死死地粘在了上面。

黄纸一触及头颅，韩立就觉得自己丧失了对身体的控制，连眨眼都做不到，只有眼睛仍能看到，耳朵也能听到，只是无法对躯体进行操纵，如同行尸走肉一般。

韩立十分惊慌，他不知对方要用何种方法来抢夺他的身体，难道这就算成功了吗？

"不要急，你这具身体，还可以再保留片刻。"墨大夫自言自语道，"你的心思实在是太活泛了，如果能自由活动，那就该我头疼了。"墨大夫不急不躁地说着，他伸出一只手臂，轻松地提起了韩立，迈开双腿，走出了屋子。

墨大夫很散漫地穿过屋侧的药园，来到了一处偏远之所，那名巨汉也无声地紧跟其后，如同他的影子一样，寸步不离。

在他们面前，有一间韩立以前从未见过的石屋，这石屋和他以前打坐用的石室很像，通体都是用石料砌成，唯一的区别就是，面前这间石屋外面的墙壁简单地用石灰粉刷了一遍。很明显，这间石屋是在不久前才完工的，如果他还有嗅觉的话，就能闻得到一股刺鼻的石灰味道。

"铁奴，留在外面，一有生人靠近此屋，格杀勿论。"墨大夫很显然是害怕有意外，坏了他的好事。

墨大夫随意地推开石门，不假思索地走了进去，然后顺手关上石门，看来十有八九，这间石屋是他亲手所建。

石屋是封闭的，没有一扇窗户。关上石门以后，韩立本以为里面是黑咕隆咚的，什么也看不见，然而屋内点满了各式各样的油灯和蜡烛，不算大的一块地盘，灯烛辉煌，犹如白昼。

最让韩立感到不安的是，石屋的中间有一个长宽数丈的奇怪图案，好像是用某种粉末涂抹而成。

图案的四周还镶嵌了几块拳头大小的青玉，那玉石在烛光下显得晶莹透彻，一看就是罕见之物。若被喜爱此物的行家见到，这么好的玉石竟被如此糟蹋，恐怕要心疼得几夜都睡不着。

韩立正看得出神，却听见扑通一声，自己的身体被扔到了图案的正中央，仰面躺在地上，只能瞧得见屋顶。

噗，噗，噗……一连串奇怪的声音响起，韩立马上发觉光线暗淡了许多，这才明白，墨大夫把灯烛熄灭了不少。

片刻后，墨大夫忽然开口："你说的方法，真的行得通吗？我可是把一切都赌上了。"他的声音阴冷无比。

韩立有些摸不着头脑，很是纳闷："这是对自己说的吗？可听口气不太像啊！但石屋内除了他们俩，就没有其他人了。还是墨大夫这么快就忘了，自己还被贴着该死的黄纸，根本就无法开口啊。"

"绝对没有问题，我之前传授给你的七鬼噬魂大法、定神符可曾有过问题？"一个陌生男子的声音突然出现在屋内，听嗓音似乎很年轻。

韩立已经麻木了，今天他所经历的怪事实在太多了。

"哼！前面管用，有个屁用。你要是在最后关头故意给我留一手，让我中了圈套，我岂不是前功尽弃？"没等那名年轻男子回答，墨大夫又自顾自地说道，"要知道，你本就是个死人，而且杀死你的人就是我。你能没有怨恨之心？不暗中诓骗于我？"

墨大夫连声质问，没有给对方留下反驳的余地，似乎要把心中的不安都发泄出来。

除了墨大夫的大口喘气声外，好长一段时间鸦雀无声。半晌，都没听到那名年轻男子的回应。

韩立心中一寒，这突然出现的年轻男子，竟死过一次，难道是鬼魂不成？并且，韩立从他们的话语中得知，墨大夫刚才所用的奇术，竟是从这人身上得来。

"那你要我怎么样？我已用自己的祖先、父母，甚至全族人的名义发过毒誓，这样还不能让你满意吗？"那名男子终于愤愤不平地开了口。

韩立心里咯噔了一下，这男子竟如此丧心病狂，用这么多至亲之人来赌誓，只是为了取信于墨大夫，可见也是一个天性凉薄之徒。

"不错，我不能把你怎么样。你躯壳已毁，只剩元神，终年见不得天日，比起魂飞魄散，也强不到哪里去。"墨大夫口气缓和了下来，看来他不想撕破脸皮，"余子童，我只是想最后提醒你一次，假使我出了意外，你也不会好过。要知道你的元神撑不了多久，如果没有我帮你寻找合适的肉身，不久就会溃散。所以说，若是功法还有什么遗漏虚假之处，现在告诉我还不迟，我绝不会记恨于你。我可以当着你的面，也发下毒誓。"墨大夫仍不肯罢休，还在苦苦地开导着男子。

韩立总算听明白了一二。墨大夫处心积虑地对此人说这些话，只是害怕这个叫余子童的人在传功法时做了手脚，让他施术出错，祸及自身。所以他才在此紧要关头，瞻前顾后起来。

"我传你夺舍之法，绝对没有一丝隐瞒、篡改之处。若是欺瞒于你，让我全族之人都遭天谴，不得好死，从此灭族。"余子童没有丝毫停顿，斩钉截铁地又发下一番毒誓，"再者说，你使用七鬼噬魂大法后，虽然短时间内拥有一些法力，可使出一些简单的法术，但这毕竟是以身饲鬼，以精元为代价。而你身体内残余的精元，还能支撑你再用一次此法术吗？"

这番话出口之后，石屋内再次陷入了寂静，只有墨大夫在屋内焦躁徘徊的脚步声。

韩立在心中暗暗祈祷，从不信神的他，第一次向神仙许愿，希望墨大夫饶他一命。

"好，用人不疑，疑人不用，既然想谋求这么大的好处，冒一点点风险，那也是应该的。"墨大夫终于下定了决心。

此话一出，韩立绝望了，若是屋顶上有镜子的话，他一定能看到自己脸色苍白，一脸颓唐之色。

余子童的话语中透着兴奋："早就应该如此。你想想，你原本是没有灵根的俗人，根本无缘踏足修仙之途。但夺舍成功之后就不同了，拥有这个身怀灵根的躯壳，你大可找一个修仙的家族或门派，投奔依附，从此就有可能摆脱生老病死、五道轮回，最不济也比凡人活得长久得多。"

"哈哈，那我先承你的吉言了。你放心好了，我墨居仁说话算话，只要我成功夺舍，就马上帮你也物色一具带灵根的躯体，不会亏待了余老弟。"墨大夫听完余子童的一番话有些飘飘然，一想到夺舍后的大好前景，他就不禁心中火热，对余子童客气了许多。

"那就多谢墨大哥了，事后我绝不藏私，会把所有修炼法诀一一传授于大哥。"余子童也是奸猾异常，顺着墨大夫的话拉近了距离。

韩立在一旁听得真切，气得七窍生烟，这俩人还真是狼狈为奸，臭不要脸，竟把他的身体当作囊中之物，一点也没征求过身体主人的意见。可他如今确实是无计可施。

墨大夫抛却了心头的疑虑，拿定了主意后，就不打算再拖延下去。他不知从哪儿取出几根细细的金针，麻利地插入脑后的穴位之中，让自己红光满面，精神大涨，有足够的精力来施展法术。

他走到韩立跟前，把韩立的身体扶起，让韩立盘腿坐在地上，自己则在韩立对面，两手交叉抱紧肩头，坐了下来。

墨大夫手中掐了个法诀，一甩手，两道红光从手中射出，砸到了韩立身下的图案上，顿时四周的几颗玉石亮了起来。

接着，低沉的念咒声从墨大夫的口中传出，让人昏昏沉沉，睡意大起，韩立的意识，逐渐模糊。

"不好！"韩立心知不妙，他很不甘心，不愿束手待毙，于是竭尽全力抵抗这些咒语，但始终无济于事。

在咒语强大的催眠效果之下，韩立很快就人事不知了。在昏迷之前，他隐约看见，墨大夫那张帅气至极的脸孔，在昏暗的灯光下显得狰狞可怖，再也没有了美男子的风采。

"你好丑啊！"这是韩立昏睡之前想说的最后一句话。

在无尽的黑暗中，韩立做了一场怪梦。

在梦中，他是一个拳头大小的绿色光球，有着自己的一小片天地，在那里他自由地遨游着，快乐无比。

但不久后，一个黄色光球突然闯进来，这光球只有拇指那么大，气势汹汹，不怀好意。它一见到韩立，就凶恶地扑了上来，并咧开大嘴去咬韩立。韩立也不示弱，也同样变出一张大嘴，狠狠地反击。

不一会儿，韩立倚仗着体型庞大，轻易地便将黄色光球吞吃掉了，轻松地结束了这场战斗。

获胜后的韩立欢欣鼓舞，回味着战利品的美味。这时，又从外面进来了一名入侵者——一个和他一样的绿色光球，可体型却比韩立大了一圈，只是光芒黯淡，不像韩立那么耀眼。

这个敌人一见到韩立所化的绿球，明显吃了一惊，停顿了一下，似乎有些犹豫。

韩立刚刚品尝了黄色光球的美妙滋味，哪里肯放过对方，也没有考虑双方的实力差距，就冲了上去。对方见此情形，也只好应战，互相撕咬起来。

对方的体型是比韩立大一些，但虚弱无力，明显只是个空架子，只比黄色光球多支撑了一小会儿，就也败下阵来，向外逃窜。

韩立不肯放过对方，紧随其后，但对方实在狡猾，每次被韩立抓住后，就把被咬的地方分离出去，再继续逃命，这样一来，竟还真的让它逃离了。不过它的体型，也小了三分之一。

经历了两场战斗后，韩立继续独占这片领域，他所化的光球，还期盼着其他送上门的外来者，但是很可惜，之后再也没有球进入这片领域。

他独自一人欢快地飘荡了很久很久，似乎会永远这样下去。

第七章
修仙者

一股寒意从心底缓缓涌出，逐渐遍布韩立全身，把韩立从昏睡中惊醒。

韩立刚刚醒来，就感到脑袋沉重无比，隐隐作痛，身体各个部位都软绵绵的，虚弱无力，好像大病初愈一般。他努力睁眼，想看看发生了什么，眼皮却重若千钧。

在迷糊之中，韩立想起了昏迷之前发生的一切。他打了个冷战，头脑立刻清醒了几分。

"咦？"虽然睁不开双眼，但身体各处传来的不适感确确实实告诉他，整个身体又重新回到了他的手中。

"难道墨大夫夺舍失败了？"这是唯一说得通的情况。

按捺住心中的兴奋之情，韩立耐心地等自己恢复了些许力气，才费劲地让眼皮睁开一条细缝，看清了身边的一切。

韩立看到一张枯瘦憔悴、苍老至极的脸，正是老年墨大夫的面容，只是看上去似乎比以前还要老了十来岁，已是个糟老头模样。

墨大夫两眼圆睁，正一脸惊恐地望着韩立。韩立吓了一跳，浑身上下立刻紧绷，虚弱的感觉被丢到了九霄云外。他心里的第一个念头，就是要抢先出手，先下手为强。

经历了上次的教训后，韩立说什么也不会再让自己轻易地受制于人。

但随后，韩立就发现了异样，对方神情凝滞，一动不动，也没有喘气之声，仿佛已死透多时。

韩立皱了下眉头，仍没有放下戒备之心，他全神贯注地盯着对方的脸。

经过足足半刻钟的仔细观察后，韩立不得不承认，对方确实不像活人。犹豫了下，他小心翼翼地靠近对方，伸出一只手抓住对方的手腕，另外一只手则放到对方的鼻孔下，测试了一会儿，毫无动静。

这下韩立才彻底安心，变得轻松无比，内心深处的那块巨石终于被丢掉了。

直到现在，韩立还是有些不敢相信，自己心目中的大敌，那个老奸巨猾、手段毒辣的墨大夫，就这样无声无息地死掉了。

他往自己的脑门上摸了摸，那张定神符已消失得无影无踪，附近也没寻见它的踪影，这让韩立有些奇怪。后来学会了符咒之法的他回想此事，才明白过来，那黄符应该是因其所含的法力耗尽，化为了灰烬，因此他才遍寻不到。

韩立看向四周，想找出一点致使对方一命呜呼的线索来。

四周的油灯、蜡烛仍然亮着，这说明他并没有昏迷太久，而不远处的那几颗青玉则变得灰沉沉的，不复最初晶莹剔透的模样。

在石屋的角落，一个物体正竭力避开韩立的视线。这个物体，韩立并不陌生，正是梦中和他厮杀过的，并从他手中溜掉的敌人，那个被吞掉了三分之一的绿色光团。

此时的它，正拼命往墙角里钻，似乎很害怕韩立。韩立一开始有些惊讶，随即若有所思地单手托着下巴，低头沉吟了一会儿。

片刻后，韩立站起身，向光团走了过去。走到离它只有半丈远的地方，他才停了下来，缓缓地开口道："我想，我们应该认识一下了，想必你就是余子童吧。"

绿色光球有些颤抖，身上的光芒闪烁不定，听到韩立叫出了它的名字，光芒一下子黯淡下去，过了好一会儿才重新亮起。

"你猜对了。阁下真不愧是墨居仁的弟子，和他一样难缠，不好对付。"光团终于开口，听口音，正是那余子童。

"那阁下是不是该将事情的原委告诉在下一二？"听到对方真是谋害自己的元凶之一，韩立却没有一丁点怒意，仍是慢条斯理的。

余子童看到韩立不躁不怒的样子后，不知怎的，心中寒气直冒，有大祸临头之感。

在前不久的神识大战中，他刚刚领教过这个煞星的厉害，被活生生吞噬了部分元神，法力损失大半。此刻残余的法力，只能让他施展几个小小的幻术，没有丝毫杀伤力。

"你想知道些什么？"余子童知道，韩立刚刚死里逃生，情绪应该很不稳定，别看他表面平静，但其内心说不定正如同火山爆发前一样，酝酿着满腔的怒火。

"先说说，你到底是什么人，再把你和墨大夫认识的经过，以及你们原本的计划，一五一十地说出来吧。我现在有的是时间，可以慢慢地听你说。"韩立面无表情地说道，看不出丝毫情绪上的波动。

"咳！说起来，我也是一名受害者。"余子童一开口就想要博取韩立的同情，尽量与墨大夫撇清关系，他看到韩立无动于衷，只好接着说下去，"我原本是一名散修……"

余子童老实地把自身的来历、此事的前因后果详详细细地说了一遍，他把自己说成一个被墨大夫强迫后才被逼与其同谋的可怜虫，把一切责任都推给了死去的墨大夫。

韩立自然不会完全相信他所说的话，结合墨大夫吐露过的话语，去掉余子童话语中虚假的部分，韩立对事情的原委有了大概的了解。

以前墨大夫对他所讲的故事中，墨大夫受到暗算，出来寻找恢复功力的方法这一段，应该是真的，也没有蒙骗他的必要。

但墨大夫在某神秘之处找到了一本奇书，从书中找到了恢复功力的方法，这就是假话，事实是因为余子童，墨大夫才得以恢复，但也是因为余子童，他才会诅咒缠身。

原来，余子童是某一个修仙家族成员，他的长春功已练至第七层，有了一定的火候，但受资质所限，停滞不前，无法达到筑基的要求。而没有筑基的修仙者，不能算是修士，也无法踏足修仙界。余子童无奈之下，只好到世俗界历练一番，看看能不能突破瓶颈。

外面的花花世界让人眼花缭乱，余子童的心境本就动荡，没过几年就彻底堕落了，沦为某个权贵的座上宾，开始享受世间荣华，修仙之心也就渐渐淡了下来。

像余子童这样半途而废的弟子，他的家族自然会在他百年之后，将其名字从族谱上画去，从此他这一支就算是世俗之人，不得再与本家来往，除非他后人中又出现资质出众的修仙者，才准许认祖归宗。

如果仅仅是这样的话，余子童虽说大道无望，但长命百岁、富贵一生是没什么问题的。虽然这种情况在未筑基的修仙者中很少见，但也不是没有先例，不算什么大事。

然而余子童时来运转，在几年后的某一日，他在街上闲逛，顺便去药店转了一圈，竟让他发现了一株很罕见的血灵草。这血灵草与普通的红油花很相似，因此被不识货的店主摆在一起。

余子童大喜，有了这血灵草，他突破瓶颈大有希望，修仙之心又蠢蠢欲动起来，当场就要掏钱买下此物。

不料此时横生枝节，又有一名修仙者进入了店内，也发现了这株血灵草，当然也不肯放过，两人当场争执了起来。

药店的主人一见，立即坐地起价，说谁出的银两多，这血灵草就归谁。余子童身上的钱财更多，自然把血灵草收入囊中。

他也不笨，知道对方不会善罢甘休，就连夜逃走，往家族赶去，但只走了一半的路程，就被那人追上，结果自然是一场大战。

对方的法力比他高了不止一筹，余子童被打得吐血。他舍不得已到手的血灵草，一咬牙，发动了从家族内带出的一张保命符，用同归于尽的秘法，吓退了对方，这才逃脱。

他负伤不轻，就在此时，他碰到了出来寻找良方的墨大夫。

也是余子童命中该绝，虽说他在世间行走了几年，但应对江湖中人的经验一点都没有，在看出了墨大夫的身体状况后，竟信口将自己身怀良药一事透露了出来。

这下子他可惹来了杀身大祸，要知道墨大夫正心急如焚，遍寻良方而不得，听到对方身怀良药，便向其苦苦哀求。

余子童的良药，是其用修仙者的方式，耗费了大量元气和药材才炼制而成的，他身上所剩不多。在如今身负重伤的情况下，他更是格外珍惜，怎肯平白无故赠予一个蝼蚁般的凡人？

墨大夫见自己如此低三下四都无法讨来药物，恼羞成怒，便起了杀心，偷偷跟随其到无人之处，便在背后对余子童下了秘制的毒药。

本已重伤的余子童急毒攻心，变得奄奄一息，这时墨大夫才显出身形，手忙脚乱地在他身上搜刮起来。

余子童在悲愤交加之际，不假思索地使出了血箭阴魂咒，把全身的精血化为一口血咒，喷到了墨大夫的头上，然后元神舍弃了肉身，悄悄飘出体外。

元神出窍后，余子童才发现自己考虑欠妥，没有事先准备好容身的法器，无奈之下只好钻入了墨大夫的体内，暂时避免了元神消散的危险。

而墨大夫被鲜血喷了一头，吃了一惊，但发现没有异样后，就不再放在心上。

他从对方尸体上找到了几颗药丸，欣喜若狂地服了下去，果然药到病除，功力尽复。

墨大夫狂喜之下，带着从对方身上搜刮来的东西，动身回岚州，打算报仇雪恨，重振雄风。

墨大夫没能高兴几日，不久血箭阴魂咒的威力就体现了出来，他以肉眼可见的恐怖速度迅速衰老。

他很恐惧，想尽了办法，但收效甚微。如果继续这样下去，不久后他就会一命呜呼，衰竭而死。

此时余子童的元神更不好受。原来余子童进入墨大夫的体内后，时间一长，竟有了被对方元神同化的迹象。

"同化"是指长时间滞留在他人体内的元神，被躯体主人的元神无意识地潜移默化，接纳吸收。

余子童无奈之下只好打起了主动夺舍的主意。

他之所以如此不情愿，不是因为他心存善念，而是害怕修仙界中夺舍的三大铁律：

第一，修仙者不可对凡人进行夺舍，否则被夺舍躯体会因为承受不住夺舍行为而自行崩溃。

第二，只有法力高的人对法力低的人进行夺舍才有可能成功，不会遭受对方反噬，并且法力差距越大越安全。

第三，一名修仙者一生中只可进行一次夺舍，在进行第二次时，元神会无缘无故地消散。

以上三条历经无数次检验的铁律，不知限制了多少试图借助夺舍来兴风作浪的歹人和试图用此术来逃避灾劫的取巧之徒。上天对这种有违天理的行为还是有所约束的。

若墨大夫是个修仙者，余子童反而不惧，大不了和他来个鱼死网破，争夺一下肉身，但墨大夫只是个凡人，无丝毫法力在身，其躯体根本无法承受夺舍的行为。

就算另找他人的躯体藏身，也无法避免被同化的命运。情况只会更糟，因为他的法力会随着元神的每次出入而急剧降低，很快就会消耗殆尽，然后被困在他人体内，最终被同化掉。

要知道只有元神后，他不能打坐修炼，法力是用一次就少一次，并且随着时间流逝会渐渐消减，他也不知自己还能支撑多久。

除非余子童找到一个法力低微，又能承受夺舍行为的修仙者，否则他绝不会再次元神离体，冒险一试。

墨大夫的身体即将因血咒而崩溃，自己的元神无处藏身，以及自己面临被其元神同化的危险，在这双重压力之下贪生怕死的余子童经过深思熟虑，只好暂时抛弃两人间的仇怨，无奈地同墨大夫联系上，把事情的原委和其中的利害关系，通通告诉了墨大夫。

墨大夫听后，刚开始十分愤怒，但很快就意识到潜藏其中的大好机缘，他不假思索地就和余子童约法三章，达成了协议，显露出枭雄本色。

首先，墨大夫要按余子童所教授的方法，控制住自己的意识，尽量避免同化他的元神。而余子童则教会墨大夫一些秘术，让他可以减缓衰老的速度，并可以短暂拥有法力。

其次，墨大夫要寻找一名身具灵根、可修炼长春功的童子，教他修炼此功，等到时机成熟，墨大夫依靠暂时获得的法力进行夺舍，重获新生。

墨大夫曾尝试修炼长春功，结果自然毫无所成，还被余子童嘲笑了一番，他这才知道没有灵根的人是无法修炼出法力的，而他就是修仙者口中无灵根的庸人。

最后，夺舍成功的墨大夫，要帮余子童也寻觅一个合适的肉身，并协助其夺舍。

以上条款对墨大夫更为有利，但这也是没有办法的事情，余子童处于不利的地位，就只有吃些亏了。不过是不是真的吃亏，也只有他自己才知道。

余子童曾提出，让墨大夫去他的家族寻求帮助，但经验老到的墨大夫又怎肯自投罗网，毫不迟疑地拒绝了，这让余子童一直恨得咬牙切齿。

后面发生的事情就没有什么可说的了，墨大夫没能寻到合适的人选，心灰意冷地进入七玄门,然后意外地收韩立为弟子,传授其长春功……这些余子童所讲的和墨大夫所讲的差不了多少,韩立自己也经历了一些。

韩立听完这些话后,长长地舒了一口气,心中的大部分疑团都被解开了。他见余子童停了下来,不再继续往下说,便脸色一沉,冷冷地说道:

"你好像还没告诉我,墨大夫死掉的原因。"

"这没什么好说的,不过是墨大夫错估了阁下的长春功进度,法力远不如你,夺舍不成,反被你吞噬了。"余子童犹豫了一下,还是开口说出了实情。

"这么说,第一次进入我体内的黄色光球就是墨大夫的元神,第二个绿色光球就是你了。"韩立轻描淡写地说道。

"这……这个,我当时不是以为,阁下和墨大夫同归于尽了吗?!为了不浪费这个肉身,我就想借用一下。"

"哼!恐怕是你故意设计。余子童,你当初传给墨大夫夺舍大法时,恐怕就没安什么好心,故意没提成功与否和法力高深有关。按你原先的计划,墨大夫用来自残的七鬼噬魂大法和我的第四层长春功,法力差不多,一旦夺起舍来,正好互相残杀,同归于尽,然后就便宜了你这个渔翁得利的第三者。你趁机占据我的身体,夺舍成功。我猜得没错吧?我的余大修仙者!"韩立一口气冷静地说出了自己的判断。

余子童听后,半晌无语,好久才叹了一口气,有些沮丧,没有反驳:"原先我夸你,只是随口说说,可现在却是真心地称赞你。你真的很聪明,已青出于蓝而胜于蓝,在墨居仁那个老狐狸之上了。你猜得很对,这一切的确是我设计的。可是我没想到,你的修仙资质竟如此好,在短时间内,就练至了第六层长春功,只比我低了一层,不但轻而易举地吞噬了墨大夫的元神,就连我这个修仙者的元神也不是你的对手,反而又损耗掉不少元气。"

不过他话锋一转,口气突然变得骄傲起来:"墨居仁不过是一个凡俗中人,竟然想要和我们修仙者平起平坐、称兄道弟,他也配?"

"更不能容忍的是,他竟用卑劣的手段毁了我的法身,还想要踏足仙道,真是白日做梦！"余子童咬牙切齿地说道，看来心中对墨大夫痛恨已久，现在才毫无顾忌地展露出来，"不过你就不同了，天生灵根，资质过人，在世俗界实在是太可惜了，要是肯帮我找到合适的肉身并协助我夺舍的话，我愿做你的引路人，将你引荐给家族的长老，让他们收你为徒，你看怎么样？"

余子童对自己的这番言语很自信，他不相信有人能抵挡得了成仙得道、永生不死的诱惑。想当初，墨大夫也是对他恨之入骨，但在同样的言语攻势下，还不是老老实实地合作。

可余子童失望了，韩立并没有露出兴奋的表情，而是一脸的平静，似乎这番话没在他心中激起丝毫波澜。

"合作的事情，以后我自会考虑，但现在还有一个疑问，希望你能解答一二。"韩立用清澈的眼神盯着余子童，冷静说道。

"回答了你这个疑问，你就愿意合作？"

"这要看你的回答，是否能让我满意。"

"好，你问吧！"余子童很干脆地应允了下来，看来他对"人在屋檐下，不得不低头"这个道理，理解得很透彻。

韩立没有马上开口，而是抬起头来，望着屋顶沉思了片刻，好像在考虑要怎么说才比较恰当。

余子童心里头不停地嘀咕，不知韩立会提什么让他头痛的问题。

"我想知道，我吞噬了墨大夫和你的部分元神后，会有什么不良后果？为什么头脑有些胀痛，觉得多了许多东西，但又无法翻看，不会有什么不对劲的地方吧？"韩立终于把自己醒来后一直担心的问题说出了口。

余子童一听，对方原来是在担心这个小问题，心马上放了下来，说话的声音都轻快了许多："哈哈！原来是这件事。老弟，你多心了，完全不用放在心上。要知道，这些塞进你头脑里的东西，会在一两年内慢慢地自行消散，完全不用你操心。"

"这么说，我吞噬这些东西完全是在做无用功了？一点都留不住吗？我可不太相信。"韩立用怀疑的目光看了一眼余子童。

"要说一点都留不下,也不尽然。但能留下的,的确不多。"余子童急忙解释,生怕韩立误会,"其中包含的记忆、经验、情绪这些东西,是一点都碰不得的,假如吸收了,轻则变成白痴、人格分裂,重则脑袋被撑破而亡。

"要知道,元神是最娇贵的东西,哪能和其他东西随便融合。吞噬他人的元神,在头脑里暂时搁置,这是可以的,但要把它变成自己的东西,那就是妄想了。否则,一夺舍就可获得对方的经验、记忆、功法等,那岂不是天下大乱了!谁还会老老实实地去练功?只要去夺舍,不就全有了?

"吞噬的元神中,唯一可利用的,就只有一点点本源之力,这种东西可以稍微壮大自身的元神。不过也就只有一点点,因为它流失得最快,没有几日就会流失殆尽,无法再加以利用。"

韩立一边听着余子童的解释,一边把心里的最后一丝担忧放了下来。他听得出来,对方没有说谎。此时的余子童,恐怕正想着怎么与他进行合作,自然不会在这稍经时间检验就水落石出的问题上对他进行欺骗。

余子童说完,见韩立点头,不禁一喜,元神所化的光球似乎更亮了几分,他期待地问道:"韩老弟看来对我的解释很满意,那下面是不是该商量一下我们之间的合作了?"

"当然了,能和一位修仙者合作,那是我求之不得的美事!"韩立忽然展颜一笑,露出的洁白牙齿闪闪发光,显得无比诚挚。

"真的?"余子童兴奋起来,没想到尚未劝说,对方便已同意。

"当然。"韩立回答得很干脆。他微笑着从怀里掏出了一样东西,用亲切的语气对余子童说:

"既然我们已是合作伙伴了,那么在具体商讨之前,阁下不会拒绝在下,做一个小小的试验吧?"

"试验?"余子童一愣,他望着韩立手中的那个圆筒,觉得很是眼熟,好像在哪里见过,心中有了一丝不祥的预感。

"不错，试毒试验。"韩立话音未落，握着圆筒的拇指就动了一下，接着一股黑色的液体从中喷出，带着一种难闻的腐臭味，直射向对方。

"啊！"余子童发出惨叫，他的元神被黑色液体浇了个正着，上面的绿光忽然黯淡了许多，看起来他这一下受创不轻。

"你，你竟然对我下毒手，偷袭我！"余子童声嘶力竭地尖叫。

韩立没有理睬他的怒吼，而是伸手抓住了腹部上方的腰带扣，唰的一声，从腰带夹层上抽出了一把锃亮的宝剑。

这把剑长度大约一尺半，通体柔韧无比，是一把罕见的"玉带短剑"。此剑是韩立花重金让铁匠打造的最后一柄短剑，也是最贵的一把。他并不擅长此类武器，所以一直没有拿出来使用，没想到现在倒是用上了。

韩立拿着这把一直藏在身上的利器，脸色变得阴沉无比，原先的笑容消失不见。他用憎恶的眼神望了一眼还在微微颤抖的余子童元神，二话不说，一个箭步上前，劈头盖脸地向光团砍去。

余子童的元神被困在狭小的角落里，像一只折断翅膀的苍蝇一样，到处乱撞。每当它想往外飞时，都会被一股黑液逼回去，然后就会被一道寒光砍中，绿色的光芒一直在减弱。他心中绝望极了，对方利剑的劈砍虽然让他的元神变弱了不少，但他并不在意，令他无计可施的是，那黑色液体的不断侵蚀。

自从他被黑色液体喷到之后，他就感到又麻又痒、软弱无力，仅存的法力也在一点点消散。更致命的是，黑色液体阻碍了自己施法。

"你到底为什么要杀我？为什么？"余子童的叫声中充满了不甘。然而韩立一声不吭，以手中加速挥动的利刃作为回答。

不久后，余子童的声音渐渐低了下去，只剩下一丝哼哼声，最终一点动静也没有了。

韩立并没有立刻停手，而是对着余子童的元神，又一连劈砍了十几剑，看到实在无法灭掉最后残存的绿光，这才收起软剑，把它缠回到腰带上。

韩立冷冷地说道："我从不和以自己的双亲发毒誓的人合作，更别说让我步墨大夫的后尘,相信你这种小人。"

用冷厉的眼神看了一眼余子童最后的元神之火,韩立毫不犹豫地转过身子,来到了石门前,一把推开了厚重的石门。耀眼的阳光从门外射了进来,照到残存的元神上,噗的一下,微弱的绿光一闪即灭,化为几缕青烟,消失在空气中。

这样一来,余子童在世间留下的唯一痕迹也被韩立清除得一干二净,从此查无此人。

韩立能如此轻松地灭掉余子童的元神,他事先准备的那筒七毒水功不可没。

这筒在五毒水基础上加以改进而成的毒液,新加入了一种名为"土菇花"的材料。这种毒草不仅对普通人有很强的毒性,对修仙者的元神也大有妨害。就是因为如此,余子童才一直无法顺利施展法术,以致元神轻易被灭。

而韩立之所以先用七毒水喷淋对方的元神,也只不过是受各种传说故事的影响。在那些故事中,所有妖魔鬼怪都害怕鸡血、黑狗血之类的液体,韩立灵机一动,就把余子童的元神当鬼怪一样对待了。

这样误打误撞的巧事,不知余子童地下有知会不会气得吐血。

韩立自然不清楚这一切,他只知道即使毒液不起作用,他拉开石门后,对方的元神还是必灭无疑。在这样周全的考虑下,他才会对余子童下狠手,毫不留情。

如今他终于解脱了,再也不用过那种被人把刀架在脖子上,时刻准备亡命的日子。

缓缓走回石屋中央的韩立,静静地待了片刻。忽然,他猛地跳了起来,拼命地宣泄着心中的喜悦。此时此刻他才真正地做回了自己——一个年仅十六岁的男孩。

"我终于自由了!"

"我终于自由了!"

"我——"

韩立的声音戛然而止,突然停止了欢呼。一个在石门外不远处四处飘荡的巨大身影映入了他的眼帘，正是那名叫"铁奴"的巨汉。

韩立的神情蓦地变得很难看，一见到此人的身影，他又感到肩头在隐隐地作痛。他犯了一个大错，竟然忽略了此人的存在，忘了从余子童元神那里问出巨汉的来历和弱点。

不过，令韩立稍感安心的是，巨汉仿佛对石屋内的事情一点都不感兴趣，只是在屋外不停地徘徊，严格遵守着墨大夫生前的命令，没有朝敞开的石门望上一眼。

韩立皱了下眉头，这个巨汉明显有些呆傻，只知听死命令，但对韩立来说，这种人最不好对付，因为他无法通过劝说，令对方停止干戈、握手言和。一旦动起手来，韩立又不是他的对手。现在，唯一可以威胁到巨汉的物品，就是那筒已空空如也的毒水。

韩立迈着方步，在屋内来回踱了好几趟，绞尽脑汁地思考，但一时半会儿，脑子如同乱麻一般毫无头绪。

无意中，韩立的目光落在墨大夫的尸体上。突然，他灵机一动："也许能在尸首上，找到克制巨汉的办法。"

韩立转头看了一眼门外，巨汉仍不知疲倦地徘徊着，没有靠近这里的迹象，才放下心来，几步来到墨大夫的尸首前，伸出双手，开始一寸寸地仔细摸索起来。

一件件奇形怪状的物品被韩立翻了出来，韩立按可疑程度分成两堆，摆放在一旁。

他不由得惊叹，墨大夫身上杂七杂八的东西还真不少，其中有许多一看就是要命的东西：一管见血封喉的袖箭，一包用蛇毒浸泡过的毒沙，十几把锋利无比的回旋镖……

随着物品的增多，韩立的呼吸越发急促，这时他才知道，之前他能在墨大夫手下保住小命，是多么侥幸。要不是对方只想生擒他，他早就呜呼哀哉了。

擦了擦脸上的冷汗，韩立自嘲了一番："一个大活人，竟被死人的东西给吓得不轻。"

终于搜索完毕，韩立开始挨个研究他认为比较可疑的那一堆物品。

"这个小瓶装的东西好难闻，似乎是某种解药，暂时用不上。

"这个奇怪的兵器怎么像个小轮子？大概和巨汉扯不上关系，先放到一边去。

"至于这个香囊……"

韩立一边摆弄物品，一边自言自语，兴致勃勃。此刻，他手上正拿着一个绣着素白绢花的普通香囊。这个香囊在这堆物品中最为寻常，韩立却认为，这样一个寻常物品在普通人身上是合理的，但在墨大夫身上出现，就不寻常了。

韩立单手托着掂了掂它的分量，觉得很轻，随后又捏了一下，有纸质感，似乎里面藏了书页之类的东西。韩立精神一振，拆开香囊，不出意外地从中找出几张纸来。

他扫视了一眼，见是墨大夫的笔迹，心中有了几分底。再仔细一看，韩立愕然了——这竟是墨大夫留给自己的一封遗书。

韩立好奇心大起，他拿起这几张信纸，认真看起来。看完之后，韩立仰天长长地吐了一口闷气，然后紧锁眉头，变得心事重重。

他负着双手，像个小老头一样踱着步子，开始无意识地走动。每走上两步，他就停下来思考。

就这样，在不知不觉中，韩立就像磨坊里拉磨的毛驴一样，围着墨大夫的尸首，不停地转着圈子，脸上阴晴不定，一会儿发红，一会儿发白，显示他此刻内心激荡，无法自控。

韩立之所以变成这样，全是因为遗书给他留下了一个很糟糕的消息和一个两难的选择。那颗尸虫丸的解药竟然有毒，还是一种少见的阴毒，据信上所说，此毒只有墨大夫家传的暖阳宝玉可解，除此之外别无他法，即使是传说中的几种解毒圣药也不能解此毒。

因此在这几页纸上，墨大夫很清楚地告诉韩立，这份遗书和之前所下的阴毒是他用来做最坏打算的后手，万一他夺舍不成，出了什么意外，那么能够活下来的十有八九就是韩立了。为了自己的身后之事，他打算与韩立做一个简单的交易，不但能免除韩立的后顾之忧，还能让韩立得到一大笔财富和其他说不尽的好处。

至于最后存活下来的是不是余子童，墨大夫则根本就没有考虑这一点。在信中他用轻蔑的口气谈论了余子童，认为此人不但生性凉薄，而且贪生怕死，仅有一点小聪明而已，即使是个修仙者，也不会有什么出息，笑到最后的，绝不会是此人。

韩立看到这里时露出苦笑。如此工于心计的墨大夫也没料到，最后他竟是掉进了他所看不起之人的陷阱里，要不是自己隐瞒了真正的长春功进度，十有八九就会与墨大夫同归于尽，白白让余子童捡了个便宜。当然这也和墨大夫已被成仙得道的美梦给迷得神魂颠倒有关。看来不论是什么样的修仙者，都不能太小瞧了。

在信中，墨大夫提出的交易很简单，他要求韩立早则一年，晚则两年，必须去他的家中一趟。一来韩立所中的阴毒在两年之内就会发作，二来他家中有妻妾、女儿和一份不小的基业。虽然墨大夫离家之前做了很多布置，放出了掩人耳目的迷雾，但如果长时间不回去，他那一干桀骜不驯的手下和仇家都会起疑心，对他的亲人不利。因此韩立必须赶在事情变糟之前，去保护他的妻小，把她们安置妥当，最好能让她们远离江湖仇杀，过上衣食无忧的普通人生活。

而他让韩立不计前嫌施以援手的报酬，则是把自己的一个女儿指给韩立为妻，嫁妆是他全部财产的一半和那颗暖阳宝玉。

墨大夫在离开之前已经把暖阳宝玉交给了他的发妻，指明它是做女儿出阁的嫁妆，因此韩立为了小命着想，不想娶也得娶。

当然墨大夫也明确地指出，他的仇家很强大，一帮手下也不好控制，以韩立现在的本事恐怕还无法应付。为此他特意在住所的暗格里，给韩立安排了两种假身份，并事先留下了信物和亲笔证明信等，让韩立自己选择合适的身份。

同时他还在信内列出了亲信、可疑分子和仇家的名单，以及需要注意的事项。

最后，为了证明他的真心，他在最后附上了巨汉铁奴和云翅鸟的控制方法。

让韩立有些莫名其妙的是，对方隐晦地指出，铁奴是一名无魂无魄的尸人，只是具行尸走肉，原来的魂魄早已投胎转世，让韩立不必难过。

即使抛掉中毒不谈，面对这一大笔财富，韩立要说不动心，那肯定是假的。至于娶他的女儿为妻，这也让情窦初开的韩立，心中有了异样的感觉，毕竟看墨大夫的本来面貌就可知，他的女儿肯定不会丑。

不过，一旦接受交易，所要面对的风险也是非同小可，一不小心，可能连自己小命都要搭进去。能被墨大夫视为对手的人，哪是那么容易对付的？！

把身后事安排得滴水不漏的墨大夫，用性命、美女及巨大财富，把韩立和他妻女的安危死死捆在了一起。

韩立转了许多圈后，终于停下了脚步。

"是否接受这个交易，还是等以后实在解不了毒，再下决定吧。"他无奈地想道。

他看了一眼屋外巨汉，想起遗书上最后所说的莫名的话语，心中起了几丝好奇，准备尝试一下控制巨汉的方法。

韩立弯下腰，从物品堆里找出一个黄铜制成的小钟。这个钟，一只手掌刚好能托起来，很精致，一看就是手艺高超的工匠所制。唯一奇异之处，是钟壁上残留着几丝淡淡的血痕。

韩立仔细端详了一番这个叫"引魂钟"的法器，实在没看出它的厉害之处，按信上所说，此物竟能制住巨汉，真是不可思议！

韩立左手托着小钟，右手拿了把匕首，小心地走出了石门，谨慎地向巨汉慢慢靠近。

在离巨汉两丈多远的地方，韩立停住了脚步，不愿再靠近，以防不测。此时巨汉正背对着韩立直直地站立着。

当！一道清脆的钟声响起，韩立用匕首轻轻敲打了一下铜钟。

韩立皱了下眉，这声音似乎和普通的钟声没什么不同，这也能制住巨汉？他心中有一些动摇，身子矮了下来，准备一不对劲就逃回石屋。

听到钟声，巨汉的肩头耸动了一下，似乎有了反应，韩立心中一喜，急忙再次连续敲打铜钟。

当！当！……钟声接二连三地响起，而巨汉的身子也随之颤抖起来，脚步变得跌跌撞撞，身子再也无法站稳，一头栽倒在地面上，不省人事。

地上扬起了不少灰尘，把没有防备的韩立呛得一连打了好几个喷嚏，狼狈不堪。不过此时韩立顾不得这些，他飞快地扑到巨汉的身上，伸手把他头上的斗篷扯了下来，露出了一副让韩立觉得毛骨悚然的浮肿脸孔。

韩立不敢仔细端详，强忍着心头的不适，急忙用匕首轻轻划破自己的手腕，让鲜血流了出来，洒到了巨汉的脸上，直到巨汉整张脸都被鲜血涂满，韩立才按住伤口，从身上麻利地找了块干净布条绑在了伤口处，然后冷静地待在一旁，看着巨汉的反应。

奇异的事情发生了，鲜血竟然慢慢地渗入巨汉的脸皮内，连一滴都没有留下。韩立在一旁看得目瞪口呆，连鲜血从布条中渗了出来，都没有发觉。

当鲜血被吸收殆尽后，巨汉睁开了双眼，缓缓地站了起来。他的神情显得木讷，两眼无神，没有丝毫情感。

当巨汉的目光和韩立的接触时，韩立就觉得脑中嗡的一下，一种既陌生又熟悉的奇怪情感涌上了韩立的心头。韩立吃了一惊，随即镇定下来。他看到巨汉一改刚才的死板面孔，脸上充满了顺从之色，让韩立有种可以掌控对方一切的感觉。

韩立压下内心的惊喜，沉声地对巨汉下了一道测试的命令："去把那道石门给我拆了。"

巨汉一言不发，几个大步跨到了石门前，高高举起两个拳头，像挥舞大铁锤一样，三五下就把石门砸得粉碎，然后狂风一般回到韩立的身边，等待他的下一道命令。

一向不爱喜形于色的韩立，此时也高兴得合不拢嘴，有这么一个得力的打手随时听候使唤，那以后一般的危险又何足挂齿？

韩立越看巨汉，越觉得满意，原本觉得过于丑陋的面孔，此时也格外顺眼，甚至还有一种面善的感觉。

"面善？"韩立吓了一跳，对这一张以前从未见过的丑陋脸孔，他怎么会感到面善呢？

怀着这种疑问，韩立开始仔细观察巨汉的鼻眼，试图找出原因。渐渐地，他发现如果巨汉有些浮肿的五官恢复原样，其实这张脸并不算难看，甚至还很憨厚，让韩立熟悉至极。

韩立的脸色有些发白，默然无语了好半天，才伸出了两只手掌，在巨汉的脸上轻轻地抚摸了起来。

"张哥，真的是你吗？"他这句话很平静。

再联系墨大夫在遗书的最后留下的莫名话语，韩立几乎可以肯定，巨汉就是张铁。但是他的身体为何变得如此高大吓人？

韩立用手指感受着巨汉冰凉的体温，望着他那木讷无神的双眼，心中猜想着张铁所遭遇的一切。十有八九是墨大夫伙同余子童，劫持了当年象甲功略有所成的张铁，又伪造了其出走的假象，骗过了七玄门众人。然后暗地里，却用某种法术让张铁魂魄全失，接着把他的躯体变得如此古怪。

韩立的猜想很准确，真实的情况差不了多少。

当年墨大夫突发奇想，打算结合象甲功和余子童提供的炼尸术，造出一批俯首听命的强横尸人出来，但短时间内，也就只来得及造出这一名巨汉。它被墨大夫视若至宝，平时藏匿在山下某个隐秘之所，上次回山时才顺便带了回来。

余子童对这样不人不鬼的尸人一点兴趣都没有，嗤之以鼻。他法身尚在的时候，有太多方法可以制服这种不完全的尸人，并且这种尸人比起修仙者的高级铁甲尸来，威力差得太远了，也就只能在世俗界逞逞威风。唯一的优点大概就是用料简单，炼制容易，稍有点法力的人都可以造出来吧。

良久后，韩立忽然把放到巨汉脸上的手缩了回来，不安地望向破烂的石门，开始怔怔地出神。突然，他觉得自己的心有些发凉，不是为张铁的凄惨遭遇而寒心，而是为自己的冷漠无情感到不安。

他本以为自己知道了好友的悲惨下场后，会愤怒地仰起头颅，高声大叫"墨居仁""余子童"的名字，声音中充满憎恨。但实际上他只是略有伤感，并没有太大的触动和怒火，好像落此境地的并不是张铁，而是一个不相干的路人。

难道是因为眼前的张铁只是个躯壳，并不是他本人？还是自己变得铁石心肠了？不知什么时候起，他已变得让自己那么陌生！

韩立用复杂的眼光看了一眼巨汉，不知该如何称呼。想起墨大夫在遗书中所说的话，韩立仰头对着天空轻轻说道："张哥，想必你已投胎转世，你留下的躯体已无用处，就借小弟驱使一下吧！我一定会慎重地使用，希望你不要责怪于我。"说完这番话，韩立心安了一些，又对巨汉说道："你既然是张哥留下的躯壳，没有魂魄，我就叫你'曲魂'吧！希望你能在以后的日子里，助我一臂之力。"

听了韩立的话，巨汉呆呆地站着不动，没有丝毫反应，看来真的没有神智，只能被动地接受命令。

"我竟然和一个没有神智的肉身说这种话，真傻啊！"韩立自嘲地摇了摇头，迈着轻松的步子，向石屋内走去，"曲魂，跟上。"

韩立已完全从低落的情绪中恢复了过来，神色如常，好像什么也没发生过。看来他的确像自己认为的那样，变得异常冷血和理智，不再轻易为情感所困扰。

这种惊人的变化，不知对即将走上修仙之路的韩立而言，是祸还是福？

之后，韩立为了把善后的事情做得妥妥当当，忙碌了老半天。

他不但要把墨大夫的尸体埋在某棵大树下，还要把石屋内残留的一切物品毁掉，甚至还命令曲魂把整个石屋都砸烂，直到完全看不出本来的面目才罢休。

这样一通折腾后，已经到了傍晚，太阳开始下山了。

韩立站在曾经的石屋、现如今的烂石堆跟前，四处打量了一番，没发现什么遗漏的地方，这才满意地点点头："曲魂，我们走吧！明天还有一大堆事情要去处理呢！可惜你没有神智，也不会开口说话，否则有个人商量一下，我会觉得更踏实一些。"

在夕阳火红的余晖映照下，韩立拖着被拉得细长的背影，嘴里嘀嘀咕咕地对改名"曲魂"的巨汉说个不停，总算找到了一名可以对其吐露心声，又不会抱怨自己的好听众。此时的他哪里还看得出一丝冷漠和无情，完全和邻家大男孩一般模样。

把曲魂安排好后，韩立回到了自己的住处。在屋内，他对四下的桌椅板凳，这边摸摸，那边看看，嘴里自言自语道："这一天好漫长啊！好像比之前活过的十来年，都要长。"

他一头栽倒在床上，呼呼大睡起来。不论是精神上，还是身体上，他都已疲惫不堪。

"能活着回来真好！"他嘴角挂着微笑，进入睡梦前这样想道。

第八章
韩神医

韩立躺在墨大夫以前经常坐的太师椅上,手里拿着《长生经》,看得津津有味,异常投入。

这本书墨大夫百看不厌,这种反常的表现曾让韩立有些奇怪。如今发现了其中的秘密才明白过来,墨大夫哪是在看养生之道,分明是在揣摩长春功的口诀呢!看来墨大夫对自己无法修炼法力的事情,始终不死心,没有完全相信余子童的那套说辞,而是在一直默默参悟。

此卷秘籍是在暗格内与其他物品一同被韩立发现的,书中不但包括了韩立以往练过的前六层口诀,还记有韩立未曾见过的后两层口诀,这个意外发现让韩立十分兴奋。

在知道自己修炼的竟是传说中可呼风唤雨的法力后,韩立对于长春功的后续功法,变得更加渴望了。

毕竟谁不想当个长生不死的神仙呢?!

此时太阳高照,暖洋洋的日光从敞开的天窗上洒了进来,照在韩立的身上,韩立把眼睛眯成了一条细缝,再加上斜着的躺姿,让韩立看上去十分懒散。

韩立抬起头，看了看天窗，觉得阳光过于刺眼，就随手用敞开的书本盖住了自己的脸部，然后就感到眼前一黑，舒服了许多。韩立精神一振，又把第七层口诀默记了一遍。

他最近已察觉到，因为连续不断地服用灵药，他的长春功再次有了突破的迹象，不久后就会步入第七层，能早一点了解下一层的功法，对他突破瓶颈还是有不少益处的。

现在离墨大夫夺舍的那天，已过了大半年了。

墨大夫死后第二日，韩立为了掩盖墨大夫已死的事实，模仿墨大夫的笔迹写了一封回乡探亲的书信，假借墨大夫的名义交给了门中的巡查长老。

在信中他毫不客气地借墨大夫之口，声称自己继承了墨大夫全部医术，已可出师，替他人看病疗伤，而墨大夫则因回乡路途遥远，实在不知何时才能回来，因此在信中要求几位门主，让韩立暂时替他履行大夫的职责，直到墨大夫本人回来为止。

把信交上去后，几位管事的长老没有丝毫怀疑，因为墨大夫以前就因收集药材而长年累月地游荡在外，虽说在七玄门挂着供奉的招牌，实际却是个客卿，非常自由。但几位长老对信中所说的，韩立已继承了墨大夫所有医术的事，还是有些半信半疑。

墨大夫虽说偶尔替低级弟子看一些感冒发烧、刀伤枪伤之类的小病，但因其医术实在高明，其负责的主要对象还是堂主、长老之类的中高层人物。

一开始，几位长老并未让韩立马上接替墨大夫，而是让他先替低级弟子看病治伤，打算测试一下他的真实水平。

韩立毫不在意，他本来就抱着给谁看病都无所谓的态度，之所以提出要接替墨大夫，是因为看上了偏僻安静的神手谷和谷内那片不小的药园。

如果能继续待在山谷内，让整个山谷归他一人所有，那么他就可在谷内明目张胆地使用神秘小瓶子大量催生珍稀药材，不必担心被他人发现。

如今这个小山谷虽说暂时还只是他一人在住，但如果墨大夫长时间不回来，谁知道那些门主、长老会不会心血来潮，把它收回去。

因此韩立为了展现自己的医术确实高明，在为众弟子看病时格外卖力，不惜用上每日催生的大量珍贵药材。于是，他创造了对所有就医者几乎都药到病除的奇迹。

这样一来，如他预期的那样，他妙手回春的名声如同晴天里的一道霹雳，迅速轰动了整个七玄门，整座山的人都知道本门又出了一位医术高明的年轻神医。在他的救治之下，无论是外伤内伤还是疑难杂症，最多三日就能完全康复，医术只在墨大夫之上，不在其下。

其实韩立的医术比起墨大夫来还是差了许多，只是墨大夫没有这么多珍稀药材可以挥霍。

当韩立又一次让身负重伤的弟子在短短数日内变得活蹦乱跳后，七玄门的大人物再也坐不住了，把他请了过去。

这次与他见面的，竟是有过一面之缘的马副门主。

这位马副门主，显然早已把韩立这名当初毫不起眼的记名弟子忘得一干二净，他一见到韩立就明确表示，愿意让他接手墨大夫的工作，并可享受墨大夫原本的一切待遇。当然供奉的称号现在还不能给他，因为韩立太年轻了，实在无法让其他供奉心服口服。不过，他每月的俸禄会按照供奉的标准发放。

最后马副门主还表示，若还有什么不满意的地方，尽管当面提出，他们一定会酌情考虑。

对方这种大方的姿态，让韩立知道，只要自己提出的条件不算很过分，对方十有八九都会答应。这样看来，他的期望就可轻易达成。

韩立也不客气，他要求将神手谷交予他一人，并且不希望有外人打扰他在谷内研究医术。

马副门主满口答应了下来。也许是为了拉拢韩立，马副门主竟主动提出要给韩立派一名年轻貌美的侍女，侍候他的日常起居。

韩立一时被撩拨得有些心动，几乎就要默许了，但冷静下来想到自己背负着那么多秘密，他还是有些心痛地拒绝了。

韩立的这番举动倒是让马副门主颇为钦佩，对他另眼相看，嘴上不停地说韩立年轻有为、不沉迷女色，要是有女儿的话一定嫁给韩立之类的话。

韩立听了只能哭笑不得。

就这样，整个神手谷都成了韩立的私人地盘，外人不得随意进入。

韩立还特意在谷口安放了一口大钟，无论谁想见他，只要一敲此钟，他就会立刻出谷相见。

这个规定惹得许多高层之人大为不满，他们认为韩立自视甚高，不知天高地厚，连墨大夫都没有这么大的架子，他区区一个刚出师的学徒，怎么敢如此放肆？

但是当韩立将某位身负重伤、生命垂危的护法从死亡的边缘拉了回来，并彻底治愈以后，所有的质疑声就消失得无影无踪。

没有人会为一件鸡毛蒜皮的小事去得罪一位有可能挽救自己性命的神医，这种鸣钟才能见面的规定自然被他们认为只是神医的怪异脾气。

随着日子一天天过去，就连几位门主都渐渐默认了这种规定，他们想求医时，也会派人客客气气地敲响大钟，然后恭敬地把韩立请过去。

就这样，韩立渐渐成了七玄门传说中的一个异类。

说他是高层，他没有任何高层职务，也不掌握任何权力。说他是低级弟子，又有谁见过这么大牌的弟子？就连几位门主见了他，都会尊称一声韩大夫。韩立的姓名，已没有几人敢直呼了。当然，这其中不包括厉飞雨厉大师兄。

厉飞雨在其他人面前还是继续保持他的冷酷造型，但一见韩立就立刻换成吊儿郎当的模样，毫不客气地直呼他的名字，并没有因为韩立身份的改变，像王大胖等其他弟子那样变得疏远恭敬起来。不过这倒让韩立有些欣慰，毕竟孤家寡人的滋味，可不太好受。

一想起厉飞雨的嬉笑神情，韩立就不禁联想到另外一张苦瓜脸。

前不久，他意外见到了当年一起坐车进山的、现如今的七绝堂核心弟子舞岩，他患了一种怪病，被折磨得不轻，不得不托马副门主，来找韩神医求治。

不得不说舞岩的记性很不错，见到声名赫赫的韩大夫时，一眼就认出了他是当日同车的伙伴——韩立。舞岩脸上露出的吃惊和古怪之色，让韩立至今记忆犹新，毕竟他当年对待韩立的态度谈不上多好，甚至还有些恶劣。

韩立看到舞岩尴尬的样子，心中着实有些好笑——自己自然不会因此而不给他看病。韩立为了不砸了自己的招牌，特意加大了药的分量，让舞岩在短短两日内就药到病除。只是对方在痊愈过程中因药性过大，多痛苦了那么几分，这也算是韩立对他当年恶劣态度的一点小小惩戒。

就这样，韩立慢慢地完全取代了墨大夫在山上的地位，甚至还更上了一层。

现在的他，每日里都把小瓶取出，放置在谷内一空旷之处，让它每过七八日就能孕育出神奇的绿液，来催生出年份长的珍稀药草，然后再精心配制各种成药。

灵药中只有很少的一部分用在了上门求医的人身上，大部分被韩立自己拿来服用，用来培元养气，推动长春功的修炼。

韩立轻轻挪了挪躺在太师椅上的身子，让自己变得更舒服一些。他坐的虽是墨大夫的太师椅，但这里并不是墨大夫的屋子，而是韩立自己的住所。墨大夫屋内一切能派得上用场的物品，都被韩立毫不客气地占为己有，搬到了自己的房内。即使有人看见他这种对墨大夫不敬的举动，也不会把他怎么样。毕竟在七玄门众人的眼中，韩立的重要性已经超过了墨大夫。大家都是很现实的！

其实墨大夫的住处比韩立的大得多，直接搬到那里住的话，会更舒适。但韩立总觉得住在那里有点膈应，毕竟墨大夫之死和他有着莫大的关系。还是自己的"狗窝"住得比较放心，比较舒适。

一想到墨大夫，韩立自然忘不了还受制于死人的沮丧之事。

在这段时间内，他仔细检查了自己的身体内外数遍，还真有那么一丝让他琢磨不透的阴寒之物潜伏在他的丹田内。他试着服用清灵散，尝试其他各种驱毒方法，可惜都没奏效，看来一年以后的远行是不可避免的了。

半晌未动的韩立忽然抬起了右手，竖起了一根手指。不久后，在韩立竖起的手指指尖上方半寸高的地方，突然发生了一丝空间波动，凭空出现了几道火花。火花刚一现身，立刻就刺啦一声，在空间扭曲中变成核桃大小的红色火球。这火球虽然不大，但一股高温紧随着小火球的出现，弥漫了整间屋子。

韩立脸上仍然盖着书，一动也不动，只有指尖上的小火球不间断地发出刺啦刺啦的燃烧的声音。

时间在一分一秒地过去，火球仍然保持着非同一般的旺盛活力，没有一点想要熄灭的样子。韩立终于有了反应，他顶着火球的指尖微微颤抖起来，随着时间的流逝，其手腕、手臂乃至全身都逐渐颤抖起来。

猛然间，韩立从太师椅上笔直地坐了起来，脸上的书滑落到地上。他两眼死死地盯着指尖上的小火球，脸上憋得一片通红。从额头到脖颈上裸露的皮肤渗出了密密麻麻的汗珠，仿佛刚刚做完剧烈运动，浑身上下热气腾腾。

片刻之后，火球开始摇晃起来，火焰一会儿变大，一会儿变小，没多久后就越变越小，最后化为火星，消失在空气之中。

火球一消失，韩立就像被抽掉了脊梁骨一样，立刻瘫在了椅子上，疲惫极了。

"这个火弹术还真难练啊！研究了近半年的工夫，竟还未能完全掌握要领，只是把它持续的时间又延长了一点点。"韩立望着屋顶，自言自语道。

原来在这本长春功秘籍的最后几页还记录有几种粗浅的法术，韩立如获至宝，一连好几个晚上都激动得睡不着觉。

这也难怪，自从见过墨大夫施展了几种法术后，韩立就对这些不可思议、高深莫测的东西大感兴趣。

如今的韩立空有一身第六层顶峰的长春功法力，却犹如捧着金碗去要饭的乞丐一样，不知道丝毫施法技巧，连最基本的法术原理也一概不知。现在一下找到了好几种适合他这种新手修炼的法术口诀，他怎能不喜出望外？

最后几页上记载的法术有火弹术、定神符、御风诀、驱物术、天眼术等五种口诀。这些法术的每一句口诀对韩立来说，都是那么艰涩深奥、难以领会。这些口诀用的都是某种古老的词汇，他虽然读了不少书，但这方面的造诣还很浅薄，对其中的含义自然无法完全领会。

无奈之下，韩立终于又拿出了当初练长春功的拼命劲头，一头扎进了古书之中，开始没日没夜地苦苦研究口诀的真义，对每一句、每一词都反复推敲揣摩数十遍才肯罢休，务必做到切实领悟。

虽然以前从没学过法术，但韩立深知，像这种威力无穷的力量一旦出错，那可比真气走火入魔要严重得多，很可能一下子就要了他的小命。为了自身的安全着想，韩立不敢稍有马虎。

经过三个月的深入钻研，韩立终于把这些口诀融会贯通，于是接下来就开始了真正的法术练习。

这一练习，韩立所受的打击不小。

他本以为凭借自己的聪明才智，练习法术不会太难，谁知他一下子变得笨拙无比，明明知道原理，但真正上手时却怎么也做不正确。不是手法不对，就是口诀念错，要么就是法力不到位，整个人都愚钝起来。

韩立对此也没办法，若是法力不足，他还有办法解决，顶多再吃两颗灵药就是。看来他在法术上的天赋并没有自己认为的那么好。

经过长时间的苦练，他总算在火弹术、天眼术上学有小成，但其他三种法术，他连门槛也没摸到，丝毫效果也没有。

沮丧之下，他只好专注于火弹术和天眼术，对它们抱有不小的期望。

火弹术的威力还真没让韩立失望，甚至远远超出了他的预期。

别看火弹术的火球体积不大，但其蕴含的可怕高温无坚不摧，无物不燃，即使是精钢打造的兵刃，和这火球接触后，眨眼间就会被熔为铁汁。

见识到这种非人的可怕威力后，韩立甚至把火球抛到水里试验了一下，结果水立马沸腾了起来，火球则安然无恙。

在彻底了解到火弹术的威力后，韩立总算明白余子童为什么丝毫看不起凡人。试想一下，一个稍会一点法术的修仙者就可使用像火弹术这样的小法术轻易地击杀江湖中的高手名家，那如果是一名功力高深点的修仙者，岂不是横扫整个江湖，天下无敌了？

至于另一种法术天眼术，韩立在见识到火弹术的不凡之后，对它也怀有很高的期待。

可真正施法以后，韩立才明白，这种法术根本没有任何难度，很简单就上手了。它的作用也和它的难易度相符，只是一种用来观察人体内是否拥有法力以及法力深厚与否的纯辅助型法术。

韩立一开始对它也是兴致勃勃，不停地往自己双眼上使用，然后再观察自己身体的状况，结果看到了一层淡淡的白光笼罩在他身上，而且越是靠近丹田的地方，白光越浓厚。

看来这白光就是所谓的法力了。韩立伸手摸了摸，可是什么感觉也没有，看来法力和真气一样，都是无形无质的。

一连几次使用之后，韩立就彻底对它失去了兴趣。因为整个七玄门，也就只有他一人算是半个修仙者，他用天眼术看谁去？总不能整天自恋地老瞅自己吧？！

于是，韩立除了继续加紧火弹术的练习，希望能够将其熟练地运用到实战中外，又把兴趣转移到其他几种还未学会的法术上面，开始一点一点地重复练习和实践，希望自己能有所突破。

一想到其他几种法术修炼的艰难，稍微恢复了点体力的韩立不禁又叹了口气，他发现自从自己练习法术以来，叹气的次数比以前多得多了。

当——当——一阵沉沉的钟声从谷外传了过来。

韩立皱了下眉头，最近不知怎么了，来求医的人忽然多了起来，并且大多是断手断脚、刀伤剑伤之类的外伤。

他不敢怠慢，救人如救火，立马抓起自己事先准备好的医药包，就出了屋子，直奔谷口。

在神手谷的出口处，韩立见到一名身穿锦衣的高级弟子正焦急地在大钟下走来走去，如同热锅上的蚂蚁。他一见到韩立，立刻换上一脸欣喜的神色，急忙凑了上来："韩大夫，你可算来了，我师父中了剧毒，眼看就要不行了。麻烦你赶快去看看，能否解掉此毒。"

这个人韩立倒也面熟，是门中排行第五的长老李长老的得意弟子马荣，曾随他的师父李长老来神手谷见过韩立几面。

"中毒？"韩立一边跟着对方匆匆上了路，一边问起详情。

"是的，我师父在下山办事时，和野狼帮的一名高手打了起来，不慎中了对方一粒暗青子。刚开始没在意，谁知一回山中，立刻毒发，昏迷不醒了。"

"去找其他的大夫看过没有？"

"当然找过，要是普通的中毒的话，我也不会来麻烦韩神医了。那几个庸医除了知道我师父是中了一种不常见的毒，就什么也不知了，连个药方都不敢开。"马荣说到这里，一脸鄙夷。

韩立听了之后，脸上神情未变，只是嗯了一声，就和对方一起埋头赶路，心里却嘀咕起来。

"说实话，自己对解毒不怎么在行。要说治个内伤外伤，自己倚仗着几种好药，还有几分把握。自己虽然有一种能解百毒的圣药清灵散，但天底下带毒的东西数不胜数，谁知道清灵散是否对症？而且山上其他几个大夫也不是吃干饭的无用之辈，对疗伤解毒还是有几个独门手段的，否则早就被门中几位大人物给轰下山去了。他们竟然连个药方也没敢开，说明此毒真的很棘手，不是寻常之物。自己也只能见招拆招、随机应变了。就算救不了，也不算砸了自己的招牌，毕竟也没有哪个神医真能包治百病。"

就在韩立仔细琢磨之时，马荣半架着韩立，紧扯着他的衣袖一路小跑，往李长老的住处奔去。

看着他风风火火的样子，韩立就知道，他们师徒间的感情真的很深。韩立心中有些黯然，因为他想到了自己和墨大夫，要是他们能像马荣师徒这般和睦，那就好了。

他心底深处其实一直对墨大夫抱有几分敬意，毕竟他一身不弱的医术和长春功都来自对方。

只可惜造化弄人，上天注定他们无法共存于世，墨大夫最终死在了自己的手上。

李长老的住处并不奢华，占地也不算大，只是一个普通的宅子，几间紧挨着的厢房的周围是一道两米高半米厚的土墙，围墙上开了一个半月形的拱门，透过半敞着的木门，可以看见院内有许多探望之人。这些人三三两两地聚在一起，小声地谈论着李长老的伤势。

韩立早就听说李长老是七玄门高层中少有的和善之人，不论对低级弟子还是对同僚都很少红过脸，在门内也从不争权夺利，人缘出奇地好。现在李长老出了事，那些有点身份的人，不论是真心还是假意，当然要亲自或派人来看望一下，这就造成了眼前众人齐聚的景象。

韩立一进来，就被院内的众人给认出来了，众人立刻围了过来，一个个争先恐后地打起了招呼。

"韩神医好啊！"

"韩大夫来了啊！"

……

看着这些热情洋溢的脸孔，韩立脸上也同样阳光灿烂，他微笑着一个不漏地回着礼，显得极为礼貌，但心底下着实腻歪这些虚假的应酬。

还好那些身份高点的人，几个副堂主、供奉则自恃身份，只是含蓄地冲韩立点点头，没有往他这边靠近。

马荣因为身份太低，插不上嘴，只能在一旁干看着，脸上焦急万分，双手紧搓个不停。终于等到韩立和最后一个人招呼完毕，他忍不住冲上前去，一把抓住韩立的手臂就往屋里走，这种莽撞的行为惹得某些希望和韩大神医套个近乎的人，露出了几分不满。

韩立表面上苦笑，但内心着实高兴，总算不用得罪人就可甩掉那些啰唆不停的人。

就这样，韩立被马荣直接拉进了客厅。

里面的人不多，除了几个家属，还有两位长老和马副门主等人。让韩立大感意外的是，厉飞雨竟然也在屋内。据韩立所知，厉飞雨和李长老应该没有什么关系，为什么他会出现在此处呢？

韩立看到，厉飞雨站在一个面带泪痕、身材娇小的少女身旁，正不停地安慰着什么。那般殷勤的模样，和他以往的形象大不相同。

看着厉飞雨深陷情网的样子，韩立这才恍然大悟，大感好笑。他连忙端详了一下这名女子的模样，想看看到底是怎样一个千娇百媚的美人，能把厉飞雨给拿下。

这名少女大约十七八岁的年纪，头上插着一根碧玉发簪，身上穿着一件荷绿色衣裙，和她娇小的身材十分搭配，一头乌黑的秀发梳成两个小辫，让本就十分甜美的面容更添几分活泼灵动。她的两只眼睛有些红肿，看起来楚楚可怜，让人有一种把她抱入怀里好好疼爱的冲动。

"啧啧！还真是一个货真价实的小美人。"韩立在心中惊叹道，他有一丝羡慕和妒忌，不知什么时候自己也能有一位红颜知己。

马荣急忙上前向韩立介绍屋内众人。

马副门主、白面钱长老韩立已见过，自然无须多说，他马上主动上前见礼："马副门主、钱长老安好！"

"哈哈！韩小大夫来了啊！"马副门主显得平易近人，没在韩立面前摆副门主的架子。

"韩大夫就韩大夫吧，干吗要带个小字？"韩立却暗自腹诽了一句。

钱长老则是很冷漠地点点头，和马副门主的态度正好相反，但韩立也没往心里去，他知道对方练的内功特殊，必须绝情断欲，对谁都是这般冷淡。

另一个身材魁梧的红脸长老，韩立从未见过。其手掌皮肤粗糙，十指短而粗壮，一看就知手上练有特殊的功夫。

"这位是赵长老，是家师的至交。之前一直在山外督察聚宝堂的工作，前两天才回山上。"马荣在一旁介绍道。

赵长老不冷不热地嗯了一声，没有说话，但其眼中的质疑之色甚浓，显然看这位韩神医年纪如此之轻，对其医术有些信不过。

既然这位赵长老对自己不怎么待见，韩立也不会主动去贴别人的冷屁股，便用很平淡的语气问候了一声，就想绕过此人。

马副门主似乎察觉到两人并不对付，可他不但没担心，反而隐隐露出喜色。

"韩小大夫年纪虽小，可医术绝对称得上出神入化，相信李长老一定能起死回生。"他突然开口称赞起韩立的医术来。

"是吗？年纪这么轻，真有这么高的医术？我可不太相信，难道比墨大夫的医术还要高？"赵长老是个火暴性子，被对方略一挑拨，就上了当，当着韩立的面不假思索地说道。

"哈哈！赵长老有所不知，韩小大夫就是墨大夫的得意弟子，其医术已青出于蓝而胜于蓝，远在墨大夫之上了。"马副门主暗喜，又在火上浇了一勺油。

"才十几岁的娃娃，就是从娘胎里开始学，医术能有多高？我还是不太相信。"赵长老把头摇得跟拨浪鼓一样，仍没意识到自己中了对方的圈套，得罪了不该得罪的人。

韩立在一边听得直翻白眼："我的医术好不好，需要你来说吗？"

很显然这个赵长老和马副门主不是一个派系的人，还有些互相敌视。

"赵长老的混元手可是练得出神入化，威力无穷！"马副门主看到韩立脸上有了不悦之色，心中喜意更浓，突然话锋一转，说了一句莫名其妙的话。

"哼！哪里有马副门主的玄阴指来得精纯？"赵长老好像也不在乎对方的身份，毫不客气地板着脸反击了一句。

"哈哈！赵长老谬赞了。"马副门主笑里藏刀。

赵长老不愿再与如此厚脸皮的对手纠缠下去，就不再开口，只是暗地里对对方在这时突然给自己来这么一句话，感到有些摸不着头脑。

韩立神色丝毫未变，装作一无所知的样子，其实心知肚明，马副门主又在挑拨他和其他高层的关系了。

马副门主不止一次地对韩立旁敲侧击，想让这位医术高明的神医加入他的派系，以此来扩大他的影响力。可韩立根本就没想要参与七玄门众人的争权夺利。

不是韩立清高自傲，而是自从接触过墨大夫、余子童这样的高人，特别是学会了两种法术后，他的眼界不知不觉地高了许多，对七玄门这种小门派的权力之争，早已看不上眼了。他不会屈居于马副门主这样的人之下，供他驱使。

不过韩立也不想得罪对方，因此他跟马副门主打起了哈哈，既没有答应对方的要求，也没有完全拒之门外，只是不给明确答复。

马副门主为了防止韩立投入其他派系的怀抱，一有机会就会尽量破坏韩立和其他高层人员的接触，挑拨他们的关系。因此至今还未有其他派系高层来烦过韩立，这个意外收获，让韩立心中窃喜不已。

马荣看到这个情形，心中有些慌，急忙继续往下介绍："这是我师娘，李氏。"他指着一名和那名少女面容有些相似的中年女子说道。

"这是……"

"这是……"

那名少女因为年纪最轻，所以马荣最后一个介绍。她的名字叫张袖儿，竟是李长老的外甥女。

马荣介绍厉飞雨时，厉飞雨故意装作不认识韩立，露出生人勿近的冷酷模样，这让马荣有些尴尬，连忙对韩立小声解释道："厉护法一贯如此，平常就是这副脾气，不是专门针对韩神医您，请韩神医不要往心里去。"

韩立微微一笑，知道厉飞雨不想当着这么多人的面暴露他们的关系。

"这没什么，我不会和某些人一般见识。还是先看看李长老的情况吧，救人比较要紧。"韩立故意损了厉飞雨一句。

马荣一听放下了心，连忙引着众人走进李长老的卧室。

厉飞雨听了韩立的话以后嘴角抽动了一下，趁大家都转过身子的时候，猛然间对韩立做了个鬼脸，然后立刻恢复了原样。

韩立强忍笑意，不再理会对方，紧随李氏的脚步，来到了李长老的床前。

一见到床上之人的面容，一向胆大的韩立也不由得倒吸了一口凉气，这时他才明白为什么其他大夫都不敢开药方了。

原本慈眉善目的李长老昏迷不醒，从他的脸部到颈部，从双手到双脚，都出现了铜钱大小的毒斑，这些毒斑五颜六色、鲜艳异常，令人触目惊心。更令韩立感到棘手的是，其嘴唇发青，面容上笼罩着一层黑气，分明中毒已深，想要救回他的小命，是难上加难。

韩立紧锁着眉头，一言不发。他为李长老把完脉，看过舌苔和瞳孔，初步判断此毒和他用过的缠香丝一样，是一种混合毒，要想将其中蕴含的各种毒性一一驱除干净，韩立还没有这么大的本事，他也只有试试清灵散和其他几种歪门邪道的手法了。

过了一会儿，赵长老忍不住开口问道："你这娃子到底能不能救回李长老？说句话呀！"

"赵长老，你也太性急了，没看到韩小大夫正在想办法吗？耐心点！"韩立尚未回答，一旁的马副门主又装起好人来，奚落了一下赵长老。

赵长老把眼一瞪，正要张嘴说些什么，但韩立没等他开口，先轻轻咳嗽了一声。

韩立这一咳嗽引来了屋内之人一阵诧异的目光，这时韩立才想到，以自己十几岁的年龄，却学老年人咳嗽，好像有些滑稽啊！

"这毒是种混合之毒，解起来的确很麻烦，我不敢保证有十足把握，但可以一试。解毒中要冒些风险，可能会危及李长老的性命，不知几位是否还愿意在下动手？"韩立装作有些为难的样子。

韩立的这番话令在场的家属面面相觑，谁也不敢同意让他立刻动手解毒，但除了韩立外，其他大夫就更不行了。

过了半晌，李长老的那位发妻李氏忽然开口问道："不知韩大夫对救回家夫有几成的把握？"

"五成。"韩立毫不犹豫地说道。

"那好，韩神医尽管救人。若是我夫君真有什么不测，我绝不会怨恨韩大夫，这也是天意如此。"李氏露出毅然的神色。

"弟妹，你不再多考虑一下？这个小大夫年纪这么轻，我看有些悬啊！"赵长老有些急了。

"我已经仔细想过了，如果不让韩大夫解毒，我夫君恐怕撑不过今晚了，倒不如冒险一试，还有活下来的机会。"李氏低着头有些伤感地轻声道。

"这……"赵长老被说得哑口无言。

韩立看了一眼其他几人好像都没有反对李氏的意思，便从随身带着的医药包里，取出了一个青瓷瓶，从里面倒出一颗红色的药丸。

"谁去找碗温水来，把此药融入水中，给李长老服下。"

"我去！"韩立话音刚落，一道清脆的声音传了过来，张袖儿往屋外走去。

厉飞雨稍微愣了一下，立刻跟了出去，这让韩立在心底忍不住大肆鄙夷了厉飞雨一番。

不一会儿，张袖儿一脸害羞地走了进来，两手空空，而厉飞雨则小心翼翼地端着一个白瓷碗，紧跟其后。

厉飞雨把碗端给了李氏。

"韩大夫，你看这碗水行吗？"李氏转头把水递给韩立。

"可以。"韩立单手接过碗，把那颗药丸丢了进去，整碗水眨眼间就变成了红色。

"给李长老灌下即可，你们女人家比较心细，还是你来做比较好。"韩立把手一伸，又把碗还给了对方。

李氏连忙应诺，没有推辞。对她来说，此时韩立的每一句话都关系到她夫君的性命，她又怎会不听？

"这到底是什么药？"眼睁睁地看着李氏把一大碗红色药水一点点灌进李长老的口中，赵长老有些按捺不住，问起了这个全屋人都想知道的问题。

"我自制的一种解毒药，希望会有些效用。"韩立轻描淡写地说道。他不想让人知道清灵散这个名字，谁知道这会不会给他带来麻烦，还是低调点的好。

灌下药后，大约一顿饭的工夫，李长老脸上的黑气开始渐渐变淡，身上的斑也在由深变浅，并逐渐缩小。

这种显而易见的变化，即使是外行人也知道，事情正在往好的方向发展。

看到这一切后，屋内的众人不禁喜笑颜开，望向韩立的目光跟刚开始截然不同，只有赵长老还抹不开面子，用鼻子轻哼了一声，不过神色也缓和了不少。

看到自己还没有采取其他步骤，此毒就已经开始消退，韩立也有些吃惊。清灵散竟这么有效，真的出乎他的意料，或许这种毒并没有想象中那么厉害。

眼看事情往好的方向发展，韩立却有些郁闷，原因有二：一是他刚才已说过解毒过程有些风险，如果毒就这样轻易被解掉，岂不是自己扇自己的耳光？二是这清灵散对他人之毒如此奏效，怎么对自己就不行了呢？要知道，他无时无刻不在为身上阴毒之事上火犯愁。

韩立暗自抱怨着，但为了保持自己的神医形象，还得做出一番胸有成竹、含笑不语的模样。韩立镇静的神情骗过了在场的众人，大家以为这药丸的功效是他意料中的事，对他就更钦佩了。

马副门主笑得更欢快了，笑声中还带有一丝得意之色，似乎韩立已经是他的人。但没多久，情况发生了变化。

"不好！"张袖儿尖叫一声，"姨夫脸上的黑气好像又上来了！"

这句话让所有人吃了一惊，几个性子急的人，连忙围上前细看，那位赵长老也在其中。韩立一听，心中也是一愣，但并没有和其他人一样，凑到床前去。

李氏是个心思细腻、有眼色的人，她连忙喝住两个小辈，让他们从床前退开，留出位子，好让韩立上前诊断。

韩立见床前有了空隙，才不慌不忙地走上前去，细细观察起来。

大约过了半炷香的时间，韩立终于可以肯定，毒性没有被彻底清除，李长老的脸上残余着一丝若有若无的黑气。

韩立斜瞥了张袖儿一眼，觉得这个女孩有些大惊小怪。韩立这个有些责怪的眼神，别人没发觉，却被一直关注着张袖儿的厉飞雨察觉了，他回瞪了韩立一眼，显然在为韩立冒犯了他心中的女神而生气。

韩立无语了，看来掉入情网中的厉飞雨，是重色轻友无疑了。

李长老除了脸上的黑气未清除干净外，身上的毒斑缩小到黄豆么大后，也不再继续变小了，整个人也因为余毒未清，还是昏迷不醒。

看来自己准备的后续手段用得上了，也不用再为自己说过的话需要圆谎而发愁，还能彰显自己的先见之明。

"去取一个脸盆来，里面要盛满清水。"韩立以不容置疑的口气说道。

这次没有轮到张袖儿，马荣抢先答应，一溜小跑地出去了。

韩立又回过头来郑重地对钱长老和马副门主说道："我需要二位帮个忙，用内力把李长老身上的余毒逼到几个特定的穴道，然后我用金针放血解毒法，把毒血放出来。"

马副门主眼神闪烁不定，但仍应允了下来，钱长老则冷冷地点点头，答应得很干脆。

"为什么要找他们，我难道不行吗？"赵长老不乐意了，觉得韩立有些小瞧他。

韩立暗自叹了口气，知道还得给这个固执的家伙解释清楚才行。

"赵长老练的混元手，是外门功夫吧？论内力的精纯，我认为马副门主和钱长老比较强。"韩立不急不躁地解释道。

"这……"赵长老一时语塞了。

韩立不再理会这个有些悻悻然的老糊涂，对屋内的其他人以命令的口吻说道："除了马副门主二人外，其他人都出去吧，接下来给李长老解毒的手法不宜让大家观看，而且救治的过程需要绝对清静，不能被打扰。"

李氏恭敬地深施一礼，说了句："我夫君就拜托几位了。"然后就识趣地带头走出了屋子。

有了李氏带头，其他人不管是愿意还是不愿意，都只好挨个地随之回到客厅。

马荣端来一盆清水后，韩立马上将其赶出，然后把房门紧紧地关上。

时间一分一秒地过去，卧室的门一直没有打开，隔着房门也听不到里面有丝毫的声响。

这种异样的平静让等候消息的众人焦躁不安，就连本来脸色从容的李氏也有些坐卧不宁，脾气火暴的赵长老更是早已绕着客厅来回转了无数个圈子。

就在众人将要完全失去耐心时，嘎吱一声，卧室的门打开了。众人的目光唰的一下看向卧室门口，气氛马上变得凝重而又紧张。

韩立一脸疲倦之色地从里面缓缓走了出来，他看到众人脸上凝重的神情，微微一笑："没事了，余毒已驱除干净，李长老再休息一晚，明天就会醒来。"

实际上就连韩立自己也没想到，清除余毒会进行得如此顺利，一点波折也没起。

李氏等人听到此话，一个个喜笑颜开，原先的沉闷心情一扫而空。几个急性子的人当即就要闯进去看，韩立一伸手，把他们拦了下来。

"李长老现在身体很虚弱，忌讳人多吵嚷，而马副门主二人为了祛毒也元气大伤，正在调息中。我看，还是少进去几人的好，最好只是夫人一人进去。"韩立对李氏郑重地说道。

李氏听到这个好消息，哪还有什么其他意见，连忙点头答应，也顾不得答谢韩立，就匆匆进了卧室。

李氏一进屋就闻到一股腥臭之味，然后就看见马副门主、钱长老二人盘腿坐在床前两侧，正闭目调息。在二人中间的空地上，则有一盆漆黑如墨的血水，那股腥臭味正是从水中散发出来的。他们脸色有些苍白，显然真像韩立所说的那样，耗费了不少功力。

李氏心中顿时对二人生出几分感激。她虽不会武功，但在耳濡目染之下，也知道此时忌讳打扰二人，便连忙放慢了脚步，轻声地走到床前，向床上之人望去。

只见床上的李长老正香甜地熟睡，原来眉宇之间的痛苦之色消失得无影无踪，虽说脸色还有些青黄，但黑气已荡然无存，身上的毒斑也只剩下淡淡的痕迹，几乎看不出来。

看来毒性真的完全驱除了，李氏不禁喜极而泣。过了好一会儿，她擦了擦眼角的泪痕，才想到自己应该出去重谢韩立才是，于是起身又轻轻地走回客厅。一到门外她就马上被众人围了起来，大家七嘴八舌地问个不停，她却没有在人群中看见韩立。

她不禁有些惊讶，忙问马荣。听了马荣的回话，李氏才知道，韩立开了一张养身的药方后就告辞了，并没有多待一时半刻。

李氏听后，半晌无语，她心中已打定主意，等李长老的身体痊愈后，夫妇二人一定要亲自上门，重金答谢韩立的救命之恩。

李氏并没有发觉，屋内除了那位韩神医外，还少了一人，那就是原本寸步不离张袖儿的厉飞雨。

在某条偏僻小路旁，一棵茂密的大树下，刚从李长老家出来的韩立，正躺在草地上，头枕着双手，无聊至极地数着某根树枝上的绿叶。

当他数到近千的时候，一个黑影从天而降，以老鹰捉小鸡之势向他身上扑了过来，气势汹汹。

"喂！别闹了，每次一见面，怎么老是动手动脚，我可不是那位张袖儿啊！"韩立此话一出，那个黑影在半空中灵巧地一转身，轻飘飘地落在了韩立的身侧，姿势极其优美，正是紧随其后的厉飞雨。

"韩立，就你那黑不溜秋的模样，也配和张袖儿姑娘比，这不是纯粹寒碜人家吗？"厉飞雨没有好气地轻轻提起右脚尖，在韩立的臀部来了一记脚，以示惩戒。

韩立朝他翻了个白眼，一个鲤鱼打挺，站了起来："我们厉大师兄重色轻友，我真是交友不慎！"

"少说废话，你到底叫我来干吗？要知道，我好不容易等到一个接近张姑娘的机会，就这样白白浪费了。若不说出个我能接受的理由来，我定不轻饶你！"厉飞雨显得愤愤不平。

"我有约你出来吗？我怎么不知道？我亲口说过吗？"韩立故意装作大吃一惊的样子，表情十分夸张。

"你出来时，对我挤眉弄眼，我又不是瞎子。别绕弯子了，没有什么事情，我真的要回去了。"厉飞雨转身就要走。

韩立不打算继续捉弄对方，突然神色一变，正色对厉飞雨说道："不要怪我多嘴，作为朋友我想问一句，那张袖儿知不知道，你服用抽髓丸，只剩下数年寿命的事？"

厉飞雨一听此话，脸唰的一下变得苍白无比，没有了一丝血色，半天没有说一句话。

韩立叹了一口气，知道不用再问下去了，对方的表情已说明了一切。

"你何必提醒我！"厉飞雨的神情很悲哀，半晌之后，才痛苦地说道。

韩立没有回答厉飞雨的质问，而是轻轻拍了拍他的肩膀，以示宽慰。

"你应该知道，感情这种东西，付出得越多，你的痛苦也会越多。"韩立说出一句富有哲理的话来，让厉飞雨一愣。

"我趁你还未深陷其中的时候把你拉出来，也是为了你以后少一些痛苦。"韩立又缓缓地补充了一句。

厉飞雨呆呆地看着韩立，眼神有些奇怪。

"怎么，有问题吗？"韩立被厉飞雨瞅得有些发毛。

"你小子才多大，怎么说得好像看透红尘的情场老手一样？难道你已经历过男欢女爱？"厉飞雨忽然开口问道。

"当然没有，这些话都是从书上看来的，我觉得好像很有道理，就拿来开解你了。"

"哦！原来是这样，我说呢！凭我玉树临风的潇洒模样，怎么可能在这方面落在你后头，原来你只是纸上谈兵！"厉飞雨长长地舒了一口气，连连拍着自己的胸口，仿佛被吓得不轻。

韩立哑口无言，这小子恢复得也太快了吧，刚才还要死要活的，转眼间又嬉皮笑脸了，还真是个情绪化的家伙。

韩立又问道："你真的放弃了张袖儿？看到她被别人抱在怀里也无动于衷？"

厉飞雨本来嬉笑的神情马上变得冷酷无比，他充满杀气地冷冷说道："谁敢用手碰张姑娘一下，我就剁了他的爪子！"

韩立望着厉飞雨的脸庞，一时间不知该说什么才好。

忽然，厉飞雨身上的气势一收，又回到了嬉皮笑脸的模样，他对韩立眨了下眼睛，笑着大声说道："怎么样，我刚才的气势够足吧？是不是霸气横生，一代枭雄本色，让你对我佩服得五体投地，马上起效忠之心？"

韩立有些哭笑不得，狠狠地瞪了他一眼，咬牙切齿地说道："枭雄？我看更像狗熊！"

厉飞雨满不在乎地哈哈大笑起来，笑得非常畅快。

韩立突然淡淡地说道："先前我已经提醒过你了，你也很清楚自己的处境，我再慎重问你一次，你如果散功，我可以让你多活许多年，这样一来你就能和张姑娘一起生活很久，你就不再考虑一下吗？"

厉飞雨的笑声戛然而止，他的脸色沉了下来，紧紧盯着韩立，没有开口回话。韩立神色如常，只是用清澈的目光回视着对方。

足足一盏茶的工夫后，厉飞雨强颜欢笑道："韩立你不是不知道，我绝不会考虑自行散功的事。我知道你是为我好，但以后不要再提了，好吗？你认为我成了一个手无缚鸡之力的庸人，张姑娘还看得上我吗？"

韩立默然，把头转向一边，沿着小路往厉飞雨来的方向望去，静静地看了一会儿后，沉声道："既然你拿定了主意，我以后也不再劝你了。你快回去吧，希望你和张袖儿姑娘真的能成就好事。"

厉飞雨听到韩立此话后，立刻喜笑颜开，他使劲地拍了韩立肩膀几下："好兄弟，这几句话我爱听，那我先告辞了。"他一跃而起，几个起落后，就消失在小路的尽头。

"好痛啊！"韩立紧紧捂住肩头，刚才厉飞雨那几下，竟然偷偷用上了内劲。他的肩头高高肿起，如同小红馒头一般，这下吃的苦头着实不小。

"这臭小子，为了报复我揭开他的痛处，竟然用这种方法。"韩立一边龇牙咧嘴，一边手忙脚乱地从怀里掏出疗伤的灵药，解开衣衫，敷在了肩上。

"咳！好不容易善心发作一次，竟然落了这么个下场，我还真不是做好事的料！还是回去领悟法术吧！这次的暗算也只有在下次见面时讨回来了。"韩立有些不甘地想道。

此后，又过了好长一段时间，韩立十八岁了。

在这期间，七玄门迫于野狼帮的不断蚕食，终于正式对其宣战。在两股势力的交界处，爆发了无数大大小小的冲突，有不少和韩立一同进山的伙伴也葬身在这些争斗中，这让韩立感慨不已。

谷外的大钟也因为伤员的增多，响得格外频繁，韩立借机练习了不少高难度的救治技巧，其医术有了大大的进步。

不过即使有妙手回春的韩立，七玄门还是失去了不少中高层，他们要么战死在当场，要么伤势太重死在了半路，连给韩立救治的机会都没有。

但也因为如此，双方都有不少青年高手崭露头角，坐上了那些陨落之人的高位。其中最出名的就是野狼帮的五煞三鹰二豹、七玄门的七杰双雄等人，厉飞雨就是双雄之一。他因亲手斩杀对方一名紫衣掌旗使，已坐到了外刃堂副堂主的高位，称得上位高权重，而且和张袖儿的感情也在飞速发展之中，已到了谈婚论嫁的地步。

韩立知道此事后,只能轻轻地叹了口气,他不知道厉飞雨做的是对还是错,毕竟他不是厉飞雨,无法体会厉飞雨的感受。

眼睁睁地看着心爱之人嫁给他人,韩立自问无法做到,但明知自己就要死去,还要去娶对方,自己好像也没有这么大的魄力。

韩立只能装聋作哑,毕竟人与人之间还是有亲疏远近,厉飞雨是自己的好友,当然要稍微偏向他一点。

经过无数次失败,韩立终于学会了御风诀。

御风诀和天眼术一样,也是辅助型法术,只能在施法者身上使用,不可用在他人身上。不过,它的实际用途可比天眼术广太多了。

施展御风诀之后,韩立感到自己身轻如燕,脚尖轻轻一点地,就可轻易蹿出数丈之远。在陆地上高速飞奔的滋味和把一切都轻易甩在身后的感觉,让韩立如同上瘾般每日里都要在山谷内狂奔个五六遍才肯罢休,让他过了一把轻功高手的瘾。

当然这种加速的效果和罗烟步大不相同。罗烟步这门秘术讲究的是见缝插针,化不可能为可能,在短距离以耗费大量体力来实现加速,这种步法在狭小的地方施展最为奇妙。而御风诀则不同,施展之后除了消耗微量法力外,没有任何体力上的负担,可以肆意狂奔,绝不会出现体力不支的状况。并且这种加速效果会一直维持到法力消耗完毕或施法停止,因此一般被低级修仙者用来赶路,可以说是低级修仙者必备的法术之一。

韩立自从学会御风诀后,对定神符和驱物术更感兴趣了,他花费了大量的时间和精力在这两者上面,希望有一日能像对御风诀那样茅塞顿开,领悟透彻。

但经过一次又一次的钻研后,韩立发现,无法施展这两种法术也许并不是他自身的缘故,而是并不具备施法的外部条件。

定神符按书上所说是一种符咒,必须使用特定的符纸。韩立之前一直用附近镇子上买来的黄纸,再用毛笔描绘出书中所示的图案。

虽然书上并没有说绘制符纸图案需用什么颜料，但他回想起墨大夫那张银色符号的符纸，自然就采用了银粉这种奢侈品。最起码从外表上看起来，用银粉绘制的符纸和书中的示例一模一样。

可惜，仅仅外表一样，还是不行。

韩立使用咒语来催动这些符纸时，符纸上的符号并没有像墨大夫使用时那样，发出耀眼的银光，也没有其他奇异之象发生，可以说他的施术彻底失败了。他陷入了进退维谷的窘境，因为他不知道，施法的失败是因为咒语或掐诀姿势的错误，还是因符纸制作不当。

通过仔细查询各种相关资料，韩立终于发现，修仙者所使用的符纸，肯定不是他们这些凡人认知中的普通纸张和颜料绘制而成的，而应是由某些特殊材料制成，说不定制作时还需要某种特殊的方法。因此即使他在咒语和手势上都无懈可击了，施法还是不可能成功。

至于驱物术，也是同样的道理。

韩立以前认为，随便找个东西就可以用来练习驱物术，所以掐诀念咒驱使的对象都是家具或刀剑之类的常见之物，当然没有丝毫效果。如今被符纸之事一提醒，他才明白过来，这驱物术所驱使的肯定不是普通物件，应是修仙者使用的特定物品。

于是韩立把从墨大夫那里得到的稀奇古怪的东西，包括引魂钟和施展七鬼噬魂大法所用的那七把银刃，都拿来试验了一番，可惜还是没能施法成功。这让韩立大失所望，看来驱物术驱使的也不是这些法器，应该是别的东西。

既然知道问题的根源所在，明白没有相应的物品不可能施展定神符和驱物术，韩立就把注意力从这上面移开，反而打起了把武学秘术和几种法术结合使用的主意，以此来迅速提高自身的实力，在短时间内使自己更上一层楼。

有了这个异想天开的想法后，韩立又开始了自我磨炼的艰苦之旅，并且很快就略有小成。

经过一番尝试之后，他终于把罗烟步和御风诀融合在了一起。

说是融合，其实只不过是施展御风诀在前，再运用罗烟步而已。两者的协调与搭配必须控制好，否则极易出错，为此韩立费了不少心神和功夫。

这样一来，就把御风诀不擅长辗转腾挪和罗烟步移动时太耗费体力的弊端消除了，他在移形换位时犹如电光石火一般，只见其影不见其人，神出鬼没。

随后，韩立又在火弹术的使用上，有了自己的独创之举。

火弹术的小火球出现之后，施法之人靠自身的法力推动火球射向敌人，这是此术的原本用法，但韩立不以为然。

韩立认为依靠法力推动的小火球速度太慢，是个轻功高手就可轻易躲过，这让它在江湖厮杀中受到不少限制，有些华而不实。因此他使用火弹术时只施法一半，当火球出现后并不将它发射出去，而是利用其坚不可摧的特性，把它当作一件短小的神兵利刃。

这样一来，凭借极限身法和高温火球，韩立自信他可轻易击杀任何高手。

有了这些倚仗之后，韩立总算可以底气十足地动身前往岚州解毒了。

这时韩立的长春功，也在每天把灵药当零食来吃的情况下，悄悄地进入了第八层，让他的法力又长了一大截。

单论法力的深厚，此时的韩立已超出了原来肉身尚存时的余子童，但要说法术掌握的多寡和实战的斗法技巧，他还远远比不上余子童。毕竟余子童在家族中修炼法术时，上有长辈指点，下有同门切磋，可比韩立这种半瓶醋强太多了。

韩立不知道这些情况，就算知道也并不在意，他本来就没自大到以为自己学了一两手粗浅的法术就能与真正的修仙者相抗衡的地步，他现在的敌人还是以世俗界的江湖中人为主。

韩立的心情很不错，就在他踌躇满志，准备找个借口离开七玄门下山时，野狼帮突然提出要与七玄门和谈的要求。

这个消息一传来，七玄门一片哗然，要知道最近一段时间都是野狼帮在冲突中占据上风，一直压制着七玄门打。在这样有利的情况下，对方怎么会忽然要和谈呢？会不会有什么诡计？

一时之间，七玄门内同意和谈以及不同意和谈的声音此起彼伏，各个高层都有自己的看法，厉飞雨就是其中坚决反对之人。

由于同意和反对之人的声势差不多，分不出个高下，最后还是由王门主拍板，先和对方谈一下再说，如果条件不太过分的话就握手言和，若是太苛刻的话就继续争斗下去。

这种和稀泥的方案虽然不能令两伙人都满意，但也是唯一的折中之法，只能如此了。

第九章
林中杀戮

经过七玄门和野狼帮的几番协商之后,一处叫落沙坡的双方交界之地,被定为谈判之地。

野狼帮非常强硬地提出,双方都必须有一位首脑人物参加谈判,才可体现彼此的诚意,否则根本没有必要举行此次谈判。

一把手绝不会以身犯险,七玄门顶多派个副门主过去,而对方也会派个相当的副帮主来撑下门面,所以这个条件没什么问题。

双方约定好谈判的具体日子,各派一支百余人的队伍参加此次的和谈。

怕对方在谈判时埋伏,七玄门对参加谈判的人员和后手都做了十分周密的安排。不但谈判队伍由本门第二高手吴副门主带队,而且队伍内的成员全是一等一的高手,这些人大多是护法、供奉等门内的核心人员,还有几位长老、堂主压阵,称得上堂堂之阵。

万一有什么不妙,谈判之人可倚仗武功高强迅速杀出重围,返回自己的地界,界内有数队精锐的血刃堂弟子接应,确保他们退路安全。

厉飞雨自告奋勇,加入了谈判大军,对命不久矣的他来说,越是危险的地方，就越是想去。

这支囊括了七玄门近半高手的队伍终于在临近谈判之日，从山上出发了，他们这次一来一回最起码也要半个月，这可真是段漫长的旅程啊！

韩立对此并不怎么上心，对他来说不管和谈成功也好，破裂也罢，都无所谓。因为他即将离开此地，去外面的世界闯荡一番，七玄门的盛衰和他又有什么关系呢？

他在谈判队伍离开后，仍是不慌不忙地催生自己所需的药材，并且开始收集一些珍贵药草的种子，以备后用。

韩立已决定，等到谈判队伍一回山，他就正式向几位门主辞行，如果高层不肯放行的话，他并不介意在对方面前展露一下真正实力。

其实神不知鬼不觉地偷偷离开，最为省事。但韩立担心七玄门的人找不到自己，会去找自己家人的麻烦，所以明着向高层辞行，并露上一手震慑住他们，还是很有必要的。

至于离开的借口，韩立早已想好，就说是想念墨大夫，要去寻师。至于对方相信与否，韩立根本不在乎，有绝对的实力，他还会怕对方吗？

想到此处，韩立嘴角就不禁露出一丝冷笑。此时的他，如果想要取走几位门主的性命，那可是易如反掌。

韩立万万没想到，就在谈判队伍离开后的第四天晚上，一个衣衫褴褛、浑身灰尘、披头散发的家伙突然闯入他的屋子，瞪着充满血丝的眼珠，用干裂的嘴唇，嘶哑地对他说道："谈判的队伍完了……吴门主死了，护法、供奉死了……几位长老也死了……都死光了。"

韩立顿时惊呆了，尚未等到他开口，嘟——忽然山上某处响起了尖锐的警报声。

梆梆——紧接着一阵沉闷的梆子声也响了起来。

当当——

叮叮——

砰砰——

……

各种各样的警报声不约而同地响了起来，紧接着，无数的喊杀声轰然响起。其中还夹杂着兵器的撞击之声，在刹那间，整个彩霞山变成了一个巨大的杀戮战场。

韩立脸色一变，他顾不得听眼前之人继续说下去，身形一晃，便已来到屋外。他往四周瞧了瞧，找到一间最高的屋子，一跺脚，飞到屋顶之上，然后向谷外眺望。他的脸色很不好看。不远处，火光冲天，人影幢幢，还有一些刀光剑影，到处都是喊杀声、报警声、怒斥声。

他听到身后破风声响起，头也不回地问道："厉飞雨，是野狼帮吗？"

"是的，没想到他们谋划得这么周密，几乎全歼了我们的谈判队伍，还尾随我们这些幸存者，杀上山来。"这个报信之人，正是四天前离开的厉飞雨。此刻他的声音，充满了愤怒和不甘。

"可是，他们怎么突破山上的外围岗哨的？我们逃回山上时，明明已叫沿途的哨卫加强警戒了。"厉飞雨疑惑地自言自语道。

"这没什么好奇怪的，野狼帮对这次的大举进攻肯定图谋已久，安插几个奸细还是轻而易举的事。有了这些内奸带路，那些哨所被无声无息地拿下，也是正常的。"韩立淡淡地说道。

"不过野狼帮想拿下所有分堂，那是不可能的。我估计他们想把各个堂口所在山峰全部围而不攻，集中兵力攻打总堂所在的落日峰。只要能抓住或杀掉本门的一干首脑，那其余各个堂口也就不攻自破了。"

"那我们现在该怎么办？要去落日峰吗？"厉飞雨有些焦躁地追问。

韩立默然无语，半晌之后，忽然转过身子，对着厉飞雨，沉声说道："谈判队伍中有那么多高手，怎么会全军覆没？野狼帮绝没有这么强的实力。"

厉飞雨一听此话，脸上的肌肉抽搐了一下，下意识地伸出舌头舔了一下干裂的嘴唇，露出了一丝苦笑："他们动用了大批的连珠弩，还是加强型的军用弩。"

"军用连珠弩？"

"不错。"

"当时，我们离开山上才两日，正走在一片草地之上，因为还在自己的地界里，所以人人都很松懈。就在这时，突然从地下钻出无数野狼帮帮众，他们人手一张硬弩，然后铺天盖地的弩箭就射了过来。武功差点的门人当场就死在乱箭之下。只有少数武功极高或运气好的人，才侥幸躲过这番攻击，不过也是人人带伤，实力大为削弱。我就是运气好的，否则就回不来了。"

说到这里厉飞雨还心有余悸，眼神之中不觉流露出几丝恐惧，看来那弩箭齐射的恐怖景象，对他的刺激实在不小。

"弩箭射完之后，对方的高手就上来了，然后大家陷入一番苦战，我们剩余之人为了活命，分开行动，自行突破。

"也是我的命好，在对方眼里我不算是重要目标，所以追击我的人比较少，武功也不算很强，竟然真让我杀了出来。我往回赶的时候才发现，一路上我们的各个据点，不知什么时候已被对方纷纷拔掉，被野狼帮的人盘踞，他们等候我们这些漏网之鱼自投罗网。我上了一两次当后，就再也不敢去寻求援助了。

"因为想知道其他人的情况，我后来心一横，干脆伏击了野狼帮的一名蓝衣执法，从他口中得知吴副门主和几位长老因为被对方众多高手围攻，都已战死，只有几个和我一样不太受重视且武功不弱的人得以逃脱。

"知道这个消息后，我根本不敢再多耽搁，拼命地往山里赶。在半路上，又无意中遇见了其他两个供奉，于是就一起逃亡了一日一夜，终于回到了山里。

"一回到这里，那两名供奉就去了落日峰，通知王门主谈判队伍全灭的消息。我则编了个疗伤的借口，来了你这里，商量一下应对之策。

"要知道吴副门主和这么多人都在伏击中身亡，只有我们这几名身份说高不高、说低不低的人逃了回来，谁知道上面会不会把怒火全发泄到我们身上，把我们当成替罪羔羊。

"现在倒好，还没和你说明此事，野狼帮的人就杀了上来。你说，现在我们要怎么办才好?!"

厉飞雨一口气说了这么一大堆。

韩立听完后，皱了下眉，歪着头想了一下。此时山上的喊杀声更激烈了，不时还传来几声垂死之人的凄厉叫声，让人不寒而栗。

"你现在还有属下在山上吗？"韩立的声音变得十分低沉。

"有，我还有二十多名手下，都安排在李长老家附近的几间屋内，原本打算等谈判回来，再把他们带出山办事。"

"那好，我们先去李长老的住处，先和这些人聚到一起，顺便和张袖儿姑娘、李长老会合。至于下一步的事情，等弄清楚具体的情况之后，再做决定。"韩立冷静地说道。

"好，我听你的。现在外面这么乱，我真的很担心袖儿！"厉飞雨有些紧张。

韩立瞥了厉飞雨一眼，真不知道这家伙怎么想的，一方面对张袖儿无比紧张，关心至极，一方面明知自己命不久矣，还非要娶人家过门，这不是摆明了要让对方守寡吗？

韩立轻轻一跃，下了屋顶，厉飞雨紧随其后。

"我去收拾下东西，然后我们马上就走。"

"好的，你要快点，我实在挂念袖儿。"

韩立一听此话，只能无语了。厉飞雨一口一个"袖儿"，叫得十分肉麻，让韩立既有几分鄙视，也有几分妒忌。

韩立回到屋内，开始麻利地收拾必备的物品。

"好了吧？"一见韩立从屋内走了出来，厉飞雨迫不及待地催促。

韩立没给厉飞雨好脸色，瞪了他一眼，然后走到另一间较小的屋子跟前，隔着紧闭的屋门冷冷说道："曲魂，出来吧，今晚用得上你了。"

韩立的话音未落，砰的一声，木制的屋门仿佛纸糊的一般，被撞得粉碎，在漫天木屑之中，一个巨大的身影缓缓地走出。

厉飞雨双眼发直，他看着眼前这名气势犹如妖魔、头戴斗篷看不到面目的巨汉，怔住了。

巨汉悄然无声地走到韩立的背后。

"走吧!"韩立微笑着说道，这次轮到他催促惊呆的厉飞雨。

"哦!"厉飞雨终于清醒过来。他用奇异的目光看了看韩立，又看了看巨汉，然后闭紧了嘴巴，一声不吭地带头往谷外走去。

韩立望向厉飞雨的背影，微微地笑了笑，追上了对方。巨汉曲魂则紧紧跟在他的身后，寸步不离。

韩立对厉飞雨的识趣大为满意，就是因为二人互相尊重对方的隐私，他们才能成为这么要好的朋友。

几人行走的速度很快，转眼间就来到谷口附近。当厉飞雨抬腿想迈进树林时，韩立却突然伸出右手，一把按住了他的肩头，让他前进不得。

"干什么?"厉飞雨不解地问道，有几分不满。要知道，他现在心急如焚呢。

"有人过来了，还不止一人。"韩立淡淡地说道。

厉飞雨有些惊讶，连忙凝神细听，可什么也没听见。他用疑惑的目光看了一眼韩立，可对方仍然从容不迫，并没有向他做任何的解释。

"你——"厉飞雨刚一开口，韩立突然伸出一根手指，放在了自己的嘴上，示意他噤声。

厉飞雨皱了下眉头，虽然有些不大情愿，但还是习惯性地听从韩立的安排，没有开口。没过多久，厉飞雨的神色也凝重起来，他转过头愕然地望向韩立，因为他终于听到有众多的脚步声同时在谷外响起，还真的是有许多人。

"孙执法，这片树林边有一口大钟，还有一条小路，看来这就是副令主所说的神手谷了。"一个粗犷的声音从树林的另一边传来。

"嗯，从这口大钟来看，是这里没错了。你们给我记清楚，副令主可是下了死命令，只准活捉谷内的神医，谁也不准伤害他，否则按帮规处置。明白了吗？"另一个嗓音有些尖锐，好像公鸡打鸣。

"是！"

"是！"

……

从嗓音来判断，有十几人之多，而且个个中气不弱，似乎都有不错的功夫在身。

"除了一个蓝衣执法外，其余都是野狼帮的精英帮众。蓝衣执法相当于本门的护法，精英帮众则和我们内堂弟子一样。"厉飞雨凑到韩立耳边，低声解释道。

厉飞雨知道，自己这位好友一向不关心本门对头的情况，所以直接介绍起敌人的身份来，想让韩立心中有数，别麻痹大意。

韩立一听就清楚了厉飞雨的用意，他微笑了一下，没有说什么。

"以我现在的体力，单独对付那个蓝衣执法倒还行，但加上其他敌人，肯定就打不过了。我知道你鬼点子多，有什么办法快点说出来吧！要不然就来不及了！"厉飞雨这番话说得又轻又快，显得十分焦急。那些人已经进入小树林，朝着他们的方向快步走了过来。

"要不，我们先躲避一下，暂避下敌人的锋芒？"厉飞雨提了一个听起来不错的主意，但可惜的是，韩立没有采用他的打算。

"曲魂，除了那个蓝衣服的人，去把树林里的其他人全杀了。"韩立忽然扭头，对着巨汉冷冰冰地命令道。

"什么？"厉飞雨听到此话后，有些愕然。还没等他反应过来，韩立身后的巨汉已化成一股狂风，刮进树林之中。

"哎呀！"

"啊！"

"是谁？"

凡人修仙传

"不好，有人偷袭！"

"这……这是什么怪物！啊——"

"快跑！啊！"

……

林子内的惊呼声和惨叫声此起彼伏，随即就渐渐弱了下去，没过多久，树林又恢复了平静。

厉飞雨呆呆地望着树林，满脸都是难以置信。

巨汉像提着一只小鸡一样，单手抓着一名人事不省的蓝衣汉子，从树林内走了出来。他身上沾了不少血迹，这些星星点点的血迹在绿色的袍子上，如同桃花般鲜艳夺目。

厉飞雨倒吸了口凉气。

巨汉几步走到俩人跟前，把蓝衣汉子往地上一抛，厉飞雨感到一股刺鼻的血腥味迎面扑来。他脸色大变，不自觉地后退了半步，做出了警戒的姿势。

巨汉没有理睬厉飞雨，而是一跨步，再一次站回韩立的背后，又纹丝不动起来，好像从始至终就没有离开过那里。

厉飞雨这才长长舒了一口气，放松了下来，他看了看地上的蓝衣汉子，又瞅了瞅一直神态自若的韩立，忽然笑了。

"我说你怎么这么镇定自如呢！原来藏了这么一位大高手在身边啊！干吗不早点告诉我？让我白白紧张了半天。"厉飞雨表面上说得轻松，心里却暗自嘀咕。

韩立似笑非笑，慢悠悠地说道："这名蓝衣执法应该知道不少消息，我们俩谁去拷问？我觉得你这位厉大堂主比我在行得多，能者多劳，就交给你吧！"

厉飞雨提起昏迷的蓝衣汉子，轻飘飘地掠进了树林，开始了他的拷问，而韩立则一屁股坐在草地上，优哉游哉地休息起来。

不一会儿，厉飞雨一个人阴沉着脸，从林中走了出来。

"怎么这么快？有什么有用的消息吗？"韩立没有站起身来，而是眉尖一挑，直接开口问道。

"哼！是个贪生怕死的家伙，我还没怎么动手，就一五一十地说了出来。有两个消息，一个好的一个坏的。你想先听哪个？"厉飞雨郁闷地说道。

"先说说好的吧！听了能高兴一点。"韩立显然无所谓。

"好消息就是，你真的把野狼帮的计划猜对了。对方果然只是困住其他山头，并不主动攻打，而把主力全调到了落日峰下，正玩命地进攻，听说已打下数道关卡了。"这些话，厉飞雨说得很平淡，看来对高层的安危并不放在心上。

"好消息都这样了，不用问，坏的那个肯定糟糕透顶了。"韩立用手摸了摸鼻子，自言自语道。

"坏消息就是，这次攻上山的敌人除了野狼帮外，还有铁枪会、断水门等数个中小帮派，看来本门真是大难临头了。"

"别管进攻的人多少了，还是先和你的小情人与手下会合要紧，趁现在外面比较混乱，还是赶紧走吧！"韩立没有吃惊多久，马上做出了判断。

厉飞雨连忙点头同意，这个建议正中他的下怀。

"那个家伙，你怎么处理了？"韩立忽然问了一句。

"灭口了，还能带着他不成？"厉飞雨满不在乎地说道。

韩立听了微微一笑，单手一撑地，就从草地上一跃而起。

"走吧！尽量躲着点敌人。如果实在躲不掉，就把发现我们的人全杀光，不用手下留情，否则他们的人会越聚越多。"韩立此话说得轻描淡写，却杀气腾腾。

在离神手谷数里远的李长老的院子里，此刻挤满了人。这些人有男有女，有老有少，他们看起来丝毫不会武功，都在低声议论着什么，人人面带忧虑之色。

在院子的附近，有二十几名身穿黑衣、手拿刀剑的青年正在四处警戒，和院内手无寸铁的众人一比，他们显得格外醒目。

在宅子的客厅内，则有两个人正在争论。

"我不同意派人去外面,我们这里的防卫本来就不严密,再派人到外面去,那不就更薄弱了?!不行,绝对不行!"一个大腹便便的中年胖子往外喷着口水,把头摇得跟拨浪鼓一样。

"可我们不知道外面到底发生了什么,不派人去打探一下,岂不是两眼一抹黑,一点情况也不知道?这太被动了。"与此人进行争辩的,正是李长老的爱徒马荣。

"被动就被动,外面发生了什么事和我有什么关系,对我来说,这里的安全最重要。难道你敢抗命?"胖子眨了几下小眼睛,突然从怀里掏出了一个金色的令牌,在马荣面前晃了几下,满脸骄横之色。

马荣望了一眼面前的胖子,又看了看这面令牌,叹了一口气,拱手一拜道:"不敢,在下谨遵上命。"

这面令牌乃是王门主的贴身信物,持有它就可向长老以下的弟子发号施令,这个胖子是王门主的亲信,听说还是比较近的表亲,所以王门主有什么口信、命令,都是通过此人来传达。

不久前,这人被王门主匆匆赐下这面令牌,来此地请李长老上山议事。这胖子传完了命令后,觉得马上赶回去太辛苦了,便仗着自己受门主宠信,硬要留在李宅,等歇息好了再返回峰上。

李长老无奈之下,只好答应他,自己则不敢怠慢,带着张袖儿和几名弟子,匆匆赶去落日峰。结果没多久,山上就发生了大变,这胖子胆小无比,自然更不愿独自回去。

院子里的人是住在附近的七玄门帮众的家属,他们不会武功,因此混乱一起,这些人都惊慌失措,不知如何是好。

幸亏马荣颇有主见,他连忙请求厉飞雨的二十余名手下帮忙,把这些家属都聚在此处,以防他们在黑夜中乱跑,遭遇不测。

这里是一个山坳,比较偏僻,众人对外面的状况毫不了解。因此马荣忙完后,就打算派些人去外面打听下消息。这个丝毫不会武功的胖子,却在此时冒了出来，他不但阻止了探查敌情的举动，还凭着令牌一举夺下马荣的指挥权，然后就打算龟缩在这里，什么事都不做。

马荣深知了解敌情的重要性，他几次和对方争执，可都被这个怕死到极点的胖子用王门主的令牌硬给压了下来，甚至连马荣亲自去探查也不被允许，看来他把马荣当成了自己保命的工具。

马荣在客厅内急得如同热锅上的蚂蚁团团转，却拿这个胖子毫无办法，要知道在七玄门不听上命擅自行动的罪名可是很大的，轻则被废武功赶出山门，重则受刀斩之刑，性命难保。

一路上，韩立和厉飞雨遇见敌人能避则避，能闪则闪，尽量掩藏自己的行迹，直到离李长老的住处只有一里多时才被一伙青衣人迎头撞见，终于和敌人正面接触。

这十几名手持钢刀的青衣人，从四面八方包围上来，把他们困在了中间。

从身法上看，其中大部分衣袖上绣有一道白线的人，武功最差；而两名衣袖上绣有两道白线的人，武功则高了许多；最高的，还是那名衣袖上绣有三道白线、脸上有道伤疤的人，他显然是这群人的头目。

为首的那名刀疤客也在仔细打量着韩立三人，他心里感到有些奇怪。

这也难怪，厉飞雨披头散发、又脏又臭，看起来好似山上的伙夫；而韩立则两眼无神，皮肤黝黑，像个不会武功的庄稼汉；唯一给他们带来压力的，就是身材高大、头戴斗笠、身上还血迹斑斑的曲魂了。

这三个人站在一起，就算是自认江湖老手的这名头目，也有些纳闷。他向几个手下使了个眼色，然后高声冲着对面喊道："不管你们是什么人，七玄门现在已经完了，你们投降吧，可饶你们不死！"

韩立笑了一下，转头对厉飞雨说道："谁动手？你还是曲魂？"

厉飞雨一听，眼睛凶光一闪，厉声说道："这几人从服饰上看，应是断水门的低级弟子。我被野狼帮的人追杀了这么长的时间，让我在他们身上出口恶气吧！并且他们的武器，我正好合用。"

话没说完，他人已化作一道长虹，蹿了出去，瞬间就冲到离他最近的青衣人面前。

那人大吃一惊，刚想舞动钢刀，却忽觉手中一轻，刀已到了厉飞雨手中，他仓皇后退，然而已迟了，一道白光在他的眼前闪过，他就身首异处了。

厉飞雨这一连串动作干净利落，快如闪电，让其余的断水门弟子脸色大变，特别是为首的刀疤客，他比其他人更知晓厉飞雨的厉害之处，他很清楚，厉飞雨根本不是他们这些人能够抗衡的，因此他很果断地命令道："全部撤退，能跑一个是一个，快发信号，叫高手来增援！"

一众青衣人轰的一下，由原本围拢的架势改为四散奔逃，有些人边跑还边把手伸到怀里，想掏信号弹。

一个绣有两道白线的青衣人跑得最快，几个起落就已出现在数丈之外。他心中暗喜，正觉得自己逃生有望，却忽觉后颈一凉，一截半寸长的剑尖，从喉结处穿了出来，然后又马上抽离。他不禁骇然，想放声大叫，却觉得全身如同被抽干了一般，变得软绵绵的，使不上丝毫力气，仰面瘫倒在地上，再也动弹不得。

他费力地把头颅扭向一边，终于看到了临死前的最后一幕：一个黑影，忽隐忽现地出现在另一名逃得最远的青衣人背后，轻飘飘地递出一剑后，黑影微微一晃，又消失了，然后马上在另一名青衣人身后出现，同样的白光闪过，此时上一名被一剑穿喉的同门的身体才和自己一样倒在了草地上，喉咙不停地往外冒着鲜血。

"金狼"贾天龙此时踌躇满志，平时苍白惨淡的脸上因为太兴奋而浮现几丝红晕。这也难怪，毕竟野狼帮的大敌七玄门马上就要在他的精心算计之下，倒在他面前，这让身为野狼帮之主的他，怎能不得意？！

他站在落日峰山腰的七玄门的某个哨卡处，身边簇拥着许多野狼帮的红衣铁卫。这五六十名铁卫，都是他花费了大量心血精心培养的心腹，不但个个武功精湛，而且忠心耿耿，对他绝无二心。

这批人一向都被他视若至宝，平时舍不得用在日常争斗中，此时他却全部带在身边，为的就是震慑那些中小帮派，否则铁枪会、断水门等帮派的大小头目哪能如此乖乖地俯首听命？

要不是贾天龙以迅雷不及掩耳之势，突然把这些帮派头目的家属全部控制在自己手上，并用重利加以引诱，这些中小帮派早就倒戈一击了，他们绝不愿野狼帮一家独大。

想到这里，他不禁回头望了一眼站在他身后不远处的十几名中小帮派的头目。这些人个个垂头丧气，一见贾天龙望过来，不是怒目回瞪，就是躲躲闪闪的，不敢与之对视。

贾天龙心里冷冷一笑，转过头后，开始考虑拿下七玄门后怎么吞并这些中小帮派了。

在贾天龙的前面，有近千名身穿各色衣衫，手持各种兵刃的人，正一窝蜂地猛攻一个七玄门的哨卡。这些人队形散乱，也不讲究配合，因此伤亡不轻。

贾天龙毫不在乎，因为此时进攻的并不是他们野狼帮的人，而是铁枪会、断水门等帮派的帮众，他本来也没指望这些人能够拿下落日峰这最后一道最险恶的哨卡，只是想让这些帮会之人多耗费些守关之人的精力，然后再派本帮的精锐之士用连珠弩一举拿下。

一想到那些军用连珠弩，贾天龙清秀的脸庞上露出了一丝喜悦。

这次野狼帮能如此轻易地占据上风，这些军队中的杀人利器绝对立了首功。这批军用连珠弩可没有花费贾天龙一丝一毫的力气，是天上掉下的馅饼。每当贾天龙想起此事，就觉得心中大快。

那是三个月前的事。当时他正在总部谋划这次行动，忽然有个自称他亲戚的军官要见他。他觉得有些惊讶，就和那人见了面，结果还真是他的一个堂兄。原来十几年前，野狼帮还是马贼帮会时，有一批人被官府招安了，他这个堂兄就在其中。结果这么多年过去了，他这个堂兄竟然混到了副将。这个堂兄如今奉命押送一批物资去镜州的某个边塞，正好路过这里，听说了贾天龙的名头，自然要来看望一下。

两人一见面自然一番感慨，然后聊起了这些年的经历。当听贾天龙说起野狼帮和七玄门最近发生的冲突时，对方把嘴一撇，傲然地说这算什么，只要用上百余张连珠弩，野狼帮就能把七玄门上上下下杀个精光。

说者无心，可听者有意，贾天龙心中一动，就试探着问这位堂兄能否给他弄一些连珠弩来？对方听了微微一笑，坦白地告诉贾天龙，他运送的这批物资里就有许多连珠弩，倒不是不能给贾天龙，只是需要用些银两来封住接收官的嘴，而且不能给太多连珠弩。

贾天龙闻言大喜，当即就花二万多两银子，从这位堂兄那里换了三百多张连珠弩，交与心腹，这才有了这几天一连串的胜利。

"破了！"

"攻破了！"

……

一阵惊天动地的吵嚷声，把贾天龙从沉思中惊醒。他有些吃惊，忙抬起头向上看去，只见原来插着七玄门旗帜的哨卡，已经挤满了那些中小帮会的人，真的攻破了。

贾天龙皱了下眉头，他觉得有些奇怪，按照前面几道关卡的防守力度来看，这最后一道按理说应该更加难攻才对，怎么这一会儿就被这些杂牌军给拿下了，难道有什么阴谋不成？

"喂，既然破了，为什么不走啊？"一个如同破锣的声音响了起来，话语中没有丝毫尊敬。

贾天龙却没有勃然大怒，侧过身来，很恭敬地回答道："张仙师，我觉得这次破关有些蹊跷，恐怕有圈套，还是谨慎一点的好。"

"怕什么，有我在你身边，这些凡人能伤得了你？快走，快走！我都在这熬了快一晚上了，都要困死了，早点解决掉七玄门的这些家伙，我这个老人家也好早点休息。"这个声音并不苍老，却摆出一副老气横秋的样子，非常惹人厌。

说话之人就站在贾天龙的身侧，是一个三尺高的侏儒。这侏儒看上去四十几岁的年纪，长得干干瘦瘦。他身上套着一件金丝绣边的红袍，手指上戴着金戒指，脖子上挂着粗粗的金链，腰间还系着几只金铃，口中金光闪闪，看来镶了金牙，从外表上看，一副十足的暴发户打扮。他一脸不耐烦，显然对贾天龙的瞻前顾后大为不满。

这样一个如此猥琐、像个乡下土财主的侏儒，竟然对贾天龙如此不敬，让旁边那些忠心耿耿的铁卫不禁怒目瞪视。

这个侏儒也看出了这些铁卫的不满，他嘿嘿一声，根本不予理睬，反而对贾天龙说道："贾帮主，你花了三千两黄金，把本上人从金光观老远给请来，不会就这么让本上人干看一夜吧？有什么要我出手对付的人，现在就可以明说了。总不会让我对付的是七玄门的门主吧？这么弱的对手你自己就可以解决了，还用得着我出手？"

"一个七玄门的门主还不劳仙师出手，我请仙师来对付的是七玄门门主的三个师叔。虽然七玄门对外宣称此三人早已过世，但他们其实一直隐居在落日峰的密室里，在闭生死关，现在功力恐怕早已进入化境，非普通的高手可以抵挡。他们是七玄门此时最大的倚仗，也只有请仙师出手对付了。"贾天龙说得很谦卑，不敢怠慢。

这红袍侏儒是他无意中在邻近蛮人地界的某一道观中认识的，此人自称金光上人，法力无穷，并亲自给他演示了飞剑之术和金刚不坏之功。他目睹后，深深被这两种法术的威力震住了，知道对方乃是传说中的修仙者，心中起了深交之意。在知道这人对金子有某种痴迷后，他立即奉上重金，并刻意奉承，终于打动了对方，得到了其出手帮助自己一次的承诺。

因此贾天龙对这侏儒时刻执晚辈之礼，对其自大之色不敢流露出丝毫厌恶，他很清楚，这金光上人可不是他这小小野狼帮能对抗的。

金光上人听后，发出一阵狂笑，待笑声止住后，他才倨傲地说道："几个俗人而已，就交给我吧！哪怕他们功力再高，武艺再强，也绝不是我飞剑之术的对手，你尽管放心！"

"那就有劳仙师了，我答应的酬金绝不食言，事成之后，我愿再出两千两黄金当作酬礼。"贾天龙大喜，忙把酬金又加了不少，他知道对方并不是什么良善之辈，还是用金子说话的好。

金光上人听了之后，橘子皮一样干巴的脸上露出了一丝笑意，他满意地点点头，显然对贾天龙的识趣很是赞赏。

既然有了这位大能的保证，贾天龙也不再迟疑了，马上命令野狼帮的人全部进入落日峰的峰顶，准备攻打七玄门的总堂——七玄殿。

涌上山峰的人太多了，贾天龙和他的铁卫也是费了老大的劲才来到了石殿前。

贾天龙是第一次看到死对头的总殿，当即被七玄殿的宏伟给惊呆了，他现在觉得自己野狼帮的总坛与之一比，简直像是一个狗窝，实在是惨不忍睹。

只见在落日峰顶的数十亩空地上，一大六小由青色巨石修筑而成的石殿拔地而起。虽然在黑夜中看不清它们的全貌，但高大粗犷、宏伟壮丽的轮廓和气势，还是把初到此地的野狼帮和其他中小帮派的人震住了，一时之间竟然没有马上开始进攻，只是把这几座石殿围得水泄不通。

"七玄门毕竟还是传承了二百余年的门派，其财力不是我们这个才崛起十余年的帮派所能比的，真是奢侈豪华啊！"贾天龙暗暗想道。

他已拿定了主意，一灭了七玄门，他就马上把总坛搬到此地，这样宏伟的建筑才符合他一方霸主的身份。

贾天龙看了看对面主殿黑咕隆咚的入口处，又看了下四周的属下，终于把右手缓缓地举了起来。

一瞬间，整座落日峰上变得鸦雀无声，所有人的目光都落在他这只手上，他们都知道，只要这只手一落下，这场歼灭七玄门总堂的惨烈攻防战就要开始了。

"且慢——"就在此时，忽然从主殿入口处传来一个冰冷的声音。

一个白色衣衫的中年人出现在入口处。此人头上插着一根木簪，全身上下只挎有一把白色剑鞘的长剑，脸色苍白无比，双眼却炯炯有神，目光犹如利剑般直刺人心，令人不寒而栗。

他在离开入口处数丈远的地方，停了下来，缓缓打量起围在主殿四周的众人，脸上没有丝毫畏惧之色。他的视线落在贾天龙高高举起的右手上，然后挪到贾天龙的脸上。

"贾天龙。"这名中年人开口道。

"王绝楚。"贾天龙也毫不示弱地喊出了对方的名字。

"说起来，我们两人身为一门之主，倒是第一次面对面相见，是不是，我的王大门主？"贾天龙嘴角上挂着讥讽，把举起的右手慢慢缩了回来。

王绝楚毫无表情地回视着贾天龙，一言不发。

"王门主独自一人来此，难道是打算投降吗？"贾天龙微笑着说道。

"不错，我是打算和你商量一下，投降的事。"王绝楚冷冷回答。

"你真打算投降？"贾天龙感到有些意外。

"投降是投降，不过是谁投降，那还不一定呢！"王门主眼睛微眯了一下，把手随意地搭在剑柄之上，缓缓说道。

"你这话是什么意思？"贾天龙脸色沉了下来，他把手一挥。

他身后的铁卫一下子涌了上来，以半圆形的队列围住王绝楚，他们从背后取出连珠弩，把闪着青光的弩箭箭头纷纷对准了王绝楚。

看来只要贾天龙一声令下，他们就会毫不犹豫地齐放众弩，把王绝楚击毙在当场。

"你以为本门把总堂搬到落日峰后，就从来没有考虑过有外敌入侵而无法抵挡的情况吗？"王门主对这些弩箭视若无睹。

听到这话，贾天龙心里微微一沉，有了一丝不祥的预感，他没有打断对方的话，想听听对方到底要说些什么。

"把本门迁移到此地的是第七代门主李门主，其人不但雄才大略，而且擅长土木机关之术，称得上是一代奇才。"说到这里，王门主稍稍停顿了一下，脸上露出了几分钦佩之色，"李门主选定落日峰作为本门总堂所在，原因有两个：一是此峰山势险峻，易守难攻，是绝佳的防守要地；二是此峰山腹之内另有乾坤，有一个先天形成的巨大钟乳洞。见此奇景，李门主便心生一计，他利用自己擅长的土木机关之术，结合石乳洞的地势，把整座山峰变成了一个大陷阱。现在，只要有人开启机关，整座山峰就会立刻坍塌，所有人都将葬身于此。"

王门主说完这些话后，便闭口不言了，只是用冷厉的像看死人一样的眼神，扫视着面前黑压压的人群。

贾天龙听完之后愣住了。他自然不相信对方的这番言论，但一时之间也不知对方说这番话的用意。

其他听清这番话的人都骚动起来，他们低声议论着，有些机灵的人甚至开始往那唯一的下山之路靠拢过去，准备一不对劲就马上狂奔下山。

"肃静！乱动、喧哗者，杀无赦！"贾天龙很快恢复了冷静，心里不由得恼火起来。他知道如果不马上制止的话，局面会立刻变得难以控制，便不假思索地高声下达了肃杀令。

贾天龙的命令被他的亲信很好地执行，在一连斩杀了好几名胆小并试图逃离此地的人后，其他人全被震住了，骚动平息了下来。

贾天龙心里很明白，这种平息只不过是表面上的、暂时的而已。如果他不能快点证实对方所说的是谎言，那么不论是本帮的人还是其他帮派的人，都不会安心地待在此地，一有个风吹草动就会全部逃之夭夭。

"你不会想让我们相信你说的话吧？"贾天龙强压住心中的怒气，准备亲自揭穿对方的谎言。

"当然不是，我有的是证明。不过你们听好了，若是有人见到我的证明后逃离此地或继续进攻，我就会让人把机关全部打开，让所有人同归于尽。"王绝楚的话里充满了杀机。

贾天龙仔细观察着对方的表情，试图从对方脸上找出一丝破绽来。可惜对面之人一直都是一副冷冰冰的脸孔，没有丝毫心虚的表现。这让他不禁也嘀咕起来："难道对方所说的话并不是蒙骗之言？"

"启动二号机关！"王绝楚突然回过头，对着主殿大声命令道。然后，他把头扭向一边，盯着某座较小的石殿，不再理睬贾天龙。

贾天龙见对方如此藐视自己，不禁大怒，他强忍着心中的怒气，暗自下了决心，只要对方的证明不能令自己信服，他就会立即下令，把这位王门主给就地射成人形刺猬。

就在众人忐忑不安之际，谁也没注意到，在黑压压的人群外围，有两个身穿断水门服饰的人，正低着头，在窃窃私语。

"韩立，你说我们门主说的是真的，还是假的？难道这么大的落日峰真是空心的不成？我以前来过几次，怎么从来没有感到有不对头的地方？

"莫不是，王门主在欺诈他们，想拖延时间？

"还是……"

其中一个青年对着另一个沉默不语的青年喋喋不休，似乎他非常想让对方来解答一下他心中的疑惑。

这俩人不是旁人，正是原本想赶去李长老住处的韩立和厉飞雨。

之前为了避免那些断水门的弟子逃走并惊动其他敌人，韩立不得不亲自出手，同时使用罗烟步和御风诀，轻而易举地瞬间杀光了所有敌人，把原本想出手的厉飞雨惊得目瞪口呆，这时他才知道韩立的真正实力。

回过神来的厉飞雨，以为韩立能有如此惊人的身手，全是修炼眨眼剑法所致。这种想法让他当场抓狂，马上就有了自废功力，改修眨眼剑法的念头。幸亏残存的理智告诉他，不论是时间上还是资质上，这对他来说都是不可能的事了。

于是，在接下来的路上，厉飞雨不停地对韩立口吐心中的酸意，大叹韩立走了狗屎运，竟然学会了这么厉害的一门绝学。

韩立则懒得理会这个酸气冲天的好友，开始对路上所遇到的敌人痛下杀手，不再掩饰自己的实力。所有敌人在韩立诡异的身法面前都显得不堪一击，连一招也未能接下，便一命呜呼，其中数名身份不低的高手也不例外。

就这样，在韩立的大展神威之下，俩人轻松地来到李长老的住处，见到了马荣，并从他那里得知了李长老和张袖儿已经上了落日峰的消息。

知道这个噩耗后，厉飞雨的脸都青了。他知道现在的落日峰是龙潭虎穴。张袖儿去了那里，和一只脚迈进了鬼门关没什么区别。

俩人合计了一番，便从李长老的住处出来，又往落日峰赶去，临走前还发生了一点小小的风波。

那个王门主的亲信、令人厌恶的胖子，竟然在俩人想离开之时，又拿出令牌来，命令俩人留下，否则要以门规处置。

厉飞雨现在心急如焚，一心只挂念张袖儿的安危，哪还顾得上什么门规，伸手一掌就把这个啰里啰唆的胖子给打晕在地上，然后命令他的那群手下继续在此保护众人，他和韩立随即扬长而去。

刚到落日峰附近，俩人就被敌人的数量吓了一跳，知道在这里硬闯肯定是不行了，俩人商量了一下，就想出了一条妙计。

他们打晕了两名断水门的弟子，换上了他们的衣服，然后趁着天黑人乱之际，偷偷混进了攻山的人群中，随着人流轻易地来到了落日峰上，并且听到了王门主所说的那番话。至于曲魂，因为身形过于引人注意，被韩立留在了山下一个隐秘之所。

"不要管这话是真还是假的了，现在我们最重要的是快点进到主殿内，去和你的小情人会合，然后再悄悄地溜下山去。不论这话真假，留在此地都太危险了！"韩立终于低声开口道。

"可是在这众目睽睽之下，要怎么才能溜进去啊？"厉飞雨低着头，愁眉苦脸地说道。

"咳！也只能再等等了，看接下来有没有机会。"韩立也是一样的束手无策。

就在俩人躲在人群后面着急上火之际，脚底下的地面突然开始颤动起来，起初还很轻微，但接着就剧烈起来，许多人站立不住，纷纷跌倒在地上，不少山石也随着山峰的颤动而滚落下去。

"不好了，山峰要塌了，这个姓王的要和我们同归于尽！"也不知是哪个冒失鬼，忽然来了这么一嗓子。

一听此言，众人更加恐慌了，有些人无视王绝楚事先的警告，连滚带爬地往下山处奔去。

轰隆隆！一阵巨大的倒塌之声传了过来，地面更加剧烈地摇晃。听到这阵巨响，所有人都以为这是整座山峰崩塌的开始，不禁心生绝望。

贾天龙又惊又怒，他被那些忠心耿耿的铁卫簇拥着，心里一片茫然，不知如何是好。他不由得把目光转向倚为靠山的金光上人，可看清楚对方惊慌的脸色后，他苦笑了起来——原来这位上人也是自身难保啊！

"嘿嘿！我还以为野狼帮的人都是不怕死的好汉，原来也是一群乌合之众啊！"这时，尽管山上如此混乱，王绝楚嘲讽的话语仍清晰地传进了每个人的耳中，可见其功力的精纯。

话音刚落，地面的颤动竟然奇迹般地停止了，整座山峰又恢复了平静。

此刻人们才发现，王绝楚之前盯着的石殿已消失得无影无踪，地上有一个数亩大小的惊人大洞。有些胆子大点的人往前走了两步，站在边缘探头看了一眼，不由得倒吸了一口凉气，只见那大洞黑乎乎的，根本看不见坑底，深不可测。

"贾帮主，不知道这个证明，您可相信？"王绝楚冷冷地问道。

贾天龙脸色有些灰白，他并没有立刻回话，而是环顾了一下四周。只见众人都是一副惊魂未定的模样，就连身边的铁卫脸色也显得格外难看。

贾天龙心里明白，今天晚上想要一举歼灭七玄门的计划，是无法完成了。看来只有先撤退，然后再从长计议了。

"你有什么条件,可以提了。不过你心里应该有数,如今的情形对你们也极为不利,不要太过分了!"贾天龙回过头来,咬牙切齿地说道。

第十章
死契血斗

"条件不多,很简单,只有两个。"王绝楚面无表情地说道。"第一,你们的人必须撤离本门的势力范围,并且要分批进行,还要在本门弟子的监视之下。"他的语气很强硬。

"可以,没问题。"贾天龙毫不迟疑地答应了下来。

见到对方答应得这么爽快,王绝楚冷笑了一下,接着又说出了下一个让贾天龙大感意外的条件:"第二,你我双方必须在此进行一场死契血斗,然后你们才可以离开。"

"死契血斗?!"

"真的假的?"

"这个家伙没有发疯吧?!"

……

王绝楚这话一出口,立刻引起了轩然大波,众人脸上的表情各不相同,有的人如见蛇蝎般骇然失色,有的人却兴奋不已,跃跃欲试。

贾天龙听了后,脸色也是一变,但他很快就恢复了正常。"我没听错吧?是双方签下死契，只有胜利的一方才可以离开决斗场的死斗？"他很随意地问了一句。

"一点没错！这是为了讨还吴门主等人的血债而必须举行的死斗，你我二人也要参加。"王绝楚手按剑柄，盯着贾天龙，寒声道。

贾天龙嘿嘿一笑，没有立即接话，而是目光闪动地思量起来。

见到附近的人都对死契血斗议论纷纷，对此茫然不知的韩立，问起了身旁的厉飞雨："什么是死契血斗？好像是一件了不得的事？"

"不会吧！你连死契血斗都不知道？这可是江湖人解决纠纷最出名的血腥方式啊！"厉飞雨满脸的愕然之色。

"废话！你一向都知道，我对这些江湖上的事不甚了解。"韩立没好气地低声道。

"哦！这倒也是，我差点忘了这一点。"厉飞雨不好意思地挠挠头，"所谓的死契血斗，指的是有深仇大恨的双方，在决斗前要签下一份生死契，宣称自进入决斗场后，双方只有一方可以活着走出场地。若有人在决斗中擅自离开，那么不但名誉扫地，被人唾弃，而且还会受到全江湖之人的通缉和追杀。因为所有江湖人都认为死契血斗是一种神圣无比的决斗，玷污此决斗的人都应该处死以示警诫。并且这种决斗一般都是用在多人死斗的场合，因此显得格外血腥和残忍。最近这些年，已经很少听闻有人采用这种决斗方式了。"

听完之后，韩立皱了一下眉头，了解到死契血斗的性质后，他有些不以为然。在他看来，这种决斗明显是两败俱伤的下场，何苦还要进行?！还不如干脆利索地放这些敌人早些离开为好，省得夜长梦多。

"好，我答应了，可以进行死契血斗。"贾天龙经过反复斟酌，把目光在金光上人身上转了几圈后，终于下定了决心。

王绝楚打的什么算盘，贾天龙很清楚，不就是想倚仗王绝楚的三个不为人知的师叔吗？他早就通过安插的奸细得知了详情，对此早已有了防范。如今他这边有了会飞剑之术的金光上人作为撒手锏，他们在死契血斗中胜出的机会，绝对有九成以上。

只要在死契血斗中将王绝楚连同其他七玄门高手铲除掉，那么即使这一次的谋划没有成功，也没有关系。因为下一次再来进攻的时候，对方绝对没有反抗之力。

"王门主，按照死契血斗的规矩，既然是由阁下提出了决斗的时间和地点，在下又没有反对，那么死斗的人数和方式就应该由在下决定了，对吧？"贾天龙皮笑肉不笑地说道。

"哼！不错。"王绝楚有些不情愿地答应道。

"那好，在下要求决斗的人数为一百人，双方各出五十人，采用混战模式。"贾天龙毫不客气地提出了他的要求。

"五十人？混战？"王门主冷冰冰的脸上，露出了一丝惊讶之色。

要知道通常的死斗，双方为了不让自己元气大伤，一般派出二三十人就不得了了，混战的方式更是采用得极少，还是一对一单挑的方式最多。

不过既然是他先提出了死斗，自然就不能反悔了，而且他对自己的三个师叔信心十足，相信即使是混战，胜出的也绝对是自己这边。

再说，只要能杀掉贾天龙，付出的代价再大，也是值得的。只要这个心计过人的野狼帮帮主一死，想必他那些桀骜不驯的部下马上就会变得四分五裂，为了争夺帮主之位而内斗起来，就无暇顾及实力大减的七玄门。

想到这里，王门主点了点头，同意了对方的要求。

"来人！划出死斗场！准备好生死契！"王绝楚对着身后厉声说道。

随着他的这道命令的下达，主殿内奔出了三十多名锦衣弟子。这些人全部一言不发，在殿前空地上用木桩和绳索圈起了死斗场。从他们麻利的动作来看，这些人个个训练有素，不是普通的七玄门弟子。

厉飞雨有些心神不宁地向韩立问道："我们难道就一直躲在这里，什么事也不做，看着他们决斗吗？这样似乎不妥吧？"

"有什么不妥的？你的小情人现在又没有危险，安全得很。等他们双方决斗完，我们就趁着野狼帮撤离时混乱的局面，把张姑娘偷偷地接出来。然后你们俩人就远走高飞，找个地方躲起来，省得上面的人还要把你当成替罪羊，让你背那大黑锅。"韩立淡淡地说着，看来他对七玄门是没有丝毫的归属感。

"这不是私奔吗？不行，袖儿不会答应的！"厉飞雨把头摇得跟拨浪鼓一样。

"那你就打晕她，强行把她带走。"韩立漫不经心地回答道。

"你……"厉飞雨无语了。

王门主从一名弟子那里郑重地接过两份血红色的文书，正是生死契。他把其中一份留在了自己这里，把另一份叫人递给了对面的贾天龙。

贾天龙接过此物时，神情也肃然起来。他小心地打开文书，谨慎地浏览了一遍，确认没有问题，才点了下头，把文书合上，然后就开始挑选出战的死士。

经过一番筛选后，他从野狼帮挑出了十三名精英。为了减少损失，他从中小帮派也选出了十几名身手不错的帮众，反正只要一签下生死契，他们为了自己的小命，不想拼命也得拼命了。至于剩下的人选，则全是他身边擅长配合的铁卫。当然金光上人肯定也要上场，他还指望此人的飞剑之术大发神威呢！

就在贾天龙忙碌的时候，对面的王绝楚不知何时回到了石殿，至今还未出来，想必也在为参加死斗的人选而绞尽脑汁。

当死斗场彻底完工之时，王门主终于带着三四百人从殿内走了出来。

这些人有老有少，有男有女，但个个眼中神光十足，步伐稳健，显然都是七玄门的精锐。其中最让贾天龙上心的，是紧跟在王绝楚身后的三个人。

这三个人，一个儒衫飘飘，满脸的书卷之气，一副书生打扮；一个身材魁梧高大，袒胸露怀，一脸钢针般的络腮胡子，显得彪悍无比；最后一人则是个身穿灰衣、背负长剑的冷面之人。

这三人猛一看，好像都是三四十岁的中年人，但稍微端详下他们的面容就会发现，在他们的眉眼中，有一种七八十岁的老者才有的沧桑之感。

贾天龙心中明白，这三人肯定就是王绝楚的三个师叔了，看来对方真的是豁出一切，要把自己留在此地了。

想到这里，他侧过身子，指向那三人，对身旁的金光上人说道："上人，不知你觉得那三个人如何，能否拿得下？"

"几个凡夫俗子而已，我的飞剑一出，他们的小命就算完了！有什么可担心的？是不是信不过我？"金光上人把眼一瞪，语气有些不善。

"不敢，不敢！在下只是随口一问，仙师千万别往心里去。"贾天龙连忙赔笑，生怕得罪了此时最大的倚仗。

"哼！"金光上人听了这话后，这才息怒。

贾天龙暗地里苦笑了一下，急忙转过身子，大声喝道："准备好了没有？！开始签生死契！"

野狼帮参加死斗的人开始在生死契上写下自己的名字，签下了生死契。

与此同时，王绝楚也不甘示弱地冷声道："签生死契！"

从七玄门的众人中，走出了数十名事先挑好的死士，也准备在生死契上签下名字。

韩立看向七玄门的死士，想看看人群中有没有自己的熟人。他也看见了王门主的三个师叔，但他没怎么在意，他的视线落到了一个青衫老者的身上。

一见到这位老者的面目，韩立情不自禁地低呼了一声："李长老！"

这人竟是被韩立救过一命的马荣的师傅李长老，他竟然也是参加死斗的人之一。

韩立回过神来后，急忙转过头，使劲地拍了厉飞雨的肩膀一下，说道："你看见没有？李长老也在那里，他也要签生死契！"

厉飞雨毫无表情地站在原地一动不动。

"咦！怎么回事？"韩立有些惊讶，"就算李长老要签生死契，你也不用这样啊！"

厉飞雨听了此话，终于把目光收了回来，他呆呆地望着韩立，说道："袖儿……袖儿，她也在那里，她也要参加死契血斗！"说完此话后，厉飞雨的脸马上变得难看至极。

"在哪里?"韩立回过神来后,急忙问道。

"在那!"

顺着厉飞雨的目光,韩立终于在人群的角落里,看到了脸色苍白的张袖儿,此时她正和另外两名参加死斗的女伴站在一起。她穿着一套白色的衣裙,杏唇微咬着,整个人像一朵白色的小花一样,楚楚可怜。

"张姑娘这般柔弱女流,怎么能参加这种血腥决斗,姓王的有没有搞错?"韩立不敢相信自己的眼睛,难以置信地说道。

"袖儿也是七绝堂的核心弟子,我没有告诉过你吗?"厉飞雨闻言后,苦笑了一下,说出了一个让韩立大感意外的消息。

韩立沉默不语。显然七玄门残余的高手并不多,而且王门主也没有怜香惜玉的意思,为了能在死斗中取胜,竟连张袖儿这样的女儿家也派了出来,看来是要孤注一掷了。

"兄弟,废话我就不说了。我要和袖儿在一起,你自己保重吧!"厉飞雨搂了下韩立的肩头,轻轻说道,接着就转身往人群中走去。

他还没走出两步,就听到背后传来一声轻叹,随后微风一动,身侧就多出一个人来,正是韩立。

"有什么大不了的,不就是死契血斗吗?这点小场面还难不倒我。我们也算是朋友一场,这个小忙我还是会帮的。"韩立微笑着说道。

厉飞雨使劲地捶打了一下韩立的胸膛,低声道:"好兄弟!多谢了!"

韩立笑而不语。正如他自己所说的那样,他之所以跟来,一方面是因为和厉飞雨相处得比较久,感情深厚,不愿眼睁睁看着厉飞雨孤身犯险,另一方面则是他艺高人胆大,并不认为野狼帮的高手能对已掌握了火弹术和御风诀的自己造成多大的威胁。他有些跃跃欲试,想测试下自己现在的实力。

俩人大踏步地挤出了人群,直接向王绝楚那边走去,在半路上,两人就撕破了身上的断水门服饰,露出了七玄门的衣衫。

韩立和厉飞雨的举动,让双方的人惊得目瞪口呆,一时之间竟没有人阻止他们，让他们轻易地走到了王绝楚的面前。

"厉堂主！"

"韩大夫！"

七玄门许多人认出了这两个门内的名人，不禁惊讶地叫了出来。

张袖儿看到厉飞雨更是喜出望外，要不是在场的人太多，恐怕早就扑到了心上人的怀里，细诉衷肠了。

王门主自然也认出了两人，他的眼中掠过一丝惊讶。

"外刃堂副堂主厉飞雨，参见门主。"厉飞雨高声问候道，"我们愿签生死契，参加死斗，还望门主成全。"他不等对方询问，便直接说出了请求。而韩立站在一边默不作声，一副以厉飞雨马首是瞻的模样。

王门主听了厉飞雨的话后，冰冷的脸上露出了几分笑意，他温和道："好！不愧是我七玄门的忠义弟子。有厉副堂主加入决斗，想必本门又多了一分胜算。不过韩大夫还是不要参加了吧，毕竟他的医术对本门还有大用处，万一在死斗中出了意外，就得不偿失了。"

听闻此言的韩立微然一笑，他没等厉飞雨解释，身子一晃，人就从王门主的眼皮底下，活生生地消失了。王门主吃了一惊，刚想四处寻觅，就听到身后传来韩立懒洋洋的声音。

"不知在下的身手，还入不入得了门主的法眼啊？我想即使参加死斗的话，本人自保之力还是有的，还请门主成全在下的一片忠心。"

王门主心里极度骇然。他万万没有想到，以医术闻名于门内的韩立竟有如此恐怖的身法。

"好可怕的身手！此人到底是什么人？潜藏在本门，到底有什么企图？"一连串可怕的想法涌入了王绝楚的脑中。

他转过身子，看了看仍是人畜无害模样的韩立，不由得把目光转向自己的三个师叔。

他的三个师叔神色微变，眼中也都露出了一分惊骇，显然这位韩大夫的身手，让他们也大为忌惮。

王绝楚哈哈大笑几声，然后亲切地说道："韩大夫既然对本门一片赤诚，在下身为门主，又怎么会拒绝呢？"

他用手一指，让原本参加死斗的弟子中身手最弱的两人退出队伍，让韩立和厉飞雨加了进去，还让他们在血红的生死契上，首先签下自己的名字，让他们最先成为参加死斗的成员。

七玄门这边的情况，自然被贾天龙看得一清二楚。他虽然有些意外，但也没有放在心上，毕竟他相信血肉之躯的凡人是无法抵挡金光上人的飞剑之术的。

等双方都签完生死契，并交换死契文书后，这场只有一方才可以活着走出场外的死斗，终于开始了。

金光上人一脸傲然地站在场地中央，身后就是野狼帮的众人。

他在出场前就已向贾天龙打了包票，他一人就可解决七玄门所有的人。当然，他的报酬，也从原先的两千两黄金，变成了八千两。

一想到可以在事后拿到如此多的金子，金光上人心里火热，他轻蔑地看了对面众人一眼，已经迫不及待想大开杀戒了。

韩立并没有和厉飞雨在一起，而是站在了人群的另一边。因为厉飞雨和张袖儿正站在一起亲密地说着悄悄话，韩立自然不会那么不识趣，去打扰人家的二人世界。

"真不知这对小情人是怎么想的，竟然在这种场合还有闲心谈情说爱！"韩立觉得自己嘴里似乎冒出了几丝酸意。

回过神来后，韩立和其他人一样，有些奇怪地望着对面的侏儒。

"野狼帮的人都躲在了后面，让一名穿着这么庸俗的矮子打头阵，这也太不可思议了！莫非这侏儒有什么奇功妙技不成？"韩立眨了眨眼睛，心里这样想道。

王门主显然与韩立有同样的想法，他并没有让其他人一拥而上，而是让一个持刀护法出去迎战此人，看来是想先摸清此人的底细再另做打算。

金光上人见到对面只有一人向自己走来,心里明白了几分对方的意思。他发出一阵怪笑,破锣般的嗓音让所有人都觉得心里有几分难受。

这名被派出来的护法,是一个三十来岁的壮汉,握刀的那只手掌,青筋高高凸起,一看就知道是个擅长近战的刀客。

眼见这名壮汉已接近自己,金光上人停止了怪笑,他不慌不忙地从怀里取出了一张黄色符纸。这张黄符金光闪闪,上面布满了金色的字符和花纹,一看就价值不菲。金光上人不理会接近的壮汉,单手捏着符纸,嘴里开始念起了咒语。

七玄门的这名护法虽然不知对方在干什么,但他与人厮杀的经验丰富无比,知晓无论这侏儒在做什么,最好不要让他完成,否则对自己肯定不利。

于是,他猛地往前一蹿,几个箭步就到了金光上人的身前,抡起手中的钢刀,寒光一闪,劈头就是一刀,刀势迅猛沉重,看来是使足了力气。

眼看刀刃就要落到头上,金光上人的咒语恰好完成,他猛然把符纸往身上一拍,顿时一道耀眼刺目的金色光芒射了出来。

这刺目至极的金光,晃得壮汉根本看不清,但壮汉心中却没有慌乱,那钢刀还是狠狠地砍了下去。

当,一声金铁交击声响彻了全场。壮汉只觉虎口一热,手中的兵刃几乎要脱手而出。他吃了一惊,虽然双眼还无法看清,但也知道情况不妙。他脚尖一点地,身子嗖嗖地往后退了好几丈,才停下脚步,横刀严阵以待。

这时,壮汉忽然听到许多人倒吸凉气的惊叹声。他的双眼终于在此时恢复了正常,他连忙定睛望去。

只见在离他数丈远的地方,那个侏儒站在那里纹丝不动,可是浑身上下却笼罩着一层寸许长的金光,犹如一件厚厚的盔甲,把侏儒保护得密不透风。看来刚才那一刀,只是劈在了金光罩上,并没有真的砍到他。这金光也不知是何物,竟坚固得如同钢铁一般,刀枪不入。

这壮汉护法虽然见多识广,但还是惊呆了。他手握钢刀,心中一片茫然,不知该进还是该退。

不止壮汉一人呆住了，所有在落日峰上的人都呆若木鸡。

要知道有关修仙者的传闻，江湖中少之又少，特别是在这么偏僻的小地方，知晓的人更是寥寥无几。因此这种符咒奇象，让大部分人感到神秘至极，高深莫测。

就在贾天龙暗中窃喜，而七玄门众人面面相觑之时，韩立却比其他人更加吃惊。韩立恐怕是整座山峰上除了金光上人外，唯一对法术有所了解的人。很明显对方使用的正是某种和定神符一样的符咒，而且似乎更高级一些。

韩立趁其他人不注意，暗自念动了天眼术的口诀，朝那个侏儒望去。只见在金光下面，侏儒的身上，围绕着一些若有若无的白光，这白光和金光比起来实在是太淡薄了，若不是存心去找，恐怕一时半会儿注意不到。

这侏儒，竟是一个法力比自己低得多的修仙者，这个发现让韩立又喜又愁。

喜的是，他这个初学者法力都比对方深厚，这说明此侏儒也是个半吊子修仙者。愁的是，不知对方会的法术多不多，法术厉害与否，不知自己能否应付。

韩立转头看了一眼王绝楚，只见他脸色阴沉，正和身侧三个眉眼间有沧桑感的陌生人商量着什么，似乎对侏儒身上的金光也感到棘手。

金光上人怪笑声又起，他把头颅往后一仰，鼻孔冲天，跋扈地叫道："本上人站在原地不动，让你们随便攻击，如果有人能破了本仙师的金刚不坏之功，那么本仙师饶你们一条小命也未尝不可。"

金光上人的这番话彻底把原先对金色光罩还有几分惧意的七玄门众弟子给激怒了，立刻就有数名武功强悍之人想要冲出人群，但被王门主给制止了。

王绝楚一挥手，把那壮汉招了回来，接着他对身旁三人中的魁梧汉子低声说了几句话，那汉子点点头，便昂然地一步一步地来到了金光上人的跟前。

金光上人看着面前满脸络腮胡子的汉子，眼中闪过一丝恶毒的目光。

要知道他因为天生的身材缺陷，从小就被人嘲笑，所以对那些身材高大、长相威猛之人特别憎恨。他已经在考虑，该用何种残暴的手段来折磨眼前的这名汉子了。

这名袒胸露怀的汉子是王绝楚的三个师叔之一，别看他一脸络腮胡子，就以为他是一介莽汉，其实他的实际年龄已过了花甲，而且心思细腻。作为七玄门以前赫赫有名的猛将，曾经杀敌无数的他，面对这奇怪的金罩，自然不会贸然出手。

他仔细打量了一下金光，又看了一眼金光中的金光上人，咧嘴一笑，忽然伸出两根手指在金罩上轻轻弹了一下，发出当的一声脆响。

这汉子的轻佻举动令金光上人勃然大怒，他阴森地说道："你这莽汉，是不是想让本仙师早点打发你去投胎啊！"

汉子听闻此言，神色不变，反而一跨步，到了侏儒的侧面，再一抬腿，又到了侏儒的背后。

就这样，汉子以金光上人为中心兜起了圈子，而且步子越迈越大，眨眼间他的身形已模糊成一片，无法看清。

金光上人被对方搅得头昏脑涨，心中怒火更盛，他不假思索地往怀里摸去，似乎要取什么东西出来。

正在绕圈的络腮胡汉子，自然把对方的举动看在了眼里。他猛然张口长啸起来，声音似龙吟，又似虎啸，雄厚而长久，震得所有落日峰上的人两耳嗡嗡直响，连树上的枝叶都微微颤抖。

金光上人听到啸声后，被震得手脚无力，伸进怀里的手，竟一时缩不回来。

突然，汉子身上发出啪啪的关节爆响之声，这声音越来越急，最后竟如鞭炮一般接连响起，甚至把啸声也盖住了。

汉子再一次转到金光上人的身前，啸声、关节爆响声同时戛然而止。汉子的身躯竟比原来大了一圈多，胸膛和手臂上的肌肉更是高高凸起，看起来如同生铁铸成一般。现在的他和矮小的金光上人比起来，好似巨人。

金光上人得此喘息之机，终于从怀里拿出了一个长条形的木匣。这木匣通体黝黑，上面贴着一张符纸，似乎封印着匣内的物品。

还没等金光上人撕开符纸，汉子已伸出了蒲扇一般的大手，毫不客气地在金光罩上狠狠砸了一拳，打得金光一阵晃动变形，令金光上人身形不停地摇晃，无法平稳扯下符纸。

金光上人心里有些骇然，他深知身上金光罩的防御力，可这汉子竟能把罩子打得变形？他收起轻视之意，手上扯符纸的动作加快了几分。

滋啦一声，符纸终于被他扯了下来。金光上人的脸上才刚露出喜色，就听到砰砰的撞击声接连不断地从罩子上响起，他的身形也随之晃动不已，最后竟然站立不住，一屁股坐到了地上。

这时他才发现，对面的汉子竟然手脚并用，对着金光罩发起了狂风骤雨般的进攻。他身上的金光罩如同被随意揉捏的面团一样，不停地凹进凸起、弯曲变形。那层金光在暴击之下，似乎随时可能破碎。

看到这一切，金光上人脸色大变，他再也无法保持仙师的风度，手忙脚乱地开始掐咒念诀。可惜的是，在慌乱中他错误百出，一点效果也没有，那黑匣纹丝未动。

在后面看着这一切的贾天龙有些愕然。他一方面是为金光上人的白痴行为而无语，另一方面则是为王绝楚这个师叔的武功而震惊。他以前亲自领教过金光上人金光罩的威力，是刀枪不入、水火不侵，犹如精钢般坚硬。可现在，这金光罩竟在此人的拳打脚踢之下剧烈颤抖。

真不可思议，这汉子的身手高深莫测！

一想到对面还有另外两个差不多实力的高手存在，贾天龙头一次对自己贸然答应对方的死斗而有了一丝懊悔。此时他才知道，为什么对方这么信心十足地要求死斗了。

想到这里，贾天龙看了看处在下风的金光上人，开始考虑是不是应该派人帮助一下这位仙师，免得此人连自己的拿手飞剑之术都没有使出，就这样稀里糊涂地一命呜呼了。

从场面上看，汉子占据了绝对的优势。可谁也不知，这个看起来威猛无比的人，此刻正暗暗地叫苦不迭。

虽然他每一拳下去都让这金光罩变形颤抖，似乎撕碎对方的这层防护是迟早的事情。可每当他的手脚碰触到金光罩时，都会受到一股强大的反弹之力，并且随着他力道的加大，这种反弹之力越发厉害，他的双手和双脚已疼痛难耐，估计一散功，就会立刻肿胀起来。

而且这层金光罩韧性十足，被他打得变形的地方，会马上恢复原形。即使他不停地攻击同一部位，也不过是使那块部位维持凹陷而已，无法再深入分毫。

就这样，这魁梧汉子的打击持续了好一会儿，金光罩仍是随时可破但不破的模样。

此时，所有人的想法都转了一百八十度的弯，他们都已明了，这汉子是攻不破金光罩了。不但贾天龙打消了派人上前的念头，就连金光上人自己也变得镇定下来。

因为先前出丑，金光上人现出了恼羞的神色，看向汉子的眼神变得更加恶毒。由于接连受到对方攻击，身形无法站稳，他在这段时间内施法老是出错，于是，他索性停止了掐诀，死死地盯着对方，嘴里还用一种旁人无法听懂的语言低声咒骂起来。

而汉子恍若未闻，仍疯狂地攻击着金光罩，就在旁人都以为这汉子不累得全身乏力不会停手的时候，砰砰砰！在使出全力，猛然攻出两拳一脚之后，汉子忽然转身，向后撒腿就跑，那么庞大的身躯，速度竟然丝毫不慢。

这汉子的举动，让旁观的人吃了一惊，随后一片哗然。

金光上人也是一愣，马上就暴跳如雷。他急忙盘腿坐下，把黑匣横放在腿上，口中念念有词，双手放在胸前，摆出奇怪姿势，手指吃力地抖动起来，仿佛每根手指上都牵扯了千斤之力。

这时汉子已经离七玄门的本阵只有几步远了，眼看就要跑回人群中，忽然身后传来了一声"起"的巨大喝声，接着他看到对面的王绝楚等人脸色突然大变，几乎同时大喊一声"小心"。

汉子心中一惊，急忙往左侧一蹿，同时侧身望去。只见一道灰蒙蒙的光芒，如电光石火一般，从他刚才站立之处射了过去。汉子心中一凛，但随即放下心来，既然躲过了这枚暗器，那么自己应该就安全了。

忽然他感到右臂一阵剧痛，不由得低头望去，还没等他看清，又一片惊呼声传来，两个师兄充满焦虑的声音也在其中。

汉子微微一怔，有些莫名其妙，此时眼前光芒一闪，一道灰光穿膛而过，看形状正是刚才躲过的那一枚暗器。

汉子又惊又怒，想张口说些什么，身子却扑通一下，栽倒在地上。这时汉子才发现，他的右手不知何时齐肩而断，鲜血正汩汩直流。

"这是怎么回事？"汉子带着一肚子的疑问和不甘，两眼一黑，人事不知了。

这汉子到死都没有明白刚才所发生的一切，但野狼帮和七玄门众人看得一清二楚。他们瞧见，随着金光上人喊完"起"字，一道条形的灰光从那个黑匣中飞了出来，在金光上人的头上转了一圈后，就朝着他所指的方向向汉子射去。

汉子虽然机灵地把身子侧了过去，躲过了第一次攻击，但灰光在其肩部擦过后，他的手臂就静悄悄地滑落。因为灰光过于锋利，这汉子竟然丝毫没有察觉。

接着，更让众人心惊的事发生了。那灰光竟随着金光上人手指的舞动，在越过汉子丈许远后，突然一个急转弯，掉头又向汉子冲去，把没有丝毫防备的他，轻易结果了性命。

所有人都被这一幕惊得目瞪口呆，不约而同地把视线聚集到那道飞回金光上人头顶，并在其上盘旋不定的灰光上。

"飞剑"这两个字眼，不由得涌上了大部分人的心头。这些人虽然不知晓修仙者的存在，但各种飞剑的传说，还是听说过不少。

这道灰光，与传说中剑仙使用的飞剑，是何其相似。

难道这不起眼的侏儒，竟是传说中的剑仙不成？大部分人看向金光上人的目光中，都充满了敬畏之色。

金光上人昂首挺胸，不可一世，他卖弄般地操纵着灰光，让其在头顶上下飞舞。野狼帮众人发出一片惊叹，而七玄门众人则鸦雀无声，死气沉沉。

只有韩立，是场中唯一一个，见到灰光而心中狂喜的人。因为他发现，这金光上人所使用的驱动灰光的口诀和手势，与自己所学的驱物术完全一样。韩立满脑子都是夺宝的念头，看来他对修仙的兴趣，是越来越大了。

就在金光上人得意扬扬，而韩立心有所图之际，从七玄门这边又跃出两人，他们二话不说，风驰电掣般地向金光上人冲去，正是王绝楚的另两名师叔。

这俩人满脸悲痛之色，显然对自己师弟的死难过至极，对金光上人痛恨不已，也不理会对方是什么剑仙之流，一心只想杀掉对方，替师弟报仇雪恨。

王绝楚本来想阻止俩人的莽撞行为，但转念一想，只有他这两位师叔有可能对金光上人造成威胁。与其现在阻止，还不如趁着师叔们满怀报仇执念的时候，让他们一决胜负。

金光上人经过上一次的教训后，这次可没敢再小瞧对方。他驱动着灰光，冲着俩人一指，那灰光立即化为一道长虹，朝对面飞去。

俩人中的儒生，眼见灰光冲了过来，把眉尖一挑，一扬手，一道细细的银线从其袖口射了出去，迎头碰上了灰光，把那灰光打得顿了一下，但随即灰光仍若无其事地冲了过来，看来那银线没起什么作用。

别人没有看清那银线是什么，可韩立凭借着长春功赋予的超级眼力，看得一清二楚。那分明是数十根连成一条直线的银针，也不知那儒生用了什么手段，竟能把如此轻飘飘的银针，用这么强劲的力道射出，这令韩立大感兴趣。

儒生见银线没起作用，也没有惊慌，他一弯腰，突然如同陀螺般原地打起转来，紧接着从转动的身影中迸射出无数或大或小的寒芒。这些寒芒兵分两路：一路化为一道银流直接与灰光撞在一起，发出噼里啪啦之声，把灰光顶在了半空中；另一路则直奔金光上人，打在金光罩之上，叮叮当当，金光四射，甚是壮观。

与灰光对射的寒芒，不停地掉下残渣碎屑，因为残缺不全，已看不出原本的面目。但打在金光罩上被弹回的寒芒，则完好无损，都是飞刀、菩提子、铁莲子、金钱镖等各式各样的暗器，五花八门，甚至还有一些叫不出名称的陌生物品。

金光上人稍稍一愣，随即撇了撇嘴角，他可不认为这些凡金俗铁能挡得了他的宝贝。

"呔！"一声春雷般的巨喝响彻了全场，所有人都吓了一跳。

这时人们才发现，与儒生一起奔出的那名灰衣人，不知何时拔出了背后宝剑，正一步步地向灰光走去，而他所持的宝剑剑尖之上，竟冒出了两寸多长的白芒，那白芒伸缩不定，寒气逼人。

"剑芒！"不知是谁喊出了这令所有使剑之人都梦寐以求的无上剑技的名称。

轰的一下，场中一片沸腾！

如果说飞剑是传说，那么剑芒则是江湖中的神话。现在，飞剑和剑芒接连出现，马上展开对决，这怎能不让在场的人热血沸腾？！

贾天龙此时却冷汗直流。他如今才知道，什么叫作后知后觉，后怕不已！

虽然他知道七玄门隐藏着三大高手，但万万没有想到，这高手会厉害到这种程度。他此次若没有请来金光上人这位修仙者，恐怕光是这个灰衣人一人，就能杀光他这边所有人。

儒生身上的暗器已发射一空，身形突然停止转动，那顶着灰光的寒芒也停止了，没有阻力的灰光自然毫不客气地朝灰衣人头顶落下。

灰衣人双手持剑，面无惧色地腾空跃起。他挥舞着剑芒，冲着灰光狠狠劈下。

当的一声脆响，灰衣人从半空中跌落至地上，他站立不稳，一连倒退了好几步，随后一张嘴，喷出一口鲜血，神色变得萎靡不振，而手中长剑前的三寸剑尖已不翼而飞。

灰光挨了这一击，如同中弹的飞鸟一样，从空中落到地上。即使这样，灰光还是光华未减，仍跳动伸缩不已，显得灵性十足。

看到这一幕，两边的人同时惊呼了起来。七玄门的人，惊呼中充满了喜悦，而野狼帮的人，则充满了担心。

儒生也是大喜，他看了看委顿的灰衣人，又瞅了眼金光上人，稍微犹豫了下，朝金光上人飞去，他准备先解决掉大敌再说。

没等儒生飞出去多远，身后突然传来了灰衣人的大叫："快躲开！"

儒生心里一惊，感到脖颈处一凉，灰光从眼前飞过，然后一个无头的躯体向前奔跑了几步，随后倒在了地上。

金光上人傲气十足，他指挥着再次从地上一跃而起的灰光，向着三大高手中唯一存活的灰衣人飞去。他为自己略施小计就干掉儒生而得意扬扬。

就在此时，金光上人忽听到对面人群中传来了一个年轻的声音："你这个飞来飞去的东西，我很喜欢。送给我耍耍，如何？"话音未落，他就感到一股强大的灵力附到了灰光之上，硬生生切断了他与灰光的联系，夺走了它的控制权。

而原本飞向灰衣人的灰光在空中一转弯，歪歪扭扭地斜飞向七玄门众人。

灰光所到之处，人人惊慌失措，四处躲避，只有一个长相普通，看年纪只有十七八岁的青年原地没动。这青年冲着金光上人笑了一下，露出跟他黝黑皮肤完全相反的洁白牙齿，接着他冲着那道灰光一指，灰光就老老实实地落在了他的手上。

"修仙者！"金光上人心中一寒，脸色唰的一下变得苍白无比。

众人都觉得自己是不是眼花了。人们看到灰光掉头飞向七玄门的众人，还以为金光上人改变了主意，打算先杀光武功较低的弟子后，再来对付灰衣人。哪知灰光飞到人群中后，竟被一名看起来普普通通的弟子，一扬手就轻松地收走了，这也太让人难以置信了！

七玄门这边，包括王绝楚和灰衣人在内的众人，都对眼前的绝处逢生而惊喜交加。

王绝楚在狂喜之余，更对自己答应让韩立参加死斗而大为庆幸。他知道，如今七玄门的人能否在死斗中存活下来，以及七玄门能否度过这次的危机，全指望这忽然变得高深莫测的韩大夫了。

而对韩立略有了解的厉飞雨，此刻也是合不拢嘴。他虽然知道自己这个好友有些与众不同，但能够当场收走剑仙的飞剑，还是让他始料未及。

至于张袖儿、李长老以及对面的贾天龙等人，更是瞠目结舌，脸上的表情各不相同，精彩万分。

众多饱着惧怕、疑问、惊喜的目光，全部落到韩立身上，而韩立神情自若，始终微笑着，似乎对这么多人的注视，一点都没放在心上。

可没有人知道，在从容不迫的外表下，韩立内心正郁闷不已。

韩立根本没想现在就出手！他原是打算，等到金光上人疏忽大意，撤掉金光罩后，才去偷袭对方。那时，他只要暗暗潜到其背后，用一枚小小的火弹，就可轻易结果对方。

谁知人算不如天算，韩立看到灰光飞来飞去，心痒难耐，不知不觉就对其使出了早已练了无数遍的驱物术，结果轻而易举地夺下了此物。

夺取此物的简单程度，大大出乎了韩立的意料。他只是把法力延伸到灰光之上，就轻易抹去了金光上人的灵力，建立了自己与灰芒之间的联系。那灰光在他的指挥之下，如同刚学会走路的婴孩一样，歪歪扭扭地飞到了他的身边，被他顺利地收下。

如今的韩立，一方面因轻松夺下对方的宝物而心中窃喜，另一方面又为不得不正面面对金光上人而有些担心。

他很清楚，自己并没有多大把握强行击破对方的金光罩，唯一带给他几分自信的，就是自己比对方深厚了数倍的法力。

韩立深知，心理上如果占据了上风，那么在实际的交锋中也会拥有不少优势，会凭空增添几分胜算，这是他从《眨眼剑谱》中学到的诀窍。因此，在看到金光上人如临大敌的模样后，韩立与其相反，露出了一副胸有成竹的神情。

他悠闲地摆弄着刚到手的宝物。手中的灰光，仍灵性十足地伸缩不定，寒光流转，让人瞧不清它的真实形状。

韩立抬头看了一眼脸色有些发白的金光上人,微微一笑,用法力裹住双手,把灰光夹在两手之间轻轻一搓,灰光上的光华立刻消失殆尽,露出了其庐山真面目。竟然是一道符箓,上面画着一把灰色小剑。

那符箓上的灰色小剑栩栩如生,在没有法力催动的情况下,小剑就自行散发着淡淡的流光,好像真是一把绝世利剑,寒气逼人。

韩立看了,心里有些失望,这明显并不是飞剑,虽说古怪了一些,但还是一道符箓。

不过他转念想到了此符箓大展神威时的英姿,又觉得有些欣慰,以后其肯定大有用处。

韩立顺手把符箓揣到了怀里,他可不敢当着原主人的面大摇大摆地使用此物,也不知对方在符箓上有没有做手脚,而且他的驱物术还没经过几次实物练习,生疏得很,估计就是用上此物,也很难伤得了对方。

对面的金光上人眼睁睁地看着韩立将他的宝物收入怀中,不禁怒火中烧,可是又没有勇气上前。对方既然能够轻易抹去他施在符箓上的灵力,这就说明对方的法力起码比他深厚数倍,他实在没有胆量与其争斗。

韩立见金光上人畏手畏脚,一副敢怒不敢言的模样,就知道对方已被自己完全镇住,他的胆子不禁更大了起来。

韩立在身上施加了御风诀,身形闪了几下,就来到了金光上人的面前。

金光上人见韩立如此神出鬼没,心中惧意更盛,他情不自禁地后退了几步,怯懦地低声说道:"你要干什么?我并没有侵占此地的矿产,也没有摘取灵草灵药,只是收些凡人的金子而已,并没有触犯你们当地家族的利益,你没有理由杀我。"

韩立一听此言,心中窃喜,知道对方误会自己为某修仙家族中人了,顿时信心又涨了几分。他故意淡淡一笑,随后装出一副神秘兮兮的样子,悄声问道:"不知阁下是何身份?为什么主动参与俗事,扰乱本地的世俗界秩序?这让我们很难办啊!"

金光上人一听，对方语气温和，似乎没有对他出手的意思，顿时精神一振，两只小眼珠滴溜溜转了几圈后，急忙推脱道："我是秦叶岭叶家的弟子，来这里只是路过。只因与野狼帮帮主有几分旧情，耐不过对方恳求，出手帮了一下，绝没有故意触犯你们家族的意思，还望兄台见谅。不知贵家族如何称呼？在下以后一定登门谢罪！"

说到自己是叶家的人时，金光上人情不自禁地把胸膛挺了挺，似乎一下子有了倚仗，底气也足了几分，看来他对秦叶岭叶家的名气很有自信。

见此情形，韩立知道，这个秦叶岭叶家一定是个声名赫赫的修仙家族。

只是对方既然有这样一个大家族作为靠山，之前还如此惊慌失措，这说明此人不是对自己说谎，就是其在家族内也只是个无足轻重的小卒，其生死根本无人在意。

韩立在短时间内做出了判断，得出了就算处理掉对方也不会有多大后患的结论。这个推断，让韩立打消了最后一丝顾虑，他心中的杀意更加强烈。

毕竟像这样法力比不上自己，行为举止又比较白痴的修仙者，可是难得一见！而且看对方的言谈举止，也不是什么良善之辈。

"秦叶岭叶家，那个声名远扬的叶家吗？"韩立一脸惊讶。

"不错，就是那个叶家。兄台既然知道叶家的名号，想必不会故意为难在下吧？"金光上人见自己扯起大旗效果显著，立刻连说话的声音也大了不少。

韩立装作踌躇的模样，用手挠了挠头皮，流露出一副拿不定主意的无奈神色。

金光上人见此情形，心中窃喜。

"这样吧，我带你去见族中的长辈，由上面来决定怎么处理兄台，如何？"韩立似乎有些为难地说道。

"用不着这么麻烦！这只是小事一桩，如果阁下连这么点事情都要长辈做主的话，恐怕会给上面留下不好的印象，会对你以后的发展大为不利啊！"金光上人一听此话，吓了一跳，急忙劝阻道。

金光上人此时已完全把韩立当成涉世未深的毛头小子。他以为，对方从小一直在家族中苦修，最近才刚刚来到世俗界磨炼。这就能解释对方为何小小年纪，就有如此深厚的法力。

"多谢兄台提醒啊！"韩立似乎很感动，低头想了想，伸出手来，从怀里掏出了那张画着小剑的符箓，"我与阁下初次见面，阁下就如此为我着想，那这件宝物还是原样奉还吧！"韩立很诚恳地说道，神色中还有一丝不舍。

金光上人大喜，没想到眼前的青年如此天真，竟把到手的宝贝又拱手相让。他来不及多想，生怕对方反悔，急忙一掐诀，把手一挥，身上的金光罩立刻消散。他伸出手来，急切地去接那道符箓，还厚着脸皮说道："既然阁下如此诚心，那在下就不客气了！"

眼见金光上人就要抓住符箓，韩立脸色突然大变，愕然地冲着金光上人背后，失声叫道："族长，您老人家怎么亲自来了？！"

金光上人一听此话，立即一哆嗦，也顾不得宝物了，急忙扭头向后看去。他愣住了，身后根本就没有人。

"不好！"金光上人就是再愚笨，也知道上当了。他还没回过头，就感到胸口处一热，接着眼中一片火红，身子一下子熊熊燃烧起来，眨眼间就在烈火中化为了灰烬。

韩立这才长长舒了一口气，把刚射出小火球的手缩了回来。用小小的火弹术一举击杀对方，整个过程看似简单，其实花费了他不少心思，而且压力也着实不小。韩立暗自庆幸，脸上有了几分喜色。

贾天龙和王绝楚等人看得真真切切，但到底是怎么一回事，却一点也没弄明白。因为韩立和金光上人不愿让其他人听到对话内容，所以他们一直压低着嗓音。旁观的人根本听不清他们说了什么，只知道金光上人一见到韩立就有些害怕，交谈了几句后，金光上人又不停地恳求着对方什么，最后则看到韩立趁金光上人回头的间隙，凭空变出了一个小火球，把野狼帮的这个大靠山，轻轻松松地烧成了一堆灰烬。

贾天龙一时缓不过神来。这是怎么回事？原本大好的形势，在这个不起眼的七玄门弟子出现后，就急转直下，变得一发不可收拾。

而王绝楚自然和死对头的感受完全相反。他紧紧握住腰间的长剑，用兴奋的眼神望着正用不雅的姿势蹲在那里，在地上划拉着什么的韩立。

韩立此时也很激动，他因为从金光上人所化的灰堆里扒出了几件没被烧毁的物品而高兴。

东西不多，一道符、一块令牌和一本书。

那道符，是金光上人使用过的能放出金光、形成金光罩的符箓，虽然还不知晓口诀，但已令韩立狂喜，要知道他目前最缺的就是能护身的手段。

令牌则是一块漆黑的三角形牌子，一面印有"升仙"两个金色的古篆，另一面则有一个银色的"令"字，令牌看起来不像金属，却又沉甸甸的，不知有何用途。

至于那本书，韩立原以为既然能在火弹术下幸存，肯定不是寻常之物。谁知翻了几页后才发现，此书竟是一本秦氏族谱，也不知与金光上人有何关系，竟被贴身携带。

"这侏儒自称是叶家的人，却带了一本秦氏族谱，难道是叶家某人的私生子不成？"大失所望的韩立，有些恶趣味地猜测道。

虽然得到的三样物品暂时都没什么大用，但韩立还是毫不客气地全都收了起来。他站起身子，掸了掸身上的灰尘，用似笑非笑的神情，向贾天龙等野狼帮众人望去。

"你们是自断经脉，还是让我出手送你们上路？"韩立的语气很平静，但没有给野狼帮的人留下丝毫余地。

贾天龙听闻此言，只觉得身上非常冷，冷得整个脸部都僵硬了起来。他不停地告诫自己要冷静，总有办法对付此人，却情不自禁地抹了一把冷汗。贾天龙苦笑了一下，知道不用照镜子，自己此时的脸色肯定好不到哪里去。

他费力地转动了下脖子，看了看四周的众人，只见其他人也是脸色发白，惊恐慌乱，手足无措，看不出有丝毫的斗志，一副大难临头的神情。

贾天龙心中沮丧，又朝七玄门方向望去，只见死对头王绝楚正用一种看死人的眼神，冷冷地瞅着他，其他人也都是一副大仇得报的表情。

贾天龙茫然了，他的视线落在了死斗场的外面，落在了场外那些原本忠心耿耿的手下身上。这些人的表情各不相同，有的很焦急，有的无动于衷，还有的竟然面露喜色，正聚在一起交头接耳，大有幸灾乐祸之意。

"不行，我绝不能就这样死在这里！我一定能够活下来，继续完成我的霸业。"贾天龙的眼中忽然现出疯狂之色。

"来人！铁卫上前，连珠弩准备！其他人，暗青子伺候！"贾天龙突然运足了内力，大声怒吼道。

贾天龙不愧是一帮之主，这蕴含了十足内力的吼声，让死斗场内那些不知所措的自己一方的人全部精神大振，如梦方醒。不管是野狼帮的帮众，还是其他中小帮派的高手，此时全像有了主心骨一般，纷纷摩拳擦掌，摆出了决一死战的架势。

韩立微皱了一下眉，轻轻哼了一下，然后负着双手，慢慢向贾天龙走去。

"看来还是要多费点手脚！"韩立无奈地想着。

"放箭！"一看到对方走进了连珠弩的射程之内，贾天龙舔了下干巴巴的嘴唇，毫不迟疑地下令道。

顿时，数百支绿幽幽的钢制弩箭，密密麻麻地朝韩立射来。韩立面对漫天的弩箭毫无惧色，反而冲他诡异地笑了一下，接着其身躯模糊不清，那些弩箭竟没有丝毫阻碍地穿过此人，飞到远处。韩立在众目睽睽之下，摇了几摇，消失得无影无踪。

贾天龙脸色铁青，刚想嘱咐手下小心一点，韩立在离他们只有十几步远的地方突然现出了身形。

这次没有等贾天龙下令，那些铁卫又齐齐射出弩箭，其他人也扔出飞镖、袖箭之类的暗器。结果让这些人面面相觑的是，韩立再次在众目睽睽之下，不见了踪迹。

贾天龙正惊惧交加，身后猛地传来了两声凄厉的惨叫，他吃了一惊，连忙回头望去。只见不远处两名紧挨着的铁卫忽然变成两个火人，而那个消失的青年正把两只手掌从俩人身上拿开，在手掌离开两名铁卫的一瞬间，他们就化为了灰烬。在那青年的手掌上，贾天龙隐隐约约地看到有红光闪烁，却不知是何奇功秘术。

贾天龙看到的这一幕，正是韩立将法术和武功并用的一次完美实践，他掌心处的红光，正是火弹术的小火球。

韩立体内法力缓缓流动，把因消耗而缩小不少的火球又补回原来的大小，然后其身形再次隐匿，马上出现在人群的另一端，又把一人烧成了灰烬。

就这样，韩立在人群里忽隐忽现，每一次现身，都会有新的火人出现，无论他的手碰触到对方的哪个部位，对方都会立刻燃烧起来，化为一堆灰烬。

贾天龙呆呆地望着前方，眼中没有了一丝神采，脸色也变成了死人般的灰白。

短时间内，他的手下就死亡过半，剩下的也是人人自危，纷纷开始四散逃走。但是在韩立幽灵般的身法面前，这些人根本避无可避。

当他的最后一名手下也化为灰烬后，贾天龙已完全麻木了。他知道，自己到现在还安然无事是对方故意所为，那死亡之火下一刻就会降临到他的头上。

韩立并没有让贾天龙等多久，他没有片刻迟疑，立刻闪到贾天龙身后，用一个完整版的火弹术送贾大帮主上了路。

在贾天龙归西之后，韩立拍了拍双手，自言自语道："早叫你们自我了断，多好！现在让我亲自动手，火烧的滋味并不好受吧？"